KB044130

한국의 퍼스트레이디

■ 이 책은 삼성언론재단의 지원을 받아 저술, 출판되었습니다.

한국의 퍼스트레이디

프란체스카 · 공덕귀 · 육영수 · 홍기
이순자 · 김옥숙 · 손명순 · 이희호

조은희 지음

황금가지

■ 차례

사랑과 배려를 가르쳐 주신 부모님과 시부모님, 든든한 아들 형준
그리고 언제나 버팀목이 되어 주는 반려 남영찬 님께 이 책을 바칩니다.

그들은 어떻게 퍼스트레이디가 되었는가

"프랑스……군…… 선봉…… 조세핀!"

프랑스의 황제 나폴레옹은 죽음을 앞두고 마지막으로 한 여인의 이름을 불렀다. 역사의 한 페이지에 길이 남을 영웅에게 그 이름은 어떤 의미였을까?

나폴레옹과 만났을 당시 조세핀은 여섯 살 연상에다 두 아이를 둔 미망인이었다. 1804년 12월 나폴레옹은 황제 즉위식에서 그녀를 돋보이게 하기 위해 천문학적인 거금을 썼다. 황후가 된 조세핀은 막강한 권력을 누릴 수 있었다. 그러나 꿈같은 시간은 계속되지 않았다. 조세핀과의 사이에 자식이 없었던 나폴레옹은 후사를 잇기 위해 그녀와 이혼하고 오스트리아 황녀와 정략결혼을 한 것이다. 그러나 헤어진 후에도 나폴레옹은 조세핀을 잊을 수 없었다. 나폴레옹은 조세핀이야말로 자신의 정복자였음을 인정하고, 그토록 마음을 사로잡았던 여성은 이 세상에 오직 그녀뿐이라고 고백했다. 후세 사람들은 말하곤 한다. 남자는 세계를 지배하지만, 그 남자를 지배하는 것은 여자라고.

대한민국 역대 퍼스트레이디들은 처음 만나거나 결혼을 할 때, 훗날 남편이 대한민국 최고 통치권자가 되리라는 것을 전혀 짐작하지 못했다. 그들은 남편이 서울 종로구 청와대로 1번지를 향한 대장정을 시작할 때 기꺼이 함께했으며, 남편이 고난을 겪을 때는 온몸으로 헤쳐 나갔다. 그 과정에서 사생활을 침해받거나 가정생활이 흔들리기도 했다.

훌륭한 영부인은 대통령의 시야를 넓혀 주고 균형을 잡아 주는 역할을 한다. 퍼스트레이디의 가치관, 남편에게 미치는 영향력에 따라 그 대통령이 이끄는 정부의 성공 여부가 좌우되기도 한다. 하버드대 토머스 패터슨 교수는 퍼스트레이디를 '제1의 특별 조언자'로 지칭하여 '제2의 특별 조언자'인 부통령보다 더 영향력 있는 인물로 규정했다.

대통령에게 운명처럼 따라다니는 고독과 과도한 업무는 대통령 부부를 그전보다 훨씬 더 친밀하게 만든다고 한다. 대통령에게는 권력의 정점에서 고립된 자신과 현실 세계 사이를 이어 줄 생생한 여론 전달자가 필요한데, 통상적으로 배우자가 그러한 역할을 중심적으로 담당한다. 그래서 영부인은 사람들의 상상보다 훨씬 더 깊이 국정 전반에 영향력을 미치게 된다. 한 나라를 통치하는 사람은 대통령이지만, 그 대통령을 움직이는 사람은 퍼스트레이디인 셈이다.

역대 우리나라 대통령들은 대체로 아내를 존중하고, 아내에게 조언을 구하기도 했다. 퍼스트레이디가 대통령에게 미친 영향력을 제대로 파악하지 않고서는 한국 현대 정치사를 제대로 이해할 수 없다고 해도 과언이 아니다. 1948년 정부 수립 이후 초대 이승만 전 대통령부터 현재의 노무현 대통령까지 59년 동안 아홉 명의 대통령이 배출되었다. 따라서 초대 프란체스카 여사부터 공덕귀, 육영수, 홍기, 이순자, 김옥숙, 손명순, 이희호, 권양숙 여사까지 한국의 현대사를 함께한 아홉 명의 퍼스트레이디가 있다. 이들을 유형별로 분류하면, '내조형'으로는 육영수, 프란체스카, 김옥숙 여사, '여성 지도자형'으로는 이순자, 권양숙 여사, '국민 호감형'으로는 공덕귀, 홍기, 손명순 여사, '업적형'으로는 이희호 여사가 꼽히고 있다. 현직인 권양숙 여사의 역할과 활동에 대해 평가하기는 아직 이르다.

이 책은 초대 퍼스트레이디 프란체스카 여사에서 이희호 여사까지 현직의 권 여사를 제외한 8명의 대통령 영부인들의 역사를 이야기로 풀어냈다. 성장 환경, 결혼과 가정생활, 자녀 교육, 그리고 최고위 공직자인 남편을 보좌하여 그에게 어떠한 영향을 미쳤으며 대내외적으로 어떤 활동에 열정을 쏟았는지 등 인간적 측면과 공과를 약식 전기 형식으로 정리했다. 시대마다 요구되는 역할과 임무에 따라 영욕이 교차하며 건국 후 반세기를 국민과 함께 살아온 특별한 여성 여덟 명의 알려지지 않은 삶의 모습을 그린다.

대한민국 퍼스트레이디, 그들은 격동의 한국 현대사에서 최고 통치자의 반려로 권력의 심장부에 동행하였고 화려한 조명을 받았다. 권력의 정점에 고립된 대통령과 현실 세계 사이를 이어 줄 생생한 여론 전달자로서 커다란 역할을 한 한편 국민의 시선이라는 감옥에 갇혀 살았던 수인이기도 했다. 너무 튀어서도 너무 가라앉아 숨어서도 안 되는 줄타기를 해야 했으며, 때로는 남편이나 자식의 구속을 지켜봐야 하는 아픔을 겪기도 하였다. 퇴임 후 유배 생활을 하는 남편의 뒷바라지를 하기도 했으며, 심지어는 남편을 겨냥한 총탄을 맞고 남편 대신 세상을 하직하기도 했다.

권력의 정점에 섰던 한국의 퍼스트레이디들, 그들은 과연 행복했을까? 반드시 그렇지만은 않았다. 그들은 다만 최선을 다해 퍼스트레이디라는 특별한 자리를 지키며 삶을 산 한 사람의 여성이었다. 또한 각기 살았던 시대 환경을 대변하며 그 시대 여성들의 전형을 보여 주었던 지도자들이었다. 무엇보다도 때로 눈물지으며 개인적 사회적 위기를 극복해야 했던 보통 사람이었다.

현행 공공기록물 관리에 관한 법률에는 역대 퍼스트레이디의 활동에 대한 기록과 보존을 명시한 조항이 없다. 대통령의 통치 행적은 청와대 통치 자료 비서실에서 기록하고 대통령기록물관리법이 정한 기준과 방법에 의해 보관된다. 그러나 퍼스트레이디의 공적 활동은 기록과 보관에 대한 법적 규정이 없기 때문에 이에 대한 객관적인 기록이 부족할 뿐만 아니라 일부 존재하는 기록도 묻혀 버리기 쉽다. 역사학자 거다 러너는 저서 『페미니즘 의식의 창조』에서 여성이 역사적 기록에서 배제됨으로써 얼마나 불합리한 삶을 살았는지를 밝히며, "여성들이 자신의 역사를 이해하고자 벌인 투쟁이야말로 그들이 온전한 참여자로 존재하는 세상을 상상하게 만드는 원동력"이라고 했다. 우리나라에서도 미국의 퍼스트레이디 도서관처럼 퍼스트레이디에 관한 자료를 보존하고 기록하는 도서관이 만들어져야 한다는 여론이 일고 있는 것도 바로 이 때문일 것이다.

당대 여성계의 최고 지도자 중 한 사람이었던 퍼스트레이디에 관한 기록이야말로, 여성이 사회의 온전한 참여자로 기능하였는지를 파악하기 위한 중요한 자료 중 하나라고 할 수 있다. 기록이 없으면 역사도 없고 미래도 없다. 이 책을 펴낸 이유도 바로 여기에 있다. 이 책을 통해서 대한민국의 발자취 아니, 대한민국 여성의 발자취를 반영하는 특별한 여성들의 삶을 온전히 드러내 보임으로써 오늘 우리의 모습을 비추고 여성이 적극적으로 삶과 사회를 운영하는 미래를 그려 보고자 한다.

푸른 눈의 퍼스트레이디, 대한민국 초대 영부인

프란체스카

Franchesca, Rhee

1900년 6월 15일 ❀ 오스트리아 빈 출생

1934년 10월 8일 ❀ 독립운동가 이승만 박사와 결혼

1948년 7월 20일~1960년 4월 26일 ❀ 1 · 2 · 3대 퍼스트레이디

1992년 3월 19일 ❀ 사망

아내의 지혜와 용기, 인내와 슬픔, 노력이

나로 하여금 오늘 이날을 맞게 했다.

— 이승만 전 대통령

"합석해도 될까요?" 우연한 만남

1934년 10월 8일 미국 뉴욕, 벽안의 젊은 여성이 자그마한 체구의 동양 노신사와 결혼식을 올렸다. 신부인 프란체스카 도너는 1년 7개월여 전, 스위스의 한 식당에서 스물다섯 살 연상의 이 노신사와 처음 만났을 때만 해도 이런 날이 올 줄은 꿈에도 몰랐다. 그로부터 14년 뒤 이 신사는 대한민국 초대 대통령이 되었고, 그녀는 대한민국 초대 퍼스트레이디가 되었다.

우리의 결혼은 당시 양쪽에서 똑같이 이례적이었죠. 스위스 제네바의 한 식당에서 우연히 합석을 한 인연이 발전하여 사랑을 속삭이게 되고······. 결국 부모님의 만류에도 불구하고 이듬해 뉴욕에서 결혼식을 올렸어요.

프란체스카 여사는 후일 한 언론과의 인터뷰에서 이승만 전 대통령과의 인연을 이렇게 이야기했다.

두 사람이 처음 만난 것은 1933년 2월 21일이었다. 오스트리아 태생의 프란체스카는 어머니와 함께 프랑스를 여행하고 귀국하던 길에 스위스 제네바 레만호반에 있는 호텔 드 라 리시에 묵게 되었다.

다음 날 프란체스카는 어머니와 함께 식당을 찾았다. 두 사람은 4인용 식탁에 사리를 삽았는데 곧 식당이 만원이 되었다. 이때 지배인이 다가와서 물었다.

"동양에서 오신 귀빈이 앉을 자리가 없는데 합석하셔도 되겠습니까?"

두 사람은 승낙했다. 이어서 머리가 희끗희끗한 동양의 노신사가 합석했다. 어머니는 다 큰 딸이 낯선 남자와 자리를 함께 하는 것이 탐탁지는 않았지만 '나이 든 신사인데 설마 무슨 일이 있을까.' 생각하며 안심했다고 한다. 그 노신사가 바로 이승만 박사였다. 이 만남이 오스트리아의 처녀를 지구 반대편 끝, 그녀가 한 번도 가 보지 못했던 나라 대한민국의 초대 퍼스트레이디로 만든 계기가 될 줄 누가 알았으랴.

프란체스카 여사의 회고록 『대통령의 건강』을 보면, 첫 만남부터 그녀는 이승만이라는 동양의 신사에게 매혹된 듯하다. 프랑스어로 "본 아페티(맛있게 드세요)!"라고 예의를 갖추어 인사한 뒤 조용히 식사만 하는 이 신사에게 사람의 마음을 끄는 신비한 힘이 느껴졌다. 식사 대용으로 날달걀에 식초를 타 마시며 독립운동을 하는 나이 많은 동양인에게 어쩐지 마음이 가는 것이었다.

바로 다음 날, 제네바의 《라 트리뷴 도리앙》에 이 박사의 사진과 함께 인터뷰 기사가 대서특필됐다. 프란체스카는 제네바로 오기 직전에 들른 북클럽에서 프랑스 책인 『라 코레』라는 책을 읽어서 한국이라는 나라에 대해 조금은 알고 있었다. 그래서 전날 그와 합석했을 때 "그곳(한국)은 금강산이 있고 양반이 사는 나라죠?"라고 뜻밖의 질문을 하여 그를 놀라게 했다.

그녀는 어제 우연히 합석한 바로 그 신사가 자신이 얼마 전에 읽은 생전 처음 들어 보는 나라의 사람이라는 것도 신기했지만, 신문에 크게 날 만큼 유명 인사라는 사실에도 관심이 갔다.

프란체스카는 그 기사를 오려 스크랩한 뒤 그 신사에게 전달했다. 그 보답으로 그는 차를 대접했다. 이를 계기로 두 사람은 교제하기 시작했다. 그러나 두 사람의 심상치 않은 관계를 눈치 챈 어머니는 서둘러 딸을 데리고 고향으로 돌아가 버렸다.

그러나 두 사람의 사랑은 이미 시작됐고 서신 왕래도 몰래 이어졌다. 그해 7월경, 모스크바로 가던 길에 비자를 받으러 빈에 들른 이 박사는 프란체스카와 재회의 기쁨을 나누었다.

연애 시절, 남편은 나에게 '과부 주머니에는 은이 서 말이고, 홀아비 주머니에는 이가 서 말'이라는 한국 속담을 가르쳐 주었다. 그리고 자기 주머니 속에 담고 다니던 작은 참빗을 꺼내어 보여 주며, "이것이 내 전 재산이오." 하고 진지하게 말했다. 남편은 나에게 "내 빈 주머니를 보여 주면 현명한 여자는 달아날 줄 알았는데, 내 뜻과는 달리 예쁜 혹 하나 가 생겨서 이토록 힘들게 살게 되었다."고 농담했다.

— 프란체스카 여사 회고록 『대통령의 건강』 중

프란체스카 여사는 1900년 6월 15일생으로, 오스트리아 수도 빈 근교의 인서스돌프 읍에서 부유한 사업가 가정의 세 딸 중 막내로 태어났다. 아버지는 철물 무역과 청량음료 사업을 경영했다. 그녀는 원래 의사가 되려는 꿈을 갖고 있었지만 자라면서 아버지처럼 사업 가가 되겠다는 포부를 갖고 상업전문학교를 다녔다. 학교를 마치고 는 농산물 관리소에서 잠시 일했고, 스코틀랜드에서 영어를 공부, 국제 통역 자격증을 취득했다. 이 박사를 만날 당시 그녀는 아버지 의 유업을 운영하고 있었다.

프란체스카는 이승만 박사를 만날 당시 이미 결혼에 실패한 경 험이 있었다. 그러나 그 결혼은 결혼식을 올린 후 3년여 동안 잠자 리는커녕 입맞춤도 제대로 하지 못한, 결혼했다고 보기는 힘든 이상 한 결혼이었다. 남편은 연상의 애인이 있었으면서도 부모의 권유로 많은 지참금을 가져올 수 있는 부잣집 딸인 프란체스카와 정략결혼을 한 것이었다. 프란체스카는 결혼식 후에 남편의 모습을 볼 수 없었고 그렇게 된 후 지참금도 회수되었다.

이런 상황을 겪었지만 이 박사를 만난 후 프란체스카는 스물다섯 살의 나이 차이를 극복하고 운명적인 사랑에 빠졌다. 이들의 사랑은 날이 갈수록 무르익어 마침내 뉴욕에서 결혼식을 올렸다. 그러나 이 국제결혼은 독립운동을 하던 이 박사에게 부정적 영향을 미쳤다. 결혼 직후 하와이 동포들이 이 박사에게 전보를 보냈는데, 거기에는 "서양 부인을 데리고 오시면 모든 동포들이 돌아설 테니 꼭 혼자만 오시라."고 적혀 있었다. 이런 내용의 전보를 이 박사에게 두 차례나 보내며 동포들은 노골적으로 이 결혼에 대한 반감을 표시했다.

이 박사는 이러한 동포들의 감정을 알고 있었지만 프란체스카 여사와 함께 자신의 독립 활동 근거지인 하와이로 향했다. 동포들의 반응이 달갑지 않을 거라 생각했는데 뜻밖에 부두에는 호기심과 궁금증에 찬 수많은 동포들이 나와 그들을 반겼다. 또한 1,000여 명의 하와이 동포들이 대규모 잔치까지 열어 주었다.

프란체스카 여사의 열성적인 노력도 동포들의 거부감을 누그러뜨리는 데 한몫했다. 그녀는 한국 사람보다 더 한국 사람처럼 행동했다. 직접 김치를 담그고 어느 누구보다 한복을 즐겨 입으면서 한국 사람들의 습속을 따랐다. 그녀에게 한국 사랑은 곧 이 박사에 대한 사랑이었던 것이다.

개량 한복의 원조

프란체스카 여사는 한국인 남자와 결혼하면서 한국의 풍속을 많이 따르려 했고 실제로 그렇게 했다. 이 박사는 프란체스카 여사한테 '삼종의 도'(三從之道)를 써서 줬는데 프란체스카 여사는 이 내용을 한국 여성보다 더 철저하게 따랐다. 삼종의 도는 "여자는 집에서는 부모의 말씀에 따르고, 시집가서는 남편의 말에 따르고, 남편이 세상을 떠나면 자식을 따른다."는 내용이다.

> 어머님은 한복도 즐겨 입고, 김치를 좋아하는 아버지를 위해 꼭 김치를 담그셨고, 정초가 되면 떡국을 끓이시는 등 한국의 풍습을 잘 따랐습니다.

며느리 조혜자 씨에 따르면 프란체스카 여사는 미국에 있을 때 윤치영 씨 부인이 맞춰 줘 처음으로 한복을 입어 보았다고 한다. 그 뒤 그녀는 이 박사가 결혼식 때 한복을 입기를 원해서 하얀 새틴 천을 들고 윤치영 씨 부인과 남궁연 씨 부인에게 찾아가 같이 한복을 만들어 달라고 부탁했다. 이들은 나름대로 재단을 해서 한복을 만들어 보려고 애썼지만 결국 실패하여 한복도 못 만들고 천도 버려야 했다. 이날 프란체스카 여사는 아쉬운 마음에 밤새 울었다. 결국 결혼식은 서양식 웨딩드레스를 입고 치를 수밖에 없었다. 프란체스카 여사는 결혼 뒤에는 윤치영 씨 부인이 쪽빛 치마에 진달래 빛 한복을 입은 모습을 보고는 그 모습에 반해 한복을 즐겨 입기 시작했다고 한다.

그런데 프란체스카 여사로서는 한복이 좋기는 하지만 좀 더 활동하기 편하게 바꿀 필요가 있었다. 한복을 좋아하는 이 박사도 이러한 아내의 뜻에 따라 두 부부가 한복을 활동하기 편하게 고쳐 입기 시작했다. 특히 프란체스카 여사는 치마를 통치마로 만들어 뒤트임을 막아서 입었다. 이 박사 부부는 우리나라 개량 한복의 선구자라고 할 수 있다.

통역, 속기와 타자가 뛰어난 실질적 비서실장

감옥 생활 중 기독교인으로 거듭난 청년 이승만은 기독교를 통해 한국 민족을 갱생시킬 수 있다고 생각하게 되었다. 특히 그는 유대인 민족과 그들의 독립운동 활동 방식을 많이 참작했는데, 유대인들이 오랜 기간 동안 독립운동을 할 수 있었던 원동력이 유대교와 유대인만의 특별 교육, 그리고 그들만의 독립 단체라고 생각했다.

그리하여 그는 미국 선교단과 독립적으로 운영되는 한인기독선교단을 조직하여 1918년에 한인기독교회(KCC)를 세우고 교육 단체로 한인기독학원(KCI)을 만들었으며, 1921년에는 독립운동 단체인 대한인동지회를 조직하여 독립운동을 추진했다.

이 박사의 주요한 독립운동 방식은 외교를 통한 합법적 독립운동이었다. 그래서 그는 한국의 상황을 알리고 한국 독립의 정당성을 홍보할 수 있는 곳이면 어디든 마다하지 않고 달려갔다. 이 박사가 프란체스카라는 운명의 여자를 만난 스위스에 간 것도 국제연맹의 각국 대표와 신문기자들을 만나 일제의 폭정에 시달리는 한국의 상황을 알리고 독립을 호소하기 위해서였다.

사정이 이랬기 때문에 결혼 후 하와이에 도착한 프란체스카 여사도 한 남자의 아내로서만 살 수는 없었다. 남편이 독립운동에 전념할 수 있노록 집안 살림을 꾸리는 것도 필요했지만 독립운동에 실질적 도움을 주는 것이 더욱 중요했다. 그리고 프란체스카 여사는 그럴 만한 능력이 있었다. 그녀는 뛰어난 비서였다.

모국어가 독일어였던 프란체스카 여사는 독일어에다 불어는 물론 영어 또한 뛰어났다. 타자 실력도 좋았으며 속기도 할 줄 알았다. 이 박사가 구술을 하거나 글로 써서 주면 프란체스카 여사는 그것을 타이핑했다. 너무 많이 타이핑을 해서 프란체스카 여사의 손이 짓무른 일도 많았다.

프란체스카 여사는 남편이 세운 한인기독학원 활동에도 열정적으로 참여했다. 그녀는 이곳에서 학생들에게 피아노를 가르치고 아이들 머리도 감겨 주며 식사도 준비해 주면서 보살폈다. 또한 교회 생활에도 열심이었다. 그녀가 태어난 오스트리아는 국교가 가톨릭

이고 그녀 역시 가톨릭 교리를 배우고 자랐지만, 이에 개의치 않고 남편이 세운 교회에 열심히 나가 남편 못지않게 한국의 독립을 위해 기도했다.

남편의 경호원 역할을 자처하다

1939년, 제2차 세계대전이 발발하자 이 박사는 독립운동 근거지를 하와이에서 워싱턴 DC로 옮겼다. 태평양 전쟁이 일어나기 전 그는『일본 그 가면의 실체 Japan Inside Out』라는 영문 저서를 발간했다. 일본이 전쟁을 일으킬 것이라는 점을 알리는 내용의 책이었는데, 프란체스카 여사는 이 책을 세 번이나 타이핑했다.

책이 처음 나왔을 때는 주목을 받지 못했다. 미국 사람들, 특히 미국 정계 내 어느 누구도 일본이 전쟁을 일으킬 것이라 믿지 않았다. 책이 팔릴 리가 없었다. 그러다『대지』의 작가 펄 벅 여사가 이 책을 "무서운 책"이라고 평하면서 주목을 받게 되었다. 더욱이 일본의 진주만 폭격으로 이 예언이 맞아떨어져 일약 베스트셀러가 되었다.

이 책으로 이 박사는 독립운동 자금을 확보할 수 있었다. 이 책이 아내의 손끝을 거쳐 탄생한 것이기에 이 박사는 고생의 대가를 아내에게 넉넉하게 줬다. 이때 받은 돈으로 프란체스카 여사는 평소에 사고 싶어 했던 검정색 정장을 사서 40년 동안 입었다. 그것을 며느리에게도 물려주어 며느리가 12년 동안 입었다. 이 옷은 지금 이화장에 그대로 전시되어 있다.

독립운동으로 이 박사는 미국 이곳저곳을 돌아다녀야 했다. 결혼하고서 프란체스카 여사는 이 박사의 운전사를 자처했다. 이 박사가 직접 운전을 할 수도 있지만 생각해야 할 일도 많고 과속을 할 수도 있기 때문에 프란체스카 여사가 직접 나섰다. 그녀는 약속 장소 문 앞에 남편을 내려 주고는 일이 끝날 때까지 차 안에서 기다렸다. 독립운동의 어려운 자금 사정 때문에 개인적 사치나 여유를 부릴 수 없기에 좋은 차를 몰고 다닐 수 없었다. 구닥다리 차라 난방이 있을 리 없었다. 겨울에는 무릎 담요 한 장으로 추위를 견디며 차 안에서 몇 시간이고 남편을 기다렸다.

또한 프란체스카 여사는 남편의 경호원 역할도 자처했다. 이 박사는 총격과 암살의 위험에 어느 누구보다 많이 노출되어 있는 사람이었다. 그래서 프란체스카 여사는 남편을 향해 총알이 날아오면 자신의 몸으로 막을 각오를 하며 남편 옆에 붙어 다녔다. 이 박사를 대신해 미국에서 한국의 정치 상황을 알리는 역할을 한 로버트 올리버 박사(『이승만—신화에 가린 인물』 저자)는 프란체스카 여사를 가리켜 "저런 열녀는 처음 봤다."라고 말했다고 한다. 프란체스카 여사는 남편의 독립운동 의지를 높이 평가했으며 그 활동이 뜻을 이룰 수 있도록 자신의 모든 것을 남편에게 헌신했다. 프란체스카 여사의 두 번째 양자인 이인수 박사는 "어머님의 아버님에 대한 희생은 누가 뭐라고 해도 절대적"이라면서, "어머님은 그 태생이 한국인이 아니라는 것과 아들을 못 낳았다는 것에 늘 아버님께 미안해하고 아쉬워하셨지만 제가 보기에 어머님은 그것 이상의 역할을 하셨다."고 말했다.

이 박사는 미국에 근거지를 둔 대한민국 독립운동의 리더였다. 따라서 자연스럽게 이 박사의 집은 독립운동가들과 지식인들의 모임 장소가 되었다. 매일같이 사람들로 북적거리는 속에서 프란체스카 여사의 역할은 단연 돋보일 수밖에 없었다. 그녀의 뛰어난 영어 실력 덕분에 워싱턴 저명인사들과 그 부인들과의 교류가 자연스러워졌고, 이는 이 박사에게 큰 도움이 되었다. 이 박사는 어느 누구보다 자신의 아내를 무한히 신뢰하였다. 그는 해방되던 해 워싱턴 신문기자들과의 인터뷰에서 "아내의 지혜와 용기, 인내와 슬픔, 노력이 나로 하여금 오늘 이날을 맞게 했다."고 밝혔다.

독립운동가의 아내에서 퍼스트레이디로

초대 한국 퍼스트레이디였던 프란체스카 여사가 가장 행복했던 순간은 언제일까? 결혼하고서 약 10년 동안 독립운동을 하는 남편과 함께 떠돌이 생활을 했던 그녀는 1945년 8월 15일, 대한민국이 광복을 맞이하여 이 박사와 함께 오랜 해외 생활을 끝내고 남편의 고국으로 금의환향했다. 이 박사와 프란체스카 여사는 한동안 돈암장에 살았는데, 마포장을 거쳐 지금의 이화장에 정착했다.

해방은 되었지만 정치적으로 여러 난제들이 쏟아졌다. 좌우익의 대립, 정파간의 반목이 이어지면서 한반도는 남북으로 쪼개졌다. 북쪽에는 소련이, 남쪽에는 미군정이 들어섰다. 정치적 문제를 해결하는 과정에서 스승인 윌슨 대통령의 민족자결주의에 대한 소신을 갖고 있었던 이 박사는, 미소공동위원회를 통한 좌우 합작을 주장하는 하지 중장과 결별을 선언했다. 그리고 자율적인 정부 수립 운동으로 유엔 한국임시위원단 감시 아래 남한 단독으로 총선거를 실시(1948년 5월 10일), 국회의원 198명을 뽑았다. 이 박사는 이 선거에서 무투표 당선되고 국회의장에 피선되었다. 그는 대통령 중심제를 골자로 하는 헌법을 제정 및 공포하고 국회에서 대한민국 초대 대통령으로 뽑혀 대통령으로 취임하면서 프란체스카 여사는 한국 최초의 퍼스트레이디가 되었다. 후일 프란체스카 여사는 일생 중 가장 행복했던 순간이 대통령이 된 이 박사가 첫 봉급을 받았을 때라고 회상했다. 결혼 이후 독립운동을 하느라 늘 수입이 일정치 않았던 상황에서 살림을 살아야 했던 그녀의 입장에서 볼 때 남편의 월급이 안겨다 주는 '주부로서의 행복'이 꿈만 같았던 것이다.

이 대통령의 취임으로 외국인인 프란체스카 여사가 퍼스트레이디가 되자 여기저기서 말이 많았지만 프란체스카 여사는 꿋꿋하게 자신에게 주어진 역할에 충실했다. 특히 이 대통령이 취임한 후 미군정으로부터 관련 업무를 이양받는 과정에서 프란체스카 여사의 역할은 컸다. 숙련된 비서가 없는 상황에서 그녀의 타이핑 능력이 빛을 발했다. 그녀는 관련 문서의 타이핑을 도왔으며, 남편의 영문 구술을 듣고 외교 문서를 타자로 쳐서 정리했다.

경무대(1960년에 청와대로 명칭이 바뀌었다.) 안주인이 되었지만 프란체스카 여사의 생활이나 살림은 거의 바뀌지 않았다. 그녀는 내핍과 검약의 정신으로 경무대 살림을 꾸렸다. 그녀가 퍼스트레이디로 있으면서 그동안의 관행이 눈에 띄게 바뀌었다. 프란체스카는 경무대에 손님이 올 때 부부 동반으로 오는 것을 원칙으로 정했다. 당시 한국 남자들은 모임에 기생이나 첩을 동행하는 풍습을 갖고 있었는데, 프란체스카 여사는 이것을 타파하는 데 앞장섰다. 축첩을 금지하기 위해 부부 동반 원칙을 세웠고, 이를 임시 국회 첫 회기에 반영하려고까지 했다. 프란체스카 여사는 YWCA의 여권 신장 활동에도 관심을 보였다. 아내의 보좌를 많이 받아 온 이 대통령도 여성의 능력에 대한 신뢰를 많이 갖고 있었다. 초대 상공장관에 여성(임영신 장관)을 임명하는 파격적인 인사를 단행한 것도, 프란체스카 여사를 통해 여성의 능력을 긍정적으로 평가하게 되었기 때문이다.

소박하고 맛깔스러운 프란체스카식 요리법

일흔이 넘은 나이에 대통령이 된 남편을 위해 프란체스카 여사는 무엇보다 남편의 건강에 많은 신경을 썼다. 이 대통령 스스로 건강한 체질을 갖고 태어났지만, 그를 아흔 살까지 무병장수하게 한 일등공신은 무엇보다 아내의 헌신적인 건강 관리였다.

이 대통령뿐만 아니라 프란체스카 여사도 아흔두 살까지 장수했다. 이들 부부의 장수 비결은 무엇보다도 자연 속에서 흙을 밟고 소박한 음식을 먹으며 너그러운 마음을 갖고 사는 것이라고 할 수 있다. 이 내동령은 오랜 외국 생활을 했으나 한식을 좋아했다. 기름기가 들어간 음식은 되도록 피했고, 주로 콩과 두부, 나물, 새우젓이나 간장으로 간을 한 음식을 즐겼다.

프란체스카 여사는 남편의 입맛에 맞추기 위해 한국 음식 요리법을 배웠다. 그리고 그 과정에서 한국 음식의 우수성을 알고 그에 매료되었다. 타고난 손맛이 있었는지 프란체스카 여사는 한국 음식을 빨리 익혔고 자기 나름의 요리법도 개발했다.

가장 먼저 배운 게 김치였다. 그녀는 직접 김치를 담가 먹었을 뿐만 아니라, 콩을 좋아하는 남편을 위해 집에서 콩나물을 길렀고 두부도 손수 만들었다. 콩을 갈아 비지찌개도 끓여 내놓았으며, 계절에 따라 상에 올리는 나물도 종류를 달리했다. 식사뿐만 아니라 주전부리도 세심하게 챙겼다. 남편이 좋아하는 한과류를 비롯해 메밀

묵, 콩가루로 만든 주먹밥, 누룽지, 견과류 등을 항상 준비해 놓았다. 남편의 주머니 안에 잣을 넣어 두어 언제든지 먹을 수 있도록 배려하기도 했다. 살림이 어려워 꽁보리밥으로 식사를 할 때는 날달걀에 식초를 타서 남편의 영양을 보충했다.

이 대통령도 프란체스카 여사가 해 주는 음식을 무척 좋아했다고한다. 며느리 조혜자 씨는 "어머님의 떡국 끓이는 솜씨는 전문가셨어요. 하와이 시절에 어머님이 끓이신 떡국이 어찌나 맛있었던지 아버님께서 단숨에 두 그릇을 비우셨다고 해요."라고 전했다. 이 대통령이 원체 약을 싫어하기도 했지만, 프란체스카 여사는 병을 치료하는 데도 약 대신 음식을 사용했다. 일례로 한국전쟁 당시 동상이 걸렸을 때, 그녀는 약 대신 마늘 껍질과 대를 삶은 물에 손과 발을 담가 동상을 치료했다. 국빈을 대접할 때 그녀는 동서양의 요리를 조합한, 요샛말로 '퓨전 음식'을 선보여 국빈들로부터 "원더풀!"이라는 찬사를 듣곤 했다. 그중에서 가장 대표적인 것이 닭다리 고추장요리와 닭찜 '글로리 파일드 치킨'이다. 껍질을 벗긴 닭에 밤, 대추, 표고, 잣, 죽순과 은행을 넣어 만든 이 음식은 갖은 양념과 우리 간장으로만 간을 해서 만든다. 담백한 맛이 일품이다. 조혜자 씨는 국빈을 대접하는 음식을 준비하면서 프란체스카 여사가 가졌던 생각을 다음과 같이 전했다.

국빈을 접대하는 음식은 나라를 상징하는 셈이에요. 맛은 물론이고 색도 고와야 해요. 우리 음식은 예술적이고 영양적 측면에서도 최고 건강식이죠. 어머님은 국빈을 대접하는 음식을 준비할 때는 조선간장으로 맛을 내셨다고 합니다.

프란체스카의 장수 식단은 현재 이화장을 지키고 있는 조혜자 씨가 그대로 이어받았다. 조 씨는 한국부인회 섭외 이사로 활동하면서 우리나라 주부들에게 알뜰 살림의 중요성을 전파하고 있다. 조 씨는 "'치맛바람'이 아닌, '앞치마 바람'을 일으켜 어머님이 그토록 원했던 조국 통일을 앞당기는 데 주부들이 기여할 수 있었으면 좋겠다."고 밝혔다.

한국말을 못하는 퍼스트레이디?

프란체스카 여사에 대한 안 좋은 소문 중 하나는, 그녀가 일부러 한국어를 배우지 않았으며 실제로 한국어를 하나도 할 줄 모른다는 것이었다. 그러나 양아들 이인수 박사에 따르면, 결혼 초에 이 박사는 프란체스카 여사에게 간단한 인사말 등을 가르쳤고 그녀 또한 이를 배우려 노력했다고 한다. 결혼 후 하와이에 도착해 한국 동포들 앞에서 서툰 한국어로 인사하자, 이를 들은 교포들이 차마 드러내놓고 웃지는 못하고 웃음을 참기 위해 몸을 꼬집는 모습을 보고는 적잖이 당황했다고 한다. 진도가 잘 나가지 않는 한국어 공부에 낙담한 프란체스카 여사에게 이 박사는 "여기가 미국인데 굳이 억지로 한국어로 하지 말고 영어로 해라."고 말했다. 그래서 그녀는 하와이에 있는 동안 영어를 사용하는 바람에 한국어와 다시 멀어지게 되었다.

해방이 되어 한국에 오게 되자 프란체스카 여사는 다시 한국어를 배우기로 다짐했다. 그런데 "누구누구가 프란체스카 여사의 한국말 선생이다."라는 소문이 나자 아부하려는 사람, 권력에 빌붙으려는 사람들이 몰려들기 시작했다. 그래서 한국어를 배우고 싶어도 그럴 수 없는 처지가 되고 말았다.

프란체스카 여사는 고급 국어를 유창하게 구사하지는 못하지만 생활 회화는 한국어로 했다고 한다. 이화장에서 말년의 프란체스카 여사를 모셨던 이인수 박사는 "어머님이 한국어를 잘 알아들으셔서 우리 내외는 별 불편 없이 지냈다."면서, "일부에서는 어머님이 한국어를 잘 못하기 때문에 알아듣지도 못할 거라 생각하는데 듣기 실력은 뛰어나셨다."고 말했다. 이 사실을 다른 사람들이 몰라서 웃지 못할 해프닝이 일어나기도 했다.

이 전 대통령이 작고하고 난 뒤 오스트리아로 돌아갔다가 1년여 만인 1966년 한국을 방문했을 때, 프란체스카 여사는 박정희 대통령을 예방했다. 예방이 끝난 후 그녀는 그동안 한국이 얼마나 발전했으며 어떻게 변했는지 궁금해서 서울시 구경을 하고 싶다고 했다.

그리하여 청와대에서는 경찰들을 불러 그녀를 경호하게 했다. 그 경찰은 따라다니면서 그녀가 물건을 사려 하면 상점주인에게 "막 비싸게 받아! 바가지 씌워!"라고 함부로 말했다고 한다. 그녀가 한국어를 알아듣지 못할 것이라고 생각한 것이다. 그녀는 내색하지 않고 웃기만 했으나 이 경찰의 말을 다 알아들었다. 그리고 마음속으로는 상당히 상처를 받았다고 한다. 이날 그녀는 아무것도 사지 않았다.

매일 가계부를 쓰는 퍼스트레이디

프란체스카 여사가 외국인인 데다 한국어도 서툴고 더욱이 경무대에 있으니 시중 물가를 몰랐을 거라고 생각하는 사람이 많았다. 하지만 며느리 조혜자 씨에 따르면 절대 있을 수 없는 일이라고 한다. 경무대 시절, 프란체스카 여사는 자신이 직접 가계부를 일일이 점검했고 항상 요리사와 함께 장보는 일을 챙겼다. 그리고 손님을 초대할 때는 요리사와 함께 어느 정도 예산이 필요한지 미리 계획을 세워 준비했다. 부산 임시수도의 관사에 있을 때도 국민이 어떻게 먹고사는지 알기 위해 요리사 양학준 씨에게 쌀값을 알아오게 할 정도였다.

이 전 대통령과 프란체스카 여사가 살았던 이화장의 전시장을 보면 당시 두 부부가 어떻게 생활했는지, 특히 프란체스카 여사의 절약 정신이 얼마나 대단한지를 한눈에 알 수 있다. 그녀는 생활용품을 사는 일도 거의 없었을 뿐만 아니라, 사야 할 때면 수없이 따진 뒤에야 샀으며, 한번 산 물품은 닳고 닳아서 쓸 수 없게 될 때까지 썼다. 본래의 용도로 쓸 수 없으면 다른 용도로 고쳐서 쓰기도 했다. 하와이에서 쓰던 식탁과 옷장, 5, 60년이 넘은 냄비와 밥그릇, 20년 쓴 빨래판, 기워 입은 속옷, 40년 입은 한복, 입던 한복 천으로 만든 손가방과 신발 속주머니 등등. 이화장에서는 고가의 물품을 찾아볼 수가 없다.

어머니는 물과 전기, 세제를 아끼기 위해 손빨래를 하셨고, 한번 쓴 비눗물은 모아서 걸레를 빠는 데 사용하셨어요. 이화장 본관에서 어머니와 15년을 살았는데 한옥이라 난방이 잘 되지 않아 무척 추웠어요. 어머님은 난방시설을 수리하는 대신 늘 담요를 덮고 사셨고 그래도 추우면 저한테 '72도 작전'을 하자고 하셨어요. 사람의 체온이 36도, 서로 껴안으면 72도. 어머님과 아버님이 워싱턴에 머무르실 때 난방할 여유도 안 되고 너무 추워서 생각해 낸 방법이래요.

며느리 조 씨에 따르면 프란체스카 여사는 "통일을 하기 위해서는 비용이 들고, 북한 동포들을 구원하려면 우리 모두 정신을 바짝 차리고 아끼지 않으면 안 된다."는 신념을 갖고 낭비를 절대 못하게 했다고 한다. 10원 하나라도 아끼려는 어머님 덕분에 조 씨는 10년 동안 가계부를 써야 했다. 프란체스카 여사는 며느리에게 "너 잘 때 잠 안 자고 일한 국민이 힘들게 낸 세금으로 살고 있는 것"이라며 가계부를 쓰게 했고 보름마다 검사했다. 조 씨는 "당시에는 가계부 쓰고 검사받는 게 정말 싫었는데, 어머님이 돌아가시고 난 뒤에야 어머님 말을 듣는 청개구리처럼 나도 어머님이 돌아가신 후에 '통일 준비 알뜰 가계부'를 만들어 쓰고 있다."며 웃었다.

영문 편지를 써 구호를 호소하다

한국전쟁 발발로 이 대통령 부부도 피난 생활을 해야 했다. 수원과 대전, 부산으로 임시수도를 옮겨 가면서 대통령 부부 역시도 누추하고 헐벗고 굶주린 생활을 해야 했다. 어려운 상황이었으나 프란체스카 여사는 남편의 기분을 풀어 주고, 남편이 지치지 않도록 용기를 북돋워 주려 노력했다. 또한 그녀는 남편과 함께 전쟁을 끝내기 위한 다각적인 노력을 했다. 세계 각지로부터 오는 위로 편지에 답하는 일에서부터 미국 사령관을 만나는 일 등 외교적인 도움이 필요한 일에 그녀는 적극 참여했다.

한편 그녀는 전선에 머무르는 퍼스트레이디로서 매주 몇 번씩 일선 장병과 부상병, 포로 등을 만나 위로하고, 한국부인회와 함께 미망인들과 고아들을 보살피는 일 등에 참여하면서 피난민의 생활을 돌봤다. 그녀는 남편과 함께 오스트리아에 있는 친정 가족을 비롯해 미국에 있는 동포들, 그리고 세계 각국들에 한국 부상병들을 위한 담요와 구호품을 보내 달라는 영문 편지를 직접 써서 보냈다. 그녀의 고국인 오스트리아에서 가장 먼저 구호품을 보내 줬고, 이후 하와이를 비롯한 세계 각지에서 구호품이 도착했다. 한국전쟁이 발발한 날부터 다음해까지 프란체스카 여사는 전쟁 비망록을 쓰기도 했다.

대통령의 하야, 그리고 경무대를 울린 총성

이 대통령에게는 전처인 박승선 여사와의 사이에 아들(봉수)이 있었지만, 아홉 살경 아버지가 있는 미국을 방문했다가 병사했다. 이후 아들이 없었던 그는 늘 그 아들을 잊지 못하곤 했는데, 가끔 프란체스카 여사에게 "아들도 못 낳는 주제에……" 하고 불편한 심기를 드러내곤 했다. 이때마다 프란체스카 여사는 무척 미안해했다고 한다. 이 대통령이 이처럼 자식에 대해 집착이 강했기 때문에 프란체스카 여사는 양자 입적을 서두를 수밖에 없었다.

그리하여 1957년 3월 26일, 남편의 생일에 맞춰 이기붕 국회의장과 박마리아 씨의 장남 강석 씨를 양자로 정식 입적시켰다. 이 의장은 연희전문학교와 미국 아이오와 주 데이버 대학 출신으로 이 대통령의 비서를 거쳐, 서울시장, 국방부 장관, 민의원 의장 등을 지낸 사실상 대통령의 오른팔이었다. 그가 이처럼 지속적으로 권력을 유지할 수 있었던 것은 아내 박마리아 씨와 프란체스카 여사와의 각별한 관계 때문이기도 하다. 박마리아 씨는 강원도 강릉 출신으로 이화여전을 거쳐 미국 유학을 했고, 귀국해서는 강사로 출발해 이화여대 부총장을 지냈다. 프란체스카 여사는 영어가 능통했던 박마리아 씨를 각별히 신임했는데, 이들 두 사람의 관계는 양자 입적을 계기로 더욱 돈독해졌다.

양자 입적 이후 시중에는 "서울 하늘엔 두 개의 경무대가 존재한다."는 말이 심심치 않게 나돌았다. 하나는 실제 대통령이 기거하는 경무대요, 또 하나는 당시 이기붕 의장과 박마리아 내외가 살고 있는 서대문 집을 가리켰다. 대통령 관저인 경무대는 프란체스카 여사가, 서대문 경무대는 박마리아 씨가 휘두른다는 말이었다. 그 정도로 이기붕 의장과 박마리아 부부는 '일인지하 만인지상'의 권력을 누렸다.

강석 씨와 관련된 추문도 꼬리를 물었다. 가짜 이강석이 전국을 휘젓고 다니는 촌극이 발생하는 한편, 강석 씨의 서울대 법대 편입학으로 서울대 법대생들이 동맹 휴학에 돌입하는 사태가 벌어지기도 했다.

이기붕 의장은 1960년 3월 15일 치러진 정부통령 선거에서 이 대통령의 러닝메이트로 출마했다. 제4대 부통령 선거에서 장면 씨에게 패배했던 쓰라린 경험이 있었던지라 이 의장 내외는 경찰 행정 조직과 정치 깡패를 동원해 광범위한 부정 선거를 계획했다. 부인 박마리아 씨는 대한부인회 최고위원 임영신 씨가 부통령 출마를 선언하자 대한부인회와 대한여자청년단의 이름으로 "대통령에 이승만 박사, 부통령에 이기붕 선생을, 임영신의 출마는 반동 행위이다."는 성명을 신문에 발표하기까지 했다. 자유당 정권의 부정선거로 결국 이 의장은 제5대 부통령으로 당선되었다. 그러나 이 부정선거는 국민들의 분노에 불을 당겨 4월 혁명의 도화선이 되었다. 결국 박마리아 씨는 이화여대 부총장직을 비롯하여 모든 공직에서 사퇴했고, 이기붕 부통령에 이어 이승만 대통령마저 "국민이 원한다면 물러나겠다."는 하야 성명을 발표했다.

❀ ❀ ❀

"탕탕탕탕."

1960년 4월 28일, 경무대 36호실에서는 네 발의 총성이 울렸다. 4·19혁명으로 이 전 대통령이 하야 성명을 낸 지 이틀 만의 일이었다. 육군 장교였던 이 전 대통령의 양자 강석 씨가 두 자루의 권총으로 친아버지, 친어머니, 그리고 동생 강욱 씨를 차례로 쏘고 자신 역시 머리에 방아쇠를 당기고 스스로 목숨을 끊은 것이다. 당시 계엄사령부는 "금일(4월 28일) 아침 5시 40분 이기붕 씨, 박마리아 여사, 장남 이강석, 차남 이강욱 군은 시내 세종로 1번지 소재 경무대

제36호 관사에서 자결했다."고 발표했다. 최초로 공개된 프란체스카 여사의 비망록(54쪽)에 따르면 그녀는 남편의 사임 발표 다음 날인 4월 27일 밤, 양자 강석과 경무대에서 눈물의 예배를 올린 것으로 기록되어 있다. 강석은 이 예배 몇 시간 후인 28일 새벽 자결했다. 프란체스카 여사는 이날 예배가 그토록 아끼고 사랑하던 강석과의 마지막 만남이 될 줄은 꿈에도 몰랐을 것이다.

❋ ❋ ❋

이 전 대통령은 혁명이 터진 지 일주일 뒤인 4월 26일, 하야 성명을 내고 이화장으로 돌아갔다. 건강이 극도로 악화된 이 전 대통령은 양자 강석 씨의 자살 사건으로 큰 충격을 받았다. 그래서 의사의 권유로 하와이로 휴양을 가기로 했다. 프란체스카 여사는 이 전 대통령과 함께 네 개의 보스턴 가방과 낡은 우산과 타자기 한 대만을 갖고 사임 한 달 후 하와이행 비행기에 몸을 실었다.

하와이에 도착하니 옛 친구들과 한인기독학원의 옛 제자들이 이들 부부를 맞이했다. 그러나 이 전 대통령의 고국에 대한 그리움과 걱정은 더욱 커져만 갔다. 하루하루 쇠약해져 가는 남편을 지켜보는 프란체스카 여사의 마음은 편하지 않았다. 그래서 두 번째 양자를 들이기로 결정했는데, 그때 종중에서 천거한 사람이 바로 전주 이씨 양녕대군 문중 17대 손이자, 이 전 대통령의 조카뻘 되는 이인수 박사였다.

1961년 7월 전주 이씨 종친회에서 처음 양자 얘기가 나왔습니다. 아버님이 양녕대군 16대 손이었기 때문에 17대 중에서 적격자를 찾으려 했습니다. 어머님(프란체스카)이 외국인이니까 영어를 할 줄 알아야 하고 미혼인 사람을 찾았지요. 그러다 보니까 제가 꼽히게 된 모양입니다. 사실 저는 양자 이야기가 나오기 전까지는 아버님을 뵌 적이 없었습니다. 다만 어릴 때 친할아버지께서 '우리는 망국지민이다.'고 말씀하시기에 '그러면 나라를 되찾아야 할 것이 아니냐?'고 하였습니다. 그때 할아버지께서 '미국에서 우리 종친인 이승만 박사가 독립운동을 하고 있으니 독립이 될 거야.'라고 말씀하시더군요. 그때 '이승만'이란 이름을 처음 들었는데 어린 마음에도 왠지 흥분이 되더군요. 제가 아버님의 아들이 될 줄은 꿈에도 몰랐죠.(이인수 박사)

'인의 장막' 설에 대하여

프란체스카 여사는 "이 전 대통령에게 인의 장막을 친 사람"이라는 부정적인 평가를 받고 있다. 그녀가 대통령의 인사를 그르치고 대통령으로 하여금 올바른 의견을 듣지 못하도록 했다는 것이다. 이런 평가에 대해 그녀는 "나에 관해 글을 쓴 그 기자를 한 번도 만난 적이 없다."며 사실 왜곡이라고 항변하기도 했다. 프란체스카 여사에 대한 이런 시각은, 남편의 건강을 무엇보다 중요하게 생각해 정부에 대한 비판적 기사를 남편에게 보여 주지 않고, 외부 인사를 만날 때도 남편의 심기를 건드릴 만한 사람은 가리도록 비서들에게 당부했다는 데에서 비롯되었다. 당시 프란체스카 여사의 일거수일투족은 이 대통령의 심기를 알려 주는 척도였는데, 이에 대해서는 프란체스카 여사 스스로도 책에서 다음과 같이 밝히고 있다.

> 공무로 대통령과 면담을 해야 했던 미국의 장군들과 대통령 특사, 각국 대사들은 나를 대통령의 마음을 예측하는 기상대로 보고 대통령의 심기를 살폈다고 한다. 즉 기상대의 일기예보와 마찬가지로 내가 대통령 곁에 나타난 날은 청명한 날씨로 면담 분위기나 결과가 좋다는 것이고, 내가 얼씬도 안 한 날은 찬바람이 불고 먹구름이 뒤덮이며 천둥 번개가 치는 날이라고 새로 부임해 오는 인사나 외국 특사에게 귀띔해 주었다는 것이다.
>
> ─『대통령의 건강』중

프란체스카 여사가 정치에 간섭했다는 이야기에 대해 이인수 박사는 "박마리아 여사와 가깝게 지냈기 때문"이라며, "어머님은 당신이 국내 정치를 잘 아시는 것이 아니어서 무엇을 주장할 수 있는 입장이 아니었다." 면서 "비서 생활을 통해 당시 국내 정치 상황에 대해 저절로 알게 된 것이지만 아는 것과 간섭하는 것은 다른 것"이라고 말했다. 이 대통령의 정치 고문이었던 미국인 로버트 올리버 박사 등 해외 지인에게 한국 상황에 대해 상의하는 편지를 쓸 때마다 프란체스카 여사가 이 대통령의 구술 편지 내용을 영어로 타이핑했는데, 이 과정에서 프란체스카 여사는 저절로 국내 상황에 대해 정통하게 된 셈이다.

박마리아 여사를 비롯해 박에스더, 김활란, 김신실, 임영신, 편정희 씨 등 프란체스카 여사는 영어로 의사소통이 가능한 여성계 인사와 교류가 많았다. 특히 프란체스카 여사는 박마리아 여사의 영향을 많이 받은 것으로 알려졌다. 영어로 의사소통이 가능하기 때문이기도 했지만 박마리아 여사가 이 전 대통령의 정치 동지인 이기붕 씨의 부인이고, 후에 친아들 강석을 양자로 주는 등 떼려야 뗄 수 없는 관계가 되었기 때문이다.

1954년, 초대 대통령에 한해 중임 제한 규정을 배제한다는 종신 대통령제 개헌안이 발의되었다. 국회에서 1표 부족으로 부결됐는데 사사오입 해석 논리를 변칙적으로 적용해 통과시켜 이승만은 1956년에 3선 대통령이 되었다. 이때 프란체스카 여사는 올리버 박사와 함께 이 대통령에게 그만둬야 한다고 권했다. 그리고 1960년 선거를 앞두었을 때도 프란체스카 여사는 남편이 출마하지 않기를 바랐다고 한다. 이인수 박사에 따르면, 프란체스카 여사는 생전에 그때 자신이 더 적극적으로 남편을 말리지 못한 것을 늘 아쉬워했다고 한다. 하지만 그녀로서는 역부족이었다. 그 당시 상황 자체가 그녀가 적극적으로 말린다고 해서 변할 일이 아니었기 때문이다.

최고의 아내, 헌신적인 간호사

이 박사가 하와이 마우날라니 요양원에 머무르는 동안 프란체스카 여사는 헌신적으로 남편을 보살폈다. 남편의 병간호를 비롯해 남편을 찾아오는 방문객을 맞이하고 그동안 고마웠던 사람들에게 편지를 쓰는 일 등으로 하루하루를 보냈다. 기록에 따르면 당시 프란체스카 여사의 별명은 '최고의 아내(Best Wife)'였다.

이 박사는 밤낮없이 고국으로 돌아갈 날만을 손꼽아 기다렸다. 고국으로 돌아갈 여비를 마련하기 위해 이발비도 아꼈다. 그렇게 하루하루 보내던 중 1962년 3월 고국으로 돌아가고자 출발 준비까지 마쳤다. 그런데 갑자기 총영사로부터 귀국을 연기하라는 통지를 받았다. 이 소식을 접한 이 박사는 실망한 나머지 다시는 건강을 회복하지 못하게 되었다. 1965년 6월 말 병세가 위독해졌고, 7월 19일 0시 35분, 이 박사는 고향 땅을 밟고 죽고 싶다는 소원을 이루지 못한 채 이국 땅에서 임종했다.

남편의 죽음을 맞이한 프란체스카 여사는 실신해 버렸다. 탈진 상태가 계속되어 장례식에도 참석하지 못했다. 이 박사의 장례는 한국에서 가족장으로 조촐히 진행되었고, 그의 유해는 국립묘지에 안장되었다.

"아뇨, 나는 한국인입니다."

이 박사가 세상을 떠난 뒤 프란체스카 여사는 모국인 오스트리아로 돌아갔다. 남편과의 사별 이후 편히 쉴 수 있는 곳은 오스트리아 고향 집밖에 없었다. 그곳에서 프란체스카 여사는 언니와 조카, 그리고 유양수 오스트리아 대사 내외를 만나고 지냈다.

프란체스카 여사는 1년 뒤 1966년에 다시 한국 땅을 밟았다. 귀국하자마자 남편이 묻혀 있는 동작동 국립묘지에 갔다. 그런데 남편의 무덤에는 비석조차 세워져 있지 않았다. 서양에서는 죄인이 아닌 이상 비석은 있는데, 비석도 없는 남편의 무덤을 마주하는 프란체스카 여사의 마음은 무너질 것만 같았다고 한다. 어떤 아픔과 고난이 있어도 겉으로 절대 내색하지 않았던 프란체스카 여사도 남편의 초라한 무덤 앞에서는 눈물을 억제할 수 없어 통곡했다. 자리를 함께한 아들 인수 씨는 "어머니가 그렇게 슬피 한 맺힌 울음을 우는 모습을 평생 처음으로 보았다."고 회상했다.

프란체스카 여사는 1년 뒤 또 한 번 귀국했다. 다음해 12월 21일 아들 인수 씨가 조혜자 씨와 결혼했다. 당시 이화여대 불문과를 졸업하고 스위스 페스탈로치 아동촌 교사와 중앙일보 초대 스위스 통신원으로 활동하다가 귀국한 조 씨는 한표욱 주제네바 대사의 소개로 이인수 박사를 만났다고 한다.

1969년 12월부터 프란체스카 여사 앞으로 연금이 나오기 시작했다. 아들 이 박사 내외는 프란체스카 여사가 마음을 붙일 수 있도록 1969년 11월 17일에 손자의 출생을 전했다. 프란체스카 여사가 귀국한 후인 1971년 7월 19일에 이 전 대통령의 묘역을 조성하고 비를 세웠다. 프란체스카 여사는 1970년 5월 16일, 한국으로 영구 귀국해 22년 동안 양아들 내외와 이화장에서 살았으며, 1992년 3월 19일, 92세를 일기로 남편이 사랑한 고국에서 생을 마감하고 남편 곁에 묻혔다.

독립운동가의 아내로 어렵게 살았던 프란체스카 여사는 죽을 때까지 검소한 정신을 지켰다. 그녀는 "내가 죽으면 간소하게 장례를 치러 달라."고 주위 사람들에게 얘기하곤 했다. 그리고 다음과 같이 유언을 남겼다.

독립운동을 해 온 선열들의 뜻을 받들어 모든 국민이 우리나라의 통일 준비에 힘써야 한다. 내가 독립운동가의 아내로 평소 살아온 방식대로 장례를 검소하게 치러 달라. 관에 이승만 대통령이 쓴 '남북통일'이라는 친필 휘호를 덮고 태극기와 성경책을 넣어 달라.

생전의 프란체스카 여사는 틈만 나면 남편의 묘소를 찾곤 했다. 어느 날, 정문에서 한 외국인이 그녀에게 다가와서는 영어로 "오스트리아 사람이 시죠?"라고 물었다. 그러자 그녀는 "아뇨, 난 한국인이에요."라고 대답했다. 우리나라 사람들이 오스트리아를 오스트레일리아, 즉 호주로 잘못 인식해 프란체스카 여사를 '호주댁'이라 부르는 해프닝이 있었는데, 프란체스카 여사는 자신은 오스트리아인도 오스트레일리아인도 아니라면서 "나는 한국인"이라고 말하고 또 그렇게 행동했다. 그녀는 비록 오스트리아에서 태어났지만 결혼 후부터는 한국을 자신의 고향으로 생각한 누구보다도 한국을 사랑한 진정한 한국인이었다.

■ 프란체스카 여사 연보

1900 6월 15일 오스트리아 빈에서 사업가 루돌프 도너의 막내딸로 출생.

1918~1920 아버지의 사업을 물려받기 위해 상업전문대학 졸업 후 스코틀랜드에서 유학.

1920 자동차 경주 선수 헬무트 베렝과 결혼.

1923 헬무트 베렝과 이혼.

1933 어머니와 유럽 여행 중 스위스 제네바에서 독립운동을 위해 방문한 이승만 박사와 만남.

1934 10월 8일 뉴욕 클레어몬트 호텔에서 이 박사와 결혼.

1935 하와이 호놀룰루에 정착.

1940 이 박사의 저서 『일본 그 가면의 실체Japan Inside Out』 원고 타자.

1941 태평양전쟁 발발. 워싱턴 이승만 박사이 독립운동 내조.

1945 8월 15일 광복. 10월 16일 이 박사 귀국.

1946 3월 25일 프란체스카 여사 귀국

1947 10월 18일 이화장에 입주.

1948 7월 20일, 이승만 박사 초대 대통령으로 당선. / 프란체스카 여사 초대 퍼스트레이디가 됨./ 8월 15일 '대한민국' 정부 수립 선포.

1950 6 · 25 전쟁 발발. 임시수도 부산 피난.

1960 4 · 19 혁명 발발. 4월 26일 이승만 대통령 하야. 5월 29일 이승만 박사와 하와이행 동행.

1965 7월 19일 이승만 박사 별세, 오스트리아행.

1970 5월 16일 귀국. 22년간 이화장에서 생활.

1990 소피텔 앰버서더 호텔에서 90회 생일 축하연.

1992 3월 19일 0시 15분, 92세로 타계 / 3월 23일, 정동제일교회에서 영결식.

■ 이승만 대통령 연보

1875 3월 26일 황해도 평산에서 출생

1895 배재학당 입학, 초급 영어반 교사.

1896 협성회보 기자.

1898 만민공동회 총대의원, 「매일신문」 사장.

1899 독립협회사건으로 투옥.

1904 석방 후 도미.

1905 루스벨트 대통령 면담./ 조지워싱턴대 졸업(학사).

1907 미 하버드대학교 대학원 석사과정.

1910 프린스턴대학교 국제정치학 박사.

1912 미국에서 열린 세계감리교대회 한국 대표로 참가.

1914 하와이에서 《한국태평양》 창간.

1917 호놀룰루에 한인 기독교학원 · 한인기독교회 설립.

1919 한성임시정부 집정관 총재를 거쳐 대통령 취임.

1921 한성임시정부 의정원에서 불신임 결의로 사임. 하와이에서 대한인동지회 조직.

1934 제네바 국제연맹, 대한민국임시정부 전권대사.

       프란체스카 여사와 결혼.

1945 귀국. 독촉중앙협의회 총재. 민주의원 의장

1948 제헌국회의원에 무투표로 당선, 국회의장에 피선된 후 대통령 중심제 헌법 제정 · 공포, 국회에서 초대 대통령으로 당선. 7월 24일에 취임.

1952 자유당 창당. 제2대 대통령에 취임.

1953 반공포로 석방.

1954 종신대통령제 개헌안 발의. 사사오입으로 통과시킴.

1956 제3대 대통령에 취임.

1960 제4대 대통령에 당선되었으나 4 · 19 혁명으로 사임. 하와이행.

1965 7월 19일, 하와이에서 별세, 국립묘지 안장.

젊은 시절 프란체스카 여사의 모습.(1916년)

프란체스카의 결혼반지. 이승만 박사가 준비한 진주반지
(위)와 프란체스카 자신이 산 작은 다이아몬드가 박힌 백금
반지(아래). 백금반지에는 'S. R. to F. D. 1934. 10. 8.'이라
고 새겨져 있다.

1953년 11월 13일 리처드 닉슨 미국 부통령 부부와 함께 한 이승만 대통령 부부. 프란체스
카 여사는 막힘없는 영어 구사력으로 6·25 전쟁 전후 세계 각지에 구호를 요청하는 등 민
간 외교관 역할을 활발히 수행했다.

1957년 영주 부석사에 들린 이 대통령과 프란체스카 여사가 기둥 하나를 사이에 두고 어린애처럼 손을 맞잡고 있다.

프란체스카 여사는 결혼예복을 40여 년 입은 후 며느리 조혜자 씨에게 물려주었다. 사진 오른쪽 조혜자 씨가 입은 옷이 바로 그 옷이다.

이승만 전 대통령 장례식.

이승만 박사와 사별한 후 오스트리
아로 갔던 프란체스카 여사가 다시
한국을 방문하자 사람들이 반갑게
맞이하고 있다.

이승만 박사 사후에 청와대 초청을
받아 육영수 여사를 만난 프란체스
카 여사.

한국으로의 영구 귀국 후 프란체스카 여사는 22년 동안 이화장에서 행복한 할머니로 지냈다. 1981
년 여름, 아들 이인수 씨와 며느리 조혜자 씨, 그리고 두 손자들과 함께 이화장 앞뜰에서 산책을 즐
기고 있다.

이화장의 침실과 서재.

20년 사용한 빨랫대야. 결혼하면서부터 프란체스카 여사는 아끼고 절약하는 생활을 몸에 익혔고, 경무대에서의 생활할 때도 그 습관은 바뀌지 않았다. 물과 세제와 전기를 아끼기 위해 손빨래를 했고, 한 번 쓴 비눗물은 모아서 걸레를 빨 때 다시 썼다.

APRIL   18th WEEK

24	SUNDAY	
25	MONDAY	
26	TUESDAY	
27	WEDNESDAY	*Kangs came at 8 pm & we read Bible together.* (Pres. resigned 12th pm)
28	THURSDAY	*moved Ewhachang 2:30 pm Kangsuk + family*
29	FRIDAY	
30	SATURDAY	*10 a m funeral left after 10 min.*

고궁의 어린이
Dressed in their best, these young girls are enjoying a lovely
Sunday afternoon at an old Palace in Seoul.

처음으로 공개되는 프란체스카 여사의 비망록. 이승만 전 대통령이 하야를
밝힌 다음 날인 4월 27일(수)과 28일(목), 30(금)의 기록이다. 4월 27일, "강
(양아들)이 저녁 8시에 (경무대에) 왔고 같이 성경을 읽었다." 4월 28일,
"오후 2시 반에 (경무대에서) 이화장으로 이사했다. 강석의 가족이 죽었다."
4월 30일, "10시에 (강석) 장례식이 있었다."

순종적 아내이자 며느리에서 자주적 사회운동가로
공덕귀

孔德貴

1911년 4월 21일 ✽ 경남 통영 출생

1949년 1월 6일 ✽ 서울시장 윤보선과 결혼

1960년 8월 13일~1962년 3월 22일 ✽ 4대 퍼스트레이디

1997년 11월 24일 ✽ 사망

그때 프린스턴대학으로 유학을 갔더라면

내 인생이 어떻게 바뀌었을까?

— 공덕귀 여사

서울시장과 여전도사의 운명적 만남

대한민국 정부 수립 후 첫 번째 서울시장으로 발탁된 남자는 홀
몸이었다. 영국 에든버러대학에서 고고학을 전공한 그는 손꼽히는
집안 출신의 사람으로, 인물, 직업, 재산, 학벌, 집안 등 어디에 내놓
아도 손색이 없었다. 그래서 혼담이 줄을 이었지만 그는 도통 관심
이 없었다. 그는 열다섯 살에 민씨 성을 가진 여성과 결혼했으나, 딸
둘만 둔 채로 사별했다. 그 후 그의 책상 앞에는 매파들이 보낸 재색
을 겸비한 여성들의 사진들이 수북이 쌓였다. 그는 자주 집에 손님
을 청해 회의를 하거나 접대하는 것을 즐기곤 했는데, 그때마다 안
주인이 없는 커다란 저택을 방문한 손님들이 "혹시 이 남자, 성적으

로 무슨 문제가 있는 것 아니냐."고 수군거렸다. 첫 부인과 사별한 이후 10여 년이 넘도록 줄곧 혼자 지내고 있었으니, 그런 말이 나올 법도 했다. 그러나 그 남자는 어린 딸들이 성장하기 전까지는 재혼을 하지 않겠다는 결심을 굽히지 않았다.

＊ ＊ ＊

"그래, 바로 이 여성이야!"

그러던 어느 날 사진 한 장이 이 독신 시장의 운명을 바꾸어 놓았다. 우연히 책상 위에 놓인 사진 뭉치 속에서 한 여성의 모습이 눈에 띄었는데, 그것이 바위같이 굳은 남자의 마음을 뒤흔들었던 것이다. 검정 고무신을 신고 흰 저고리를 걸친 여성의 모습이 어딘지 모르게 귀티와 품격이 느껴졌다. 어쩐지 이 여인이라면 전처가 남긴 어린 두 딸도 잘 거둬 줄 것 같고, 대갓집의 맏며느리 역할도 잘 해 줄 것 같았다. 이 여성이 한국 최초의 여성 신학자라는 것도 그의 마음을 끌었다. 이 남자가 훗날 우리나라 4대 대통령이 된 윤보선이고, 그를 사로잡은 여인이 바로 공덕귀 여사였다.

윤 전 대통령은 1897년 8월 26일 충남 아산에서 아버지 윤치소 씨와 어머니 이범숙 씨 사이의 아홉 남매 중 장남으로 태어났다. 그는 청년 시절 중국 상하이로 가서 임시정부 최연소 의정원 의원을 지내다 영국 유학을 떠났다. 귀국 후에는 연금을 당하던 중에 해방을 맞게 되었으며 해방 직후 《민중일보》 사장으로 활동했다. 1948년 정부 수립 후에는 이승만 대통령에 의해 서울시장으로 발탁되었다.

이렇게 어렵게 마음을 정했으나 정작 혼사는 쉽게 이루어지지 않았다. 사진 속의 주인공인 공덕귀 씨는 도대체 결혼에 관심이 없었다. 그녀는 일본 유학을 다녀온 뒤 한국기독신학교(현재 한신대 전신) 여자 신학부 전임 강사와 덕수교회 전도사로 활동하고 있었다. 공덕귀 전도사는 공부를 더 해서 훌륭한 신학자의 길을 걷겠다는 일념뿐이었다. 그래서 윤 시장의 어머니가 보낸 매파(안동교회 여전도사)에게 차 한 잔도 대접하지 않고 번번이 그냥 돌려보냈다. 당시 공 전도사에게 가장 큰 문제는 유학 자금이었는데, 마침 미국 프린스턴대학 신학부에서 전액 장학금을 받고 공부할 수 있다는 소식이 오자 유학 준비에 여념이 없었던 것이다.

그러나 윤 시장과 인연이 되려 한 듯, 그토록 바라마지 않았던 미국 유학은 바로 눈앞에서 좌절되고 말았다. 어릴 적부터 형편이 어렵던 공 전도사에게 학업의 길을 열어 주는 등 정신적 물질적 도움을 주었던 송창근 목사가 그녀의 유학 서류를 들고 아예 시골로 잠적해 버리는 바람에, 서류 등록 시간을 놓쳐 버린 것이다. 송 목사는 공 전도사가 유학을 떠나기보다는 윤 시장과 혼인하기를 더 바랐던 것이다. 유학이 좌절되어 실의에 빠진 공 전도사에게 윤 시장과의 혼인 권유는 더욱 집요해졌다. 그녀가 전도사로 봉직하고 있던 덕수교회의 최거덕 목사도 팔을 걷어붙였다. 윤 시장과 친분이 두터웠던 최 목사는 여자는 아무리 신학 공부를 많이 해도 목사가 될 수 없다며 공 전도사를 설득했다. 공 전도사는 혼인을 권유하는 주변 사람들이 원망스러웠지만, 혹시 이것이 하느님의 뜻일지도 모른다는 생각을 하기 시작했다.

서투르나 순종적인 며느리

1949년 1월 6일, 이렇게 해서 나는 한신을 떠나 안국동 8번지로 귀양을 오고 말았다. 그때 해위 윤보선 씨는 서울시장이었다. 서울시장이 장가를 간다고들 야단인데 하느님은 아시지만 서울시장이란 그 명예로운 지위가 내게는 아무런 감흥을 일으키지 못했다. 신학을 배우고 선교사가 되려던 내가 주부가 되었으니 완전 방향 전환의 길을 걷게 된 것이다. 얼마나 어울리지 않는 내 모습인가.

— 공덕귀 여사 자서전, 『나 그들과 함께 있었네』 중

1949년 1월 6일, 윤 시장과 공 전도사의 결혼식은 윤 시장의 안국동 8번지 자택 대청에서 함태영 목사의 주례로 치러졌다. 윤 시장의 나이 쉰두 살, 공덕귀 씨의 나이 서른여덟 살이었다. 날씨가 좋아 마당에도 하객들이 서 있었다. 공덕귀 씨의 여섯째 시숙모가 그녀를 인도했는데, 이때 공덕귀 씨는 발을 삭삭 앞으로 내밀며 리듬에 맞

춰 걸어가는 시숙모를 따라가면서도 결혼에 대한 설렘이나 감흥을 거의 느끼지 못했다. 자신이 미국행 비행기를 타지 않고 결혼식을 올리고 있는 것이 도저히 현실 같지 않았기 때문이다.

"안국동 8번지로 귀양 왔다."

공 여사는 자서전 『나 그들과 함께 있었네』에서 결혼 당시 심경을 이렇게 피력했다. 그만큼 결혼은 공 여사에게 낯선 그 무엇이었다. 더욱이 법도와 예를 중시하는 명문가의 맏며느리라는 자리는 귀양살이처럼 외롭고 힘들게 다가왔다.

윤 시장은 공 여사와 결혼한 직후 상공부 장관으로 발탁이 되었다. 상공부 장관이라는 자리가 워낙 이권과 관련해 잡음이 많은 곳이라 윤 장관은 집안 식구들을 모아 놓고 "누구든 이권 운동을 한다면 나는 이 직을 맡지 않겠다."고 선언하고, 부임하던 날부터 도시락과 함께 손 씻을 비누까지 싸 들고 갔다.

❖ ❖ ❖

"아니, 무슨 샌드위치가 이렇게 맛이 없어요?"

어느 날 상공부를 방문한 김활란 박사에게 윤 장관이 같이 먹자며 아내가 싸 준 샌드위치를 내놓았는데, 김 박사는 샌드위치를 조금 입에 대자마자 이렇게 불평했다. 공 여사가 만든 샌드위치가 도저히 김 박사의 입맛에 맞지 않았던 것이다. 이 이야기를 남편으로부터 전해 들은 공 여사는 너무나 무안했다. 새댁의 음식 솜씨를 남편 앞에서 거침없이 타박한 김 박사가 야속하기도 했지만, 그것이 당시 자신의 음식 솜씨의 현주소라는 것을 인정하지 않을 수 없었다.

공 여사로서는 명문대가의 예와 함께 며느리, 아내, 어머니 역할을 익히는 일이 무척 힘들었다. 평소 걸음걸이가 남자같이 활달했는데, 이 때문에 그녀는 시집와서 걸음걸이 훈련까지 받아야 했다. 공 여사는 살림살이에 관한 한 시어머니와 남편의 말에 무조건 따랐다. 시어머니는 아홉 남매에 딸린 일흔 명의 대식구를 위해 자기를 희생한 부덕의 소유자였다. 공 여사는 치마 길이, 머리 모양 등 외모 치장까지 시어머니와 남편이 시키는 대로 했다. 그래서인지 공 여사는 후일 큰며느리를 얻었을 때도 며느리에게 "무조건 시어머님께서 시키는 대로만 하였더니 편하더라."고 말했다고 한다.

공 여사는 성격 자체가 단순하고 대장부적인 기질이 있어서, 자신이 잘 모르는 일에 대해서는 다른 사람의 의견을 기꺼이 수용하는 편이었다. 그래서 시어머니와 남편의 취향과 의견에도 거부감 없이 그대로 따랐다. 집에 손님을 초대하는 일부터 식단이나 식탁을 장식하는 꽃의 종류나 수까지 다 남편이 하라는 대로 따랐으며, 심지어 요리에 필요한 새우를 몇 마리 살지까지 남편이 정하는 대로 따랐다. 박영숙 여성재단이사장은 이렇게 회고했다.

"어느 날 손님 접대가 있어서 윤 대통령이 공 여사에게 초대한 손님 수만큼 새우를 사라고 했는데 공 여사가 딱 그만큼만 새우를 샀다. 그런데 갑자기 손님이 예정보다 많이 오시는 바람에 제가 당황한 공 선생과 같이 부랴부랴 시장으로 뛰어가 늘어난 손님 수만큼 다시 새우를 사야 했다."

공 여사는 보통 아내들처럼 아기자기한 살림 재미에 집착을 보이지 않았다. 식탁을 차려 가족을 거두는 주부의 역할은 시어머니와 며느리에게 맡기고, 자신은 가족의 추도 예배를 인도하거나 교회에서 성경 공부를 가르치는 역할 등을 즐겼다.

어머님은 주부 역할은 자기 영역이 아니라고 생각하셔서 그 부분은 전문가에게 위탁하고, 당신이 할 수 있는 일은 집에서 가족 예배 인도하거나 안동교회 여전도회를 활성화시키거나 그런 것으로 설정해 놓으셨어요. 특히 아버님이 가택 연금을 당하신 후부터는 어머님이 대신 밖을 다니셨는데, 집에 돌아오시면 바깥 얘기를 아버님께 신나서 전달하셨고, 아버님도 경청하셨지요. 어머님은 살림 같은 전통적인 주부의 역할은 꼭 숙제하듯이 하셨어요. 내일 손님을 치러야 한다면 '애야, 얼른 해 버리면 된다.'고 하셨습니다. 재미없어도 숙제는 해야 하는 것처럼요. 살림에 대해서는 초기에는 시어머님에게, 또 나중에는 며느리인 저에게 맡기셨지요. (맏며느리 양은선)

선교사를 꿈꾸던 소녀

공 여사는 1911년 4월 11일 충무(지금의 통영)에서 대한제국 군인인 공도빈 씨와 방말선(공마리아) 씨의 5남 2녀 중 둘째 딸로 태어났다. 어렸을 때 공 여사는 이순신 장군이 충무 사람이라고 믿었다. 그래서 초등학교 선생님이 이순신 장군이 어디 출신이냐고 질문하자 손을 번쩍 들고 "충무 사람"이라고 당당히 대답해, 교실을 웃음바다로 만들곤 했다.

공 여사의 부친인 공도빈 씨는 대한제국의 군인이었는데, 한일합방으로 일제에 의해 군대가 무장해제를 당하자 거의 폐인이 되다시피 살다가 공 여사가 열세 살 때 세상을 등졌다. 그래서 서른다섯 살에 청상과부가 된 어머니 방말선 씨 혼자서 삯바느질 등으로 어렵게 자식들을 키워야 했다. 어머니는 신앙의 힘으로 이런 고난을 극복해 나갔다.

어머니는 독실한 기독교 신자로 호주 선교사들과 성경 공부나 찬송을 배우는 등 교류가 많았다. 공 여사는 그런 어머니 밑에서 자란 덕분에 어릴 때부터 기독교 신앙을 키워 나갔다. 어린 시절, 새벽 기도를 나가시는 어머니의 뒤를 몰래 쫓아가서 어머니 눈에 띄지 않게 교회 맨 뒷자리에 앉아 기도를 드리곤 했다. 어머니는 여름밤이면 동네 여인들에게 이야기책과 성경책을 읽어 주는 일을 낙으로 삼았다. 그래서 그녀의 집은 동네 아주머니들이 모이는 사랑방 구실을 했다. 어머니는 은연중에 그리스도의 복음을 전파하는 전도자 역할을 하고 있었던 셈이다.

어머니는 신사 참배 반대 운동에 가담하여 투옥된 일이 있고, 해방 후에는 최덕지 선생과 함께 재건교회를 세워 장로로서 일생을 종교생활을 하면서 지냈다. 시대를 적극적으로 살아가는 용감한 어머니의 자랑스러운 모습은 공덕귀의 정신적 고향이 되었다.

공 여사는 보통학교를 졸업한 후 유치원 조보모로 일했다. 집안 형편상 곧바로 진학을 할 수 없었기 때문이다. 그러던 중 호주 선교부의 장학생으로 선발되어 스물한 살에 늦게나마 미션스쿨인 동래 일신고등여학교에 입학할 수 있었다. 공 여사는 재학 중 YWCA 학생회 회장을 맡는 등 다양한 재능을 보였으며 영어, 피아노는 물론, 체육, 수영에도 뛰어났다. 당시 그녀의 별명은 '만 가지 약장수'였다. 못하는 것이 없다고 해서 친구들이 붙여 준 것이다. 졸업 때는 우등상, 도지사상, 4년 개근상에다 전교 최우수상까지 차지했다.

공 여사의 꿈은 인도 선교사가 되는 것이었다. 우연히 가깝게 지내던 통영 진명여학교 김혜경 선생으로부터 "인도 사람들이 영국 사람의 선교는 싫지만 비슷한 처지의 한국 사람의 선교는 반길 것이다."는 말을 듣고 난 뒤부터 생긴 인생의 목표였다. 공 여사는 인도 선교사를 하기 위해서는 영문과를 가는 것이 좋겠다고 생각했다. 그래서 졸업을 앞두고 YWCA 활동을 하면서 알게 된 이화여전 김활란 박사에게 장학금을 받도록 해 달라고 부탁하는 편지를 쓰기도 했지만, 이화여전 입학 기회는 얻지 못했다. 대신 일본 유학 티켓이 날아왔다. 통영 진명여학교에 있던 김혜경 선생의 주선으로 일본 요코하마 신학교에서 장학금을 받으며 공부할 수 있게 된 것이다.

공덕귀는 요코하마 신학교에서 4년 간 신학 공부를 하면서 동문인 박용길 선생(고 문익환 목사의 부인)과 같이 주일학교를 인도했다. 졸업 후 송창근 목사가 있는 경북 김천 황금동교회 전도사로 부임하여 당대 교계의 지도자들인 정대위, 조선출, 김정준 목사 들과 인연을 맺었다.

공 전도사는 김천교회에서 교육 부문을 담당하고 있던 중 황금동교회 독립운동사와 관련해 경북 도경에 끌려가 고춧가루 탄 물로 고문을 당했는데, 이는 벌써 두 번째 당하는 일이었다. 몇 년 전 잠시 호주 선교사의 어학 교사로 일하던 중 거창교회 성탄절 행사에서 이광수 선생이 만든 금지곡을 부르는 바람에 일제 경찰에 붙잡혀 물고문을 당했던 것이다.

출옥 후 다시 송 목사의 제의로 요코하마 공립신학교(후에 도쿄여자신학전문학교로 개명) 4학년에 입학, 공부를 하고 졸업 후 김천으로 와서 그해 8·15를 맞았다. 그 뒤 1946년 1월 15일 조선신학교(현 한신대학) 여자 신학부 교수가 되었다. 한경직 목사가 부장으로 있는 베다니교회(영락교회의 전신)의 여자 신학부 전임 강사도 맡았다. 윤 시장과의 혼담이 시작된 것도 이즈음이었다.

공 여사의 자녀들

공 여사가 살림 솜씨가 서툰데도 대갓집에 들어가 시어머니의 사랑을 받을 수 있었던 것은, 결혼하자마자 내리 상구, 동구 두 아들을 낳아 윤보선 가의 대를 이어 주었기 때문이다. 공 여사는 남편이 상공장관이 되던 해, 청량리 위생병원에서 첫아들을 순산했다. 나이 쉰둘에 첫아들을 품게 안게 된 윤 남편과, 칠십 평생을 기다리던 장손을 품에 안게 된 시어머니의 기쁨은 이만저만이 아니었다. 시어머니는 손자가 퇴원해 나오는 그날부터 손자들 목욕시키는 일을 도맡아 했다.

공 여사는 첫아들을 낳고 곧 둘째를 임신했다. 그런데 겨울 김장 준비로 시장에 나갔다가 시장에서 '펑' 하고 옥수수 튀밥을 튀기는 소리에 놀라 유산하고 말았다. 아들만 둘 낳았던 공 여사는 후일 "그때 유산된 아이가 혹시 딸이 아니었을까." 하면서 마음 아파했다.

두 아들은 어릴 때부터 서로 퍽 달랐다고 한다. 기차를 탈 때도 첫째 상구는 웃저고리를 벗고 앉는 반면에 둘째 동구는 아버지처럼 절대로 웃저고리를 벗지 않고 영국 신사처럼 진지한 모습을 하고 앉아 있었다. 특히 둘째는 음식도 까다로운 데다 자신은 달처럼 둥근 색시를 얻을 것이라고 말하는 등 어릴 때부터 별종이었다.

공 여사의 자녀 교육 원칙은 기독교 정신과 자립 정신을 길러 주는 것이었다. 윤 전 대통령 역시 두 형제를 어린 나이에 미국 유학을 보내는 등 자립 정신을 강조했다. 자식이 떠난 빈자리를 보며 공 여 사도 때때로 그리워했지만, 여느 어머니같이 자식에 대해 유난히 집 착하지는 않았다.

큰아들 상구 씨는 1966년 미국으로 건너가 고등학교를 졸업하고 1975년 뉴욕 주 시라큐스 대학 건축학과를 졸업했다. 1976년부터 8 년 동안 LA에서 무역 컨설팅 회사에 근무하다 1983년 귀국해 건축 자재 수입 판매업을 하고 있다. 국제로터리 3650의 총재, 한국 내셔 널트러스트 문화유산위원회 위원장으로 활동하고 있다. 연세대학교 의무부총장을 지낸 양재모 박사의 딸 양은선 씨와 1980년 결혼했으 며 1남 1녀를 두었다.

차남 동구 씨는 미국 로드아일랜드 주에 있는 스쿨오브디자인 학 교를 졸업한 후 1985년에 귀국하여 올림픽 대교 위의 성화(聖火)를 상징하는 설치물을 제작하는 등 화가로 활약하고 있다. 그는 장남 상구 씨 내외가 지키고 있는 안국동 집에 1991년까지 같이 살다 분 가하여 현재 벽제에 살고 있으며, 한국예술종합학교 교수로 재직중 이다.

윤 전 대통령과 첫 부인과의 사이에 태어난 두 딸 중 장녀 완구 씨는 형법학계의 권위자로 고려대학교 법대학장을 지낸 남흥우 씨 와 결혼했으나 2003년 세상을 떠났다. 화가로 활동한 둘째 딸 완희 씨는 상해 임시정부에서 국무총리를 지낸 신규식 씨 아들인 신준호 씨와 결혼했고 사별했다.

목회자의 길에서 정치가 아내의 길로

윤 시장은 공 여사와 결혼한 지 5개월도 지나지 않아 상공부 장관으로 자리를 옮겼다. 그러나 상공부의 일을 놓고 이승만 대통령의 비위를 건드리는 바람에 얼마 못 가 장관직에서 물러나게 되었다. 그때부터 윤 장관은 이 대통령과 정치적으로 결별하고 자유당에 맞서 야당 국회의원으로, 야당 최고위원으로 험난한 정치 행로를 걷기 시작했다.

자유당 정권은 1960년 3·15 부정 선거를 강행했다. 그리하여 마산에서 학생이 중심이 된 격렬한 시위가 분출되었다. 이 과정에서 고등학생이었던 김주열 군이 눈에 최루탄이 박힌 채 처참한 모습으로 물 위에 떠오른 사건이 발생하였다. 민주당은 윤 전 대통령을 단장으로 진상 조사단을 구성하고 이들을 현지로 급파했다.

윤 전 대통령은 마산 시위를 불순 세력의 책동으로 몰아붙이는 자유당에 대해 "그것은 불순 세력의 책동이 아니라 애국 시민의 의거"라고 공격했다. 마침내 자유당 정권은 국민 앞에 무릎을 꿇고 말았다. 그리고 민주당에 정권을 이양할 때까지 허정을 내각 수반으로 한 과도 정부가 수립되었다. 그 와중에도 민주당은 신구파 간의 싸움으로 시끄러웠다.

남편이 정치인의 길을 걸으면서 공 여사도 서서히 정치에 눈을 뜨기 시작했다. 그녀는 남편을 통해 정치가 잘되면 나라도 바로서고

개인에게도 축복이 된다는 사실을 알게 되었다. 일제 치하에서 정치가 얼마나 중요한 것인지를 잊고 살았다는 점도 깨닫기 시작했다. 공 여사는 허정 과도 정부 기간에 벌어진 민주당 신구파 간의 싸움이 안타까워 "꿈같은 해방을 주신 하느님 앞에 파벌싸움을 하고 갈라진 것이 못내 아쉽다."라고 자서전에 기록했다.

대통령 취임식 날, 퍼스트레이디 자리가 없다?

윤 총리는 1960년 8월 1일, 내각책임제하의 대통령으로 선출되었다. 신파에 밀려 원하던 총리 자리를 내주고 대신 대통령직을 수락했던 것이다. 공 여사는 장면 씨가 총리 자리를 기어이 따낸 일로 신파를 두고두고 못마땅해했다. 특히 장면 총리가 대통령의 국군 통수권 승인 절차를 유보하는 가운데 5·16 군사 쿠데타를 맞게 된데 대한 불만이 대단히 컸다. 제2공화국은 대통령 중심제에서 의원내각제로 헌법을 개정한 뒤, 민의원과 참의원 합동 회의에서 대통령 윤보선, 총리 장면을 선출한 1960년 8월부터 1961년 5·16으로 붕괴되기 전까지 9개월 남짓 존속되었다.

⁂ ⁂ ⁂

"아니 이럴 수가 있소?"

1960년 8월, 대통령 취임식이 거행되던 날, 윤 대통령은 무척 화가 났다. 취임식장에 아내인 공 여사의 자리가 없었기 때문이다. 아무리 실권 없는 내각제하의 대통령이라 하더라도 엄연히 대통령인데, 자신이 대통령으로 취임하는 취임식장에 퍼스트레이디의 자리가 없다니. 화가 나지 않을 수 없었다.

나는 실상 그런 공식 석상에 나가 본 일이 별로 없어서 오히려 다행으로 여기고 크게 개의치 않았지만, 여자를 무시하는 그런 처사는 민주주의를 위해 싸워 왔다는 사람들의 처신이라기에는 말이 안 되는 것이었습니다. 소위 독재를 물리치고 민주주의를 열겠다며 제2공화국의 첫발을 내딛는 순간이 아닌가 말입니다. 될성부른 나무는 떡잎부터 안다는데, 이렇게 출범한 정부가 얼마나 가부장적일지는 보지 않아도 알 수 있었습니다. 온 국민이 지켜보고 많은 외국인이 참석한 대통령 취임식장에서 소위 대통령 부인에 대한 처우는 이렇게 상식을 벗어나는 것이었습니다.

공 여사는 훗날 자서전에서 그날의 서운함을 피력했다. 윤 대통령의 격노로 뒤늦게 취임식장에 참석할 수는 있었지만, "나는 지금도 '그날 내가 식장에 갔던가' 하는 의심이 든다."고 말할 정도로 이날 그녀가 받은 자존심의 상처는 컸다. 취임식 날 그녀는 옥색 나일론 치마를 입었는데, 그것이 대통령 취임식 날의 유일한 추억이라면 추억이었다. 그녀는 그날 입었던 그 옥색 나일론 치마를 오랫동안 소중하게 간직했다.

대통령으로 취임한 이후 어느 일요일, 공 여사는 안국동 8번지를 떠나 경무대로 이사를 했다. 당초 공 여사는 물론 윤 대통령도 경무대로 이사를 들어가고 싶은 생각이 없었다. 내각책임제인 만큼 경무대는 총리가 쓰도록 하고 본인은 집에서 집무를 보려고 생각했기 때문이다. 그러던 것이 안국동 사저는 보안과 경호가 어렵다는 주변의 강권으로 내키지 않은 이사를 하게 된 것이다. 그러나 후일 공 여사는 이날 경무대로 이사한 것을 두고두고 후회했다.

이사를 한 날, 마침 식사 때가 되어 부엌으로 내려갔더니 부엌에 있는 사람들이 집기가 하나도 없다고 불평했다. 냄비 하나 없이 텅 빈 경무대 부엌에 놀란 비서진들이 당장 이승만 전 대통령의 사저인 이화장으로 달려가 거기 있던 살림살이를 경무대로 다시 옮겨왔다. 경무대의 가구, 그릇 등을 모두 이화장으로 가져갔다고 오해했기 때문에, 당시 참모들이 국고 환수 차원에서 다시 경무대로 가져온 것이다. 그런데 이 일로 인해 프란체스카 여사와 공 여사와의 관계는 결정적으로 소원해지고 말았다. 나중에 사실을 알게 된 공 여사가 살림살이들을 다시 이화장에 돌려주었지만, 이미 엎질러진

물이 되었다. 공 여사와 프란체스카 여사는 이 사건으로 오랫동안 불편한 관계로 지내게 되었다. 프란체스카 여사의 말년에 공 여사가 이화장을 방문함으로써 그간의 오해가 풀어졌다고 한다.

화장실에서 시작된 개혁

제2공화국 출범과 함께 경무대의 이름은 청와대로 바뀌었다. 경무대라는 이름이 독재를 연상시키며 국민에게 좋은 이미지를 주지 않는다는 판단에 따라, 윤 대통령이 개명했다. 고고학자 출신인 윤 대통령은 청기와가 우리나라 고유의 문화재인 만큼 고유한 전통을 지닌 집이라는 뜻에서 청와대라는 이름을 택했다.

공 여사는 제4대 퍼스트레이디가 된 후 청와대에서 시어머니를 모시고 살았는데, 이는 청와대에서 고부가 함께 살았던 최초의 사례였다. 가끔 청와대의 대통령 내외 생활이 일반에 공개되었는데, 이때 청와대 마당에는 공 여사가 안국동 사저에서 가져간 된장독이 가지런히 놓여 있음은 물론 두 개구쟁이의 빨래가 흩날리곤 했다.

공 여사는 청와대에 있는 동안 아주 조용한 퍼스트레이디로 지냈다. 비록 한국 최초의 여성 신학자이자 일본 유학도 다녀온 교수 출신이었지만, 정치적, 시대적 상황이 그녀의 역동적인 역할을 허락하지 않았던 것이다. 외빈 접견 등 의전적으로 꼭 참석해야 하는 자리에는 나갔다. 영국 대사 부인의 방문, 매카나기 미국 대사 부인과의 환담, 유엔군 모범 장병 초대 만찬, 미 국무장관과의 접견 등에서는 유창한 영어와 특유의 기품을 선보이기도 했으며, YWCA에서 주관하는 외교관 부인들의 '가든 클럽' 연차 전시회나 메디컬 센터의 아동병원 개설식에도 참석했다. 그러나 그녀의 대외 활동에는 한계가 있었다.

공 여사는 정치에는 일체 참견하지 않았고 흔히 하는 봉사 활동에도 자주 나서지 않았다. 공 여사와 민주화운동의 동지가 된 박영숙 여성재단 이사장은 "부인이 활동을 안 하는 것을 더 미덕으로 여기는 것이 당시 정치 풍토였다."고 설명했다. 그 시절 정치적인 문제와 관련해서 공 여사가 할 수 있는 유일한 일은 기도뿐이었다. 그녀는 밤낮없이 시위가 벌어지고 혼란의 나날이 계속되자 가끔 강원용, 김재진, 김관석 목사 등 교회 지도자들을 청와대에 초청해서 나라를 위해 기도하고, 여러 가지 조언을 듣곤 했다. 공 여사는 틈만 나면 청와대 내실 베란다에 나가 서울 시내를 내려다보며 "주여, 이 백성을 어찌하시렵니까?"라며 "이 나라를 버리지 말아 달라."고 하느님께 기도했다.

공 여사는 청와대에서의 정치적 역할을 축소하는 대신, 새로운 시대에 맞는 청와대 문화를 세우는 데 주력했다. 가장 먼저 청와대 화장실부터 바꾸었다. 그전까지만 해도 청와대에는 공중 화장실밖에 없었다. 양장에다 모자까지 쓰고 경무대를 방문하는 외국 귀빈

여성들은 이 점을 몹시 불편해했다.

> 청와대에 외교단들이 대통령을 만나려고 오면 부인들은 모자에다 흰 장갑이랑 끼고 오는데, 화장실부터 준비가 안 되어 있었어요. 외숙모님 (공 여사)은 미시즈 아담스라는 외국인 비서하고 외국의 의전 전문 잡지를 보면서 손님 화장실은 어떻게 꾸며야 하는지 연구하셨어요. 수건도 가로세로 몇 센티가 되어야 하는지, 일일이 다 재 가지고 만들면서 모양도 전통적인 한국 수를 놓았습니다. 외빈들이 청와대의 화장실을 찾을 때 전혀 격식에 빠지지 않게 하기 위해서요.

윤 대통령의 조카로 공 여사의 퍼스트레이디 시절 비서를 지냈던 이은주 씨의 말이다. 윤 대통령은 공 여사로 하여금 이런 역할을 하게끔 유도했다. 윤 대통령이 아이디어를 내면, 공 여사는 그것을 실행하는 역할을 했다. 윤 대통령은 영국에서 13년을 산 이른바 '영국 신사'였다. 격식과 안목, 품격을 중시하고 취향이 귀족적이었다. 화장실에 놓을 탁자의 위치와 치수, 수건의 모양까지 세세하게 지적할 정도였다. 그는 "레이디는 '파우더 룸'이란 데서 화장도 고치고 향수도 뿌리고 하며 옷매무새를 가다듬는 것이 아주 중요하다."고 말했다.

❖ ❖ ❖

화장실 개혁 다음으로 공 여사가 주력한 일은 청와대에 제대로
된 식기를 갖추는 일이었다. 지금도 윤 대통령 내외의 사저인 안국
동 8번지에서는 태극문양을 넣은 그릇을 쓰는데, 이 그릇이 우리나
라 최초의 청와대 전용 식기로 꼽힌다.

> 대통령에 취임한 이후에도 두 분은 사저에서 집무를 보려고 했기 때
> 문에 집안에 회의할 수 있도록 식당도 크게 만들고, 대통령 전용 집기도
> 구비해 두었습니다. 아버님이 태극문양이 들어간 노란 그릇을 직접 디
> 자인해서 어머님의 여동생이 경영하는 대한도기회사에 제작을 의뢰했
> 던 것이지요. 그러다 경무대에 들어가시게 되자, 그때 만들었던 집기를
> 다 갖고 들어가셨지요. 또 민예사라는 곳에서 한국적인 멋을 살린 자개
> 장을 주문해서 또 경무대로 갖고 들어갔습니다. (큰며느리 양은선 씨)

날지 못하는 조롱 안의 새

"따르릉."

1961년 5월 16일 새벽 청와대의 전화벨이 울렸다. 곧이어 비서의
노크 소리가 들렸고, 공 여사는 잠에서 깨어났다. 쿠데타가 일어났

다는 전화였고, 그 전화 내용을 알리기 위한 비서의 노크 소리였다.

윤 대통령은 3일 후인 5월 19일, 계엄을 추인했다. 당시 그는 단독으로 하야 성명을 발표하여 대통령직을 사퇴하려고 했다. 이때 장도영 중장이 "유일한 헌법기관인 대통령의 부재는 국제 관계상 절대 안 된다."고 하야를 극구 말렸다. 결국 윤 대통령은 5·16 발발 10여 개월 후인 1962년 3월 22일 정치정화법이 발표되자 대통령직을 사임하고, 다음 날인 23일, 공덕귀와 노모, 두 아들과 함께 청와대를 떠났다.

꿈에 그리던 민주주의를 꽃 피우려 할 즈음 총칼 앞에 중책의 자리를 박차고 나와야 하는 아픔이 왜 없었겠는가?

공 여사는 자서전에서 1년 8개월 동안 청와대에서 퍼스트레이디로 산 자신의 처지를 '조롱 안의 새'로 표현했다. 자칫 잘못 행동하면 여자가 너무 나선다는 소리를 들을까, 혹시 자신의 한마디가 남편의 정치 생명에 영향을 줄까 싶어 항상 살얼음판을 걷듯 조심하면서 지냈던 생활이 조롱 안의 새처럼 여겨졌던 것이다. 공 여사의 자서전 집필을 도왔던 이현숙 대한적십자사 부총재는 "공 여사는 대화가 청와대 시절로 거슬러 올라가기만 하면 입을 굳게 다물고 노코멘트로 일관했다."고 한다. 그러면서 "자신의 인생에서 가장 유감으로 생각하는 일이 청와대에서의 생활이었다."고 주변에게 털어 놓곤 했다는 것이다.

퍼스트레이디에서 사회운동가로

공 여사의 인생은 청와대를 떠나 사회운동 과정에서 오히려 더욱 빛나기 시작했다. 대통령직을 물러난 뒤 윤 전 대통령은 1963년 재야 세력을 규합하여 민정당을 창당하여 10월에 치러진 제5대 대통령 선거에 입후보해서 박정희 대통령과 맞섰으나, 15만 표 차로 패했다. 윤 전 대통령은 1967년에 통합 야당 신민당의 대통령 후보로 나섰으나 또 패했다. 다음해인 1969년 9월, 3선 개헌 저지 투쟁에도 불구하고 공화당은 새벽 2시 국회 제3별관에 모여 3선 개헌안과 국민투표 법안까지 벼락치기로 통과시켰다.

이 사건으로 윤 전 대통령은 정치에 깊은 좌절과 실망을 느끼게 되었다. 그는 2년 후인 1971년 정계를 은퇴했다. 그리고 독재 타도 운동에 나섰다. 이때 공 여사도 남편과 함께 투쟁에 나섰다. 퍼스트레이디로 '조롱 안의 새'로만 지내던 공 여사가 사회운동이라는 날개를 달고 세상 밖으로 훨훨 날기 시작한 계기가 된 것이다.

공 여사는 58세인 1969년 안동교회 여전도회장이 되면서 적극적으로 교계에 발을 들여놓았다. 안동교회 여전도회장으로 있으면서 공 여사가 주력했던 일은 여성들에게 '세상을 보는 눈'을 갖게 해 주는 것이었다. 그녀는 여신도들이 세상일에 별로 관심이 없고, 교회에서도 주로 주방일과 뒤치다꺼리만 하는 점을 못마땅하게 여겼다. 그래서 여성도 떳떳한 사회 성원으로 제구실을 하려면 사회가 어디로 가고 있는지 제대로 알아야 하고 그래야 선교도 제대로 할 수 있다고 역설했다.

공 여사의 리더십은 1972년 예수교장로회 여전도회 서울연합회 회장을 맡으면서 빛을 발했다. 서울시장 부인, 상공부 장관 부인, 퍼스트레이디, 두 번이나 대통령 선거에 출마했던 제1야당 대통령 후보 부인이자 야당 지도자의 부인 등으로 30여 년을 보내면서, 공 여사는 어느덧 자신도 모르게 리더십을 갖추게 된 것이다.

교회에의 여성 참여, 선업 선교, 기생 관광 문제, 원폭 피해자 문제, 통일 문제 등 공 여사의 관심 영역과 활동 영역은 점차 넓어졌다. 1974년 5월 한국교회여성연합회 초대 인권위원장 자리를 맡으면서부터 공 여사는 1970년대 민주화 운동, 인권 운동의 리더로 부각되기 시작했다. 1972년 유신헌법이 공표되고, 1974년 긴급 조치 4호가 발표되자 소위 민청학련 사건이 터졌다. 이 사건으로 윤 전 대통령은 불구속 상태로 재판을 받았는데, 이를 계기로 공 여사는 구속자 가족 협의회 회장이 되었다. 또 1976년 윤 전 대통령이 3·1 민주구국선언 사건으로 입건되자 3·1 구속자 가족들을 중심으로 양심수 가족협의회 모임이 발족되었는데 공 여사는 양심수 가족협의회 회장을 맡았다. 구속자 가족들 10여 명은 매주 모여서 예배를 보고, 시위 행진을 벌이곤 했다. 시위가 벌어질 때마다 공 여사는 제일 앞장섰다. 전직 퍼스트레이디라는 자신의 지위가 이들의 방패막이가 되기를 바랐기 때문이다. 며느리 양은선 씨는 말했다.

"어머님은 전직 퍼스트레이디라는 자리를 과시용이 아니라 억울한 여공들을 위해 썼습니다. 험한 곳, 위험한 곳을 가실 때는 제일 앞장서서 가셨는데, 경찰들도 전직 퍼스트레이디를 함부로 잡아갈 수는 없었거든요. 제일 앞에 있는 어머님이 '나부터 잡아가라.'고 하면 경찰들도 차마 어쩔 수가 없었어요."

공 여사가 김대중 전 대통령의 부인인 이희호 여사와 가깝게 된 것도 이때부터다. 이때 공 여사와 이 여사 모두 경찰서에 조사를 받았는데, 이를 계기로 동병상련의 정을 쌓아 가기 시작한 것이다. 이렇게 용감했던 공 여사였지만, 그녀에게도 이 당시 말 못할 고충이 있었다. 공 여사와 같이 활동했던 이종옥 씨의 말이다.

1976년 3 · 1 사건이 나자 우리는 옷에다가 십자가를 붙이고 덕수궁 앞에 서 있었습니다. 모두 보라색 원피스를 입고 윗주머니 끝에는 각자 남편의 수번을 새겨 넣었습니다. 원피스에 커다란 십자가를 달고 시위를 하기도 했습니다. 그러던 어느 날이었습니다. 저희 주변에 여러 사람들이 모여 있었는데, 경찰들이 다 해산시키고 나니 달랑 여덟 명만 서 있게 되었습니다. 제가 공 여사 옆에 서 있는데 공 여사가 그때 저를 쿡쿡 찌르면서 '버스 타고 지나가는 저 사람들이 나보고 뭐라 그럴까?' 라고 물으시더군요.

공 여사는 지나가던 사람들이 "공덕귀가 미쳤다."고 흉을 볼 것만 같은 기분이 들어 당황스러웠다. 그러나 공 여사는 자신의 심적 고충을 밖으로 드러내지는 않았다. 박영숙 여성재단 이사장은 "당시 경찰이나 기동대는 시위를 진압하면서 전직 퍼스트레이디가 듣기에는 너무도 수치스럽고 상스러운, 입에도 담을 수 없는 욕을 내뱉곤 했다."면서 "공 여사는 그때마다 한마디 불평 없이, 또다시 그런 모욕을 당할까 봐 빼는 일도 없이 언제나 그 자리에 나와서 우리의 방패가 되어 주었다."고 말했다.

신군부가 집권한 1980년은 공 여사가 일생에서 가장 큰 마음의 상처를 받은 한 해였다. 권력을 장악한 전두환 장군을 비롯한 신군부가 팔순 노인의 길에 들어선 남편에게 접근해 자신들은 박정희 정권과 다르다는 점을 강조하면서 회유하기 시작했다. 대화로 문제를 풀어 가고 민주화를 위한 조치를 취할 것을 약속할 테니 도와 달라는 것이었다. 오랫동안 박 대통령으로부터 핍박을 받아 온 데다 기약 없는 민주화운동으로 지칠 대로 지친 윤 전 대통령의 마음이 그만 움직이고 말았다.

공 여사는 두 아들과 함께 "제발 가만히 있으라."며 남편을 말렸다. 말리는 공 여사와 윤 전 대통령 사이에 고성이 오가기 시작했다. 그러나 정치에서 한동안 소외되어 있던 윤 전 대통령은 신군부를 통해서라도 민주적인 정치를 다시 유도할 수 있지 않을까 하는 환상에 빠진 듯 공 여사의 말을 듣지 않았다. 윤 전 대통령이 전두환 정권을 지지하는 것처럼 보여지자 안국동 윤보선 가에도 동지들의 발걸음이 끊기기 시작했다. 한가족처럼 지내던 구속자 가족들이 점차 공 여사를 멀리하기 시작하자 공 여사는 마음에 상처를 입었다. 공 여사는 괴로웠다. 차라리 남편이 일찍 세상을 뜨는 것이 나을지도 모르겠다는 생각까지 들 지경이었다.

내면에 담긴 한국 여성의 한

공 여사는 1997년 11월 24일 향년 86세로 안국동 8번지에서 운명을 달리했다. 말년에 공 여사는 당뇨와 치매로 고생했다. 공 여사는 7년 앞서 남편이 93세로 세상을 떠나자 '삶과 죽음을 생각하는 회'(1991년 4월)의 발기인이 되어, 앞서간 남편을 추모하면서 여생을 보냈다. 그녀는 집안에 상청을 차려 두고, 거기에 남편의 사진과 촛대와 꽃을 두었다. 그리고 3년 동안이나 매주 교회에 남편이 늘 앉았던 자리에 꽃을 갖다 놓곤 했다.

시어머니께서 돌아가시기 며칠 전에 함께 잤어요. 치매를 앓기 시작한 뒤 옛날에 시어머니를 모시던 침모께서 오셔서 함께 지냈어요. 그분이 워낙 잘해 주셔서 밤에는 제가 편히 잘 수 있었는데 어느 날인가, 저와 같이 자고 싶다고 하시더군요. 그래서 이부자리를 펴고 함께 잤는데 새벽녘에 저절로 눈이 떠져서 깼더니 시어머니께서 두 눈을 말똥말똥 뜨고 허공을 보고 계셨습니다. 그때 그 눈이 어찌나 맑은지…… 너무 편안하고 천진난만한 아이 같은 눈빛이셨어요. 그렇게 함께 밤을 보낸 이틀 뒤 돌아가셨죠. (며느리 양은선 씨)

공 여사의 일생은 선택된 자의 의미 있는 삶이었다고 할 수 있다. 일본 유학생 출신의 엘리트 신학자로, 명문가의 맏며느리가 되었으나 궂은 살림살이에서 벗어났으며, 서울시장 부인과 상공장관 부인을 거쳐 퍼스트레이디까지 지냈다. 청와대를 나와서는 여성 지도자로 민주화운동, 여성운동, 인권운동에 몸을 살랐다. 남편의 퇴임 이후 조용히 살았던 다른 역대 퍼스트레이디들과 달리 일생 동안 그는 민주화의 현장을 떠나지 않았다.

어떻게 그럴 수 있었을까? 이현숙 대한적십자사 부총재는 공 여사가 상류층 출신이면서도 여생을 고통받는 자의 아픔과 함께했던 이유에 대해 "공 여사의 내면에는 깊은 한이 내재해 있기 때문"이라고 설명했다. 그에 해석에 따르면 일제에 기가 꺾여 일찍 세상을 떠난 아버지, 청상과부로 여러 남매를 키워 온 어머니의 고통, 가난한 전도자였던 형부와 언니의 궁핍한 삶에 대한 기억, 신사 참배 거부로 감옥살이를 했던 어머니, 나라 잃은 백성으로 두 번씩이나 경찰서에 끌려가 고초를 겪었던 일, 홀어머니 밑에서 제때 진학하지 못해 안타까웠던 청년기의 기억들, 여성으로서 결혼 생활에서 겪은 갈등, 청청했던 꿈의 좌절 등 삶에서 겪은 아픈 체험들은 공 여사로 하여금 1970~80년대 민중 신학에서 해답을 얻게 했고, 이것이 고난받는 자와의 연대를 이끌어 낸 원동력이 되었다는 것이다.

공 여사의 민주화운동 동지였던 박영숙 여성재단 이사장은 "아무리 유능해도 나설 수 없었던 정치인 아내 시절과 퍼스트레이디 시절의 한이 후일 민주화운동과 인권운동, 교회개혁운동으로 발산되었을 것"이라면서 공 여사의 후반부 일생을 '한의 발산'이라는 측면으로 설명했다.

공 여사는 임종 직전까지도 자신의 삶에 대해 "아무것도 이뤄 놓은 것이 없다." "잘못된 삶을 살았다."고 생각하고 살았다. 말년에 그는 가끔 "그때 프린스턴대학으로 유학을 갔더라면 내 인생이 어떻게 바뀌었을까?"라고 자문하곤 했다. 신학자가 되고 싶었던, 이루지 못한 '청춘의 꿈'에 대한 회한이 가슴 깊은 곳에 남아 있던 그녀는 인생의 끝자락에서도 그것을 놓지 못했다. 자아 실현의 길보다 '여성의 길'을 걸었던 자신의 선택에 대한 후회가 너무도 컸던 것이다.

그런 공 여사에게 아흔아홉 칸짜리 안국동 8번지의 시집살이는 귀양살이일 수밖에 없었고, 청와대 안주인으로서 그녀의 삶은 조롱 안에 갇힌 새로 여겨질 수밖에 없었을 것이다. 한쪽 발은 해방된 여성의 삶을 흠모하는 커리어우먼의 삶에, 다른 한쪽 발은 여전히 가도와 가문을 중시하는 양반 문화 안에 들이고 있었던 그녀의 일생에서, 우리는 식민지 시대 이후를 살아온 한 엘리트 여성이 겪은 삶의 질곡을 비추는 거울을 볼 수 있다. 당시 공 여사가 겪었던 여성의 딜레마는 오늘날 후배 여성들도 아직까지 풀지 못한 어려운 숙제로 남아 있다.

개화기 이후 최고의 명가, 윤보선가

해평 윤씨 홈페이지(www.yunposun.com)에 올려진 가계도를 보면 우리 나라 근현대사를 장식한 굵직굵직한 이름들이 등장하는데, 한국인명사전에 무려 50여 명이나 등재돼 있다고 한다.

조남준의 『신명가(新名家)』에 따르면 선조 때 영의정을 지낸 오음(梧陰) 윤두수(1533~1601)가 10대조인데, 윤씨 집안이 크게 번성하기 시작한 것은 윤보선의 조부 대부터다. 큰할아버지가 구한말 군부, 법무대신을 지낸 윤웅 렬이고, 할아버지가 안성 군수와 육군 참모장을 지낸 윤영렬이다. 윤웅렬은 치호, 치왕, 치창 세 아들을 두었는데, 윤보선의 당숙들이 된다.

첫째 당숙 윤치호는 1881년 최연소(17세)로 신사유람단에 들었고 미국 유학에서 귀국한 뒤에는 서재필, 이상재, 이승만과 함께 독립협회를 조직하 고 독립신문 사장을 지냈다. 현재 우리가 부르는 애국가를 작사한 것으로 알 려져 있다. 윤치호의 장남 영선은 일제 시대 미국으로 유학, 오하이오 주립대 농화학과를 나왔다. 자유당 때 농림부장관, 서울 YMCA 총무를 지냈다.

둘째 당숙 윤치왕은 영국 글래스고 대 의과대학을 졸업하고 일본 경도제 대에 다시 유학하여 의학 박사 학위를 땄다. 광복 전 세브란스병원장 및 의 전 교수를 지냈다. 셋째 당숙 윤치창은 초대 주영공사와 주터키대사를 지낸 외교관이다.

윤보선의 친할아버지인 윤영렬은 아들 치오, 치소, 치성, 치병, 치명, 치영 6형제와 활란, 노덕 자매를 두었다. 삼촌인 윤치오는 대한제국학무국장, 중앙중학교교장을 지냈으며, 윤보선의 사촌형제인 장남 일선은 서울대 창설에 참여, 1956년에서 1961년까지 서울대 총장, 원자력원장을 거쳐 과학기술재단 이사장을 지냈다. 차남 명선은 동경제대 법문학부를 졸업하고 일본 고등문관시험에 합격했으며 만주국 간도성창장을 지냈다.

윤보선의 아버지 윤치소는 중추원 의관을 지낸 인물로 슬하에 6남 3녀를 두었다. 6남 가운데 장남이 바로 바로 윤보선으로 제2공화국 대통령이 됐다. 해위(海葦)라는 아호는 상해에서 영국으로 유학을 떠날 때 신규식 선생이 지어 준 것으로, "바닷가 갈대는 바람에 휘날려도 꺾이지 않는다." 는 뜻이라고 한다.

윤보선의 첫째 남동생 완선은 경도제대를 졸업했고, 둘째 남동생 원선은 일본 동경농림대를 나와 2공화국때 민선 경기 지사를 지냈다. 그의 부인 이진완은 흥선대원군 이하응의 증손녀로 알려져 있다.

윤보선의 삼촌 윤치영은 와세다 대학, 하와이 대학, 조지 워싱턴 대학을 졸업했는데, 일찍이 이승만과 관계를 맺었다. 초대 내무장관, 서울시장, 3공화국에서 공화당 의장을 지냈다.

윤보선 가 사람들의 이 같은 출세 비결로는 타고난 건강 체질과 명문가 사람으로서의 전통을 이어받은 안정적인 정서 생활, 그리고 덕담 등이 꼽힌다고 한다. 윤남경 씨는 윤보선 대통령의 장수 비결에 대해 쓴 글에서, 윤보선의 절제된 생활의 하나로 밥은 꼭 잡곡밥으로 식사를 했다는 것을 꼽았다. 흰 쌀밥으로만 식사를 할 수 있었음에도 콩, 보리, 팥, 조 등 여러 가지 잡곡을 섞어 식사를 한 것이 궁극적으로는 장수의 비결이 될 수 있었다는 것이다. 윤남경 씨는 모든 일을 욕심껏 해내려고 분투하지 않고 하느님께 맡긴다는 마음이 건강을 유지하게 한 요소였을 것이라고 쓰기도 했다.

안국동 8번지 윤보선의 고택

안국동 8번지 윤보선 전 대통령의 고택은 150여 년의 전통이 깃든 서울에서도 손꼽히는 고택이다. 한때 한국 정치의 산실이기도 했으며, 윤치호 선생의 사촌동생(윤보선의 아버지)의 집으로서 초기 기독교인들과 우국지사들의 교류의 장 역할을 했다. 윤 전 대통령의 조카인 소설가 윤남경 씨는《월간 소선》에 기고한 글에서 "할아버지의 사촌인 독립운동가 윤치호 선생이 틈만 나면 우리 집에 오셨다."고 적고 있다. YS, DJ도 젊었을 때부터 여기를 드나들던 멤버다. 1980년 '서울의 봄' 때는 윤 전 대통령이 YS, DJ에게 야당 후보 단일화를 당부하던 곳이기도 하다.

이 집은 구한말에 민씨 성을 가진 대감이 지은 집으로 전해지는데, 몇 사람의 손을 거쳐 1910년대부터 해평 윤씨의 종가로 지켜져 내려오고 있다. 사적 제438호로 지을 당시만 해도 100칸이 넘었다. 윤보선 가는 이 집을 대궐보다 한 칸 적다는 아흔아홉 칸으로 개축하면서, 당시로는 가장 새로운 건축 재료를 사용하여 안방의 일부를 식당으로 바꾸고, 창도 옛 멋을 지닌 유리창이 달린 것으로 바꾸는 등 과거와 현대를 멋지게 조화시켜 꾸몄다. 18세기에서 20세기까지의 살림집 역사를 그대로 볼 수 있다.

윤 전 대통령은 충남 아산군 둔포면 신항리의 새말에서 태어나 10세쯤에 안국동 8번지로 이사 온 이후 줄곧 이 집에서 살았는데, 대통령을 그만둔 뒤 작고할 때까지 이 집에서 살았다. 별채인 산정채는 한국 현대 정치사의 생생한 현장이기도 하다. 우리나라 최초의 정당인 한국 민주당의 산실이었고, 1970년대까지 우리나라 야당의 회의실로 쓰이던 곳이기도 하다.

안채는 윤 대통령 시절 집무도 겸하면서 손님도 접견하도록 꾸며져 있다. 애초부터 청와대에 들어가길 꺼렸던 그가 곧 장면 총리에게 청와대를 비워주고 자신은 안국동 집에서 대통령 집무를 보기를 원했기 때문이다. 공 여사가 '귀양처'라고 부른 안국동 8번지는 한때 '공덕귀家'라고 불리기도 했으나 현재는 '윤보선家'로 정정되었다.

■ 공덕귀 연보

1911   4월 21일 경남 통영시에서 공도빈의 7남매 중 둘째 딸로 출생.

1919   3월 1일 독립운동 발발. 통영공립보통학교 입학.

1932   부산 동래 일신여고 입학.

1936   일본 요코하마 공립여자신학교 입학.

1940   김천 황금동교회 전도사로 부임. 독립운동 혐의로 경찰서 연행돼 고문받음.

1941   태평양전쟁 발발.

1943   일본 도쿄신학전문학교 편입학.

1944   귀국.

1945   8월 15일 광복 후 조선신학교 전임 강사로 부임.

1949   1월 6일 함태영 목사의 주례로 안국동 자택에서 윤보선 씨와 결혼.

1949   6월 윤보선 씨, 상공부 장관으로 임명.

1950   6·25 전쟁 발발. 임시 수도 부산으로 피난.

1958   윤보선 씨가 제4대 국회의원에 당선.

1960   4월 19일 4·19 혁명 발발, 8월 13일 윤보선 씨가 대한민국 제4대 대통령으로 취임.

1961   5·16 발생.

1962   3월 22일 윤보선 대통령 사임 후 안국동 자택으로 돌아옴.

1972   예수교장로회 여전도회서울연합회회장.

1974   5월 윤보선 씨가 민청학련 사건으로 실형 선고받음. 구속자가족협의회 회장 맡음.

1976   양심범 가족협의회 회장이 됨.

1977   방림방적 체불 임금 대책위원회 위원장. NCC 인권위원회 후원회 부회장. 한국교회여성연합회 회장.

1978   한국 기독교학생총연맹(KSCF) 이사장.

1980   인혁당사건 구속자 석방 운동 지원.

1987   구로병원 이사장.

1990   7월 18일 윤보선 씨 서거.

1992   김옥라 각당복지재단 이사장과 '삶과 죽음을 생각하는 회' 결성.

1997   11월 24일 86세 나이로 타계.

■ 윤보선 대통령 연보

1897   8월 26일 충남 아산에서 아버지 윤치소와 어머니 이범숙 사이에서 태어남.

1922   대한임시의정원 의원.

1930   에든버러 대학교 졸업.

1945   군정청 농상국 고문.

1946   민중일보 사장.

1948~9   초대 서울시 시장.

1949~50   제2대 상공부 장관 & 상이군인신생회 회장.

1949   한·영협회 회장.

1950~2   제2대 대한적십자사 총재.

1954   제3대 민의원(민국당 종로).

1957   민주당 중앙위원장.

1958~60   제4, 5대 민의원(민주당).

1959   민주당 최고위원.

1960~62   제4대 대통령.

1963   민정당 창당, 대통령 입후보, 제6대 국회의원(민정당, 전국구).

1965   민중당 창당.

1966   신한당 창당 및 총재.

1967   신민당 고문 & 신민당 후보로 대통령 입후보.

1971   국민당 총재.

1979   신민당 총재 상임고문.

1979~90   민족사 바로잡기 국민회의 의장.

1985   경희대학교 법학 명예박사.

1985   인터내셔널대학교 법학 명예박사.

1990   서거.

공덕귀 여사는 결혼 직후 "1949년 1월 6일, 안국동 8번지로 귀양을 왔다."며 도미 유학의 꿈이 꺾인 것에 대해 자조 섞인 평을 했다.

4·19 후 1960년 8월, 대한민국 4대 대통령이 된 해위 윤보선과 공덕귀 여사는 두 아들 상구·동구와 함께 1년 8개월간의 청와대 생활을 시작했다.

공 여사의 퍼스트레이디 시절 활동은 외교사절 접내, 여성 단체 활동 참석, 의료 기관 방문 등 의례
적인 것에 그쳤다. 그러나 그녀는 사람들로부터 "동양적 세련미를 갖춘 우아한 여성"이라는 평을
듣곤 했다. 사진은 외교 사절 부인들을 청와대에서 접견하는 모습.

미국 대사 부인과 악수를 하고 있는 공덕귀 여사. 뒤에 있는 사람은 이은주 당시 청와대 행정관
이다.

1960년 『대지』의 작가 펄 벅 여사를 접견 중인 윤보선 대통령 내외. 모자 쓴 사람이 펄 벅 여사다.

매카나기 미국 대사 부인(오른쪽에서 두 번째)의 예방을 받은 공덕귀 여사.

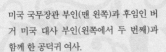

Top Korean and foreign women appraise handicraft works on display at an exhibit of the Korean Home Economics Society, which will continue through Saturday at the National Library art gallery. From left are Mrs. Stephen Ailes, wife of visiting Undersecretary of the U.S. Army; Mrs. Samuel D. Berger, wife of U.S. Ambassador; Mrs. Posun Yun, wife of the President; Mrs. Guy S. Meloy, wife of Commander-in-Chief of the United Nations Command; and Mrs. Chung Hi Park, wife of Chairman of the Supreme Council for National Reconstruction. Many other women were present at the opening of the handicraft exhibit which has attracted wide attention.

미국 국무장관 부인(맨 왼쪽)과 후임인 버거 미국 대사 부인(왼쪽에서 두 번째)과 함께 한 공덕귀 여사.

유엔 사령관 가족의 방문을 받은 공덕귀 여사.(오른쪽에서 두 번째)

덕수궁 대한문 앞에서 시위할 당시. 경찰들은 시위하는 사람 　'공개재판'을 요구하는 부채를 들고 시위하는 모습
들만을 남겨 놓고 다른 사람들은 철수시켰다.

1976년 3·1사건 재판 때 방청하지 않고 시위하는 모습

붓으로 민주화 투쟁 선언(민주구국
선언)을 쓰고 있는 공덕귀 여사.

큰아들 상구 씨와 며느리 양은선 씨, 손녀 영란과 손자 일영과 함께 찍은 가족사진.

사진 제공 | 여성신문사, 윤보선家

죽어서도 빛나는 영원한 '국모'

육영수

陸英修

1925년 11월 29일 ✾ 충북 옥천 출생

1950년 12월 12일 ✾ 육군 중령 박정희와 결혼

1963년 12월 17일~1974년 8월 15일 ✾ 5·6·7·8대 퍼스트레이디

1974년 8월 15일 ✾ 사망

그곳은 나의 유일한 낙원이요,
태평양보다도 더 넓은 마음의 안식처이다.
— 박정희 전 대통령

근혜 숙제 좀 봐 주고 가세요

"가방 속의 권총 좀 꺼내 줘요."

남편이 사랑하는 처자식을 두고 황천의 객이 될지도 모를 길에 뛰어드는 것을 바라보는 아내의 심정은 어떤 것일까? 1961년 5월 15일 늦은 밤, 청년 장교들과 서재에 있던 박정희 장군이 권총을 찾는 순간, 육영수 여사는 드디어 그날이 왔음을 직감했다.

"근혜 숙제 좀 봐 주시고 나가세요."

군복으로 갈아입은 남편이 "다녀올게."라고 인사하며 막 나가려는 순간, 육 여사는 박 장군에게 이렇게 말했다. 마지막이 될지도 모르는데, 남편으로 하여금 자식들의 얼굴을 한 번만이라도 더 보게 할 요량이었던 것이다. 박 장군은 말없이 고개를 끄덕이면서 안방으로 들어갔다. 맏딸 근혜는 열심히 숙제를 하고 있었고, 근영과 지만은 자고 있었다. 그는 딸의 숙제를 봐 주고는 자는 아이들의 얼굴을 오랫동안 들여다본 후 집을 나섰다.

남편이 나간 뒤, 육 여사는 장롱 밑에 있던 남편과 교환한 편지 묶음들을 꺼내, 다시 한줄 한줄 읽어 내려갔다. 그리고 그 편지들을 한 장씩 다 태워 나갔다. 혹시 있을지도 모를 불상사를 대비해야 했기 때문이다. 이 편지들이 한 줌 재로 타들어 가는 모습을 보면서 육 여사는 남편의 거사가 실패할 경우 모두 같이 죽을 수 있다는 각오를 다졌다.

나의 어진 아내 영수, 그대는 내 마음의 어머니다. 셋방살이, 없는 살림, 좁은 울안에 우물 하나 없이 구차한 집안이나 그곳은 나의 유일한 낙원이요, 태평양보다도 더 넓은 마음의 안식처이다.

1954년 6월 14일, 박 대령이 장군으로 진급해 미 육군 포병학교에서 교육을 마치고 귀국하는 선상에서 적은 일기의 한 구절이다. 만난 지 4개월 만에 초고속 결혼을 한 후 남편과 떨어져 있는 동안 남편이 쓴 일기와 둘이서 주고받은 편지는, 부부 사이의 것이라기보다는 사랑에 빠진 연인들이 주고받는 달콤한 연애편지나 다름없었다. 전선에 나간 남편에게, 유학 간 남편에게 편지를 보내고, 또 답장을 받던 그 시절은 한 남자를 사랑하는 젊은 여성으로서 육 여사의 삶이 가장 빛났던 시기인 것이다.

첫눈에 끌리다

"아니, 내일 결혼식인데 이 일을 어쩌면 좋지?"

예비신부 영수는 동생 예수의 어깨를 껴안고 울음을 터트렸다. 그녀는 예쁜 신부로 보이고 싶은 마음에 동생과 함께 대구의 한 미장원에 들러 평소 하지 않던 파마를 했다. 그런데 파마가 끝난 후 거울 속에 비친 자신의 머리 모양이 기대와 딴판이어서 자신도 모르게 울음이 터진 것이다. 파마를 한답시고 마구 볶아 놓은 머리모양이 너무도 어색했던 것이다. 영수 씨는 집에 돌아와서 머리를 감고 또 감았지만, 한번 볶인 머리카락은 좀처럼 풀리지 않았다.

파마 소동에도 불구하고 육영수 씨와 박정희 중령의 결혼식은 1950년 12월 12일, 예정대로 대구시 계산동 성당에서 열렸다. 이날 신부는 행여나 아버지 육종관 씨가 오실지도 모른다고 끝까지 희망을 버리지 않고 아버지를 기다렸다. 그러나 아버지는 끝내 모습을 보이지 않았다. 신부는 아버지 대신 박정희 중령의 대구사범학교 은사 김영익 선생의 손을 잡고 입장했다.

"신랑 육영수 군과 신부 박정희 양은……."

때마침, 이날 주례를 맡은 대구시장 허억 씨가 주례사를 시작하면서 신랑과 신부의 이름을 바꿔 불렀다. 이 바람에 하객들 사이에서 웃음보가 터졌다. 이 해프닝으로 신부도 싱긋 웃고 말았다. 아버지의 불참으로 우울했던 영수의 마음도 조금씩 녹아내려 가는 순간이었다. 소령 때 갓 창설된 9사단의 참모장이 된 박정희 중령의 나이 34세였고, 육영수 씨의 나이 26세 때의 일이다.

처음 만났을 때부터 이 남자와 결혼해야지 하는 생각이 들더군요. 맞선 보던 날 군화를 벗고 있는 뒷모습이 말할 수 없이 든든해 보였어요. 사람은 얼굴로는 남을 속일 수 있지만 뒷모습은 남을 속이지 못하는 법이거든요.

육 여사는 훗날 남편이 군복 차림으로 부산 영도의 일본식 2층집을 처음 찾았을 때의 인상을 이렇게 말했다. '바로 이 사람이다.' 라는 확신이 들었던 것이다. 육 여사가 육군 본부 정보국 제1과장이자 소령이었던 남편을 처음 만난 곳은 피난 시절인 1950년 8월, 부산 영도다리 옆 조그마한 음식점에서였다. 육 여사의 이종 육촌 오빠이자 박 소령의 대구사범학교 1년 후배 송재천 씨가 중매를 섰다. 물론 그녀는 자신이 첫눈에 끌린 남자가 장차 한국의 대통령이 될 줄은 꿈에도 몰랐지만, 만남이 거듭되면서 콧날이 날카롭고 눈에 빛이 나고, 자신감이 넘치는 모습에 끌렸던 것이다.

"안 된다. 이 결혼은 승낙할 수 없어."

아버지는 처음부터 신랑감을 못마땅해했다. 육종관 씨는 사윗감이 군인, 그것도 목숨을 걸고 싸워야 하는 전쟁터의 군인인 것이 마음에 들지 않았다. 게다가 신랑이 딸보다 여덟 살이나 많은 데다 키도 작고, 또 초혼에 실패한 이혼남인 것도 싫었다. 반면 어머니 이경령 씨는 달랐다. 어머니는 자신의 친정 조카뻘인 송재천이 혼담을 꺼낼 때부터 웬지 마음이 쏠렸다. 사범학교를 나오고 일본 육사를 졸업한 정보국 전투정보과 과장인 박 중령이 딸의 배필이라고 생각했던 것이다. 그녀는 딸 또한 그를 좋아하는 기색을 보이자 결혼을 적극적으로 추진했다.

결혼 후 육 여사는 대구 시내의 작은 전세 한옥에서 신접살림을 시작했다. 살림은 퍽 어려웠다. 결혼 후에 어머니 이경령 씨는 둘째 딸 예수와 함께 아예 육 여사의 집에서 살기 시작했다. 그래서 1952년 봄에 첫딸이 태어나자 식구 수가 모두 다섯으로 늘었다. 만석꾼 아버지를 둔 육 여사였지만, 아버지가 반대하는 결혼을 한 데다가 어머니마저 아버지와 별거하고 같이 사는 처지여서 친정의 도움을 받을 수가 없었고 받을 생각도 하지 않았다. 육 여사는 작은 구멍가게를 내는 등 어렵게 살림을 꾸려 나갔다. 육 여사가 처음 자기 집을 장만한 것은 결혼 6년 뒤인 1956년 봄이었다. 서울 신당동에 위치한 20평짜리 조그마한 양옥이었는데, 오래된 낡은 집이었지만 자기 집이라는 사실에 그렇게 기쁠 수가 없었다고 회고했다.

교사가 되고 싶었던 교동 작은아씨

육 여사는 1925년 11월 29일 충북 옥천군 옥천읍 교동리에서 부유했던 아버지 육종관 씨와 어머니 이경령 씨의 1남 3녀 중 둘째 딸로 태어났다. '교동 집 작은아씨'로 불렸던 육 여사의 소녀 시절 꿈은 선생님이 되는 것이었다.

육 여사는 어릴 때부터 바느질 솜씨가 뛰어났으며 비교적 말수가 적고 온순한 학생이었다. 죽향초등학교를 거쳐 서울 배화고등여학교를 졸업했다. 대학에 가고 싶었지만 "남자는 대학, 여자는 고등학교"라는 원칙을 고수하는 보수적인 아버지의 반대로 진학이 좌절되었다. 대신 육 여사는 스무 살 때부터 옥천여중 가사 교사로 1년 3개월 동안 근무했다. 근무 중 한국전쟁이 발발해 부산으로 피난을 갔고, 그곳에서 남편을 만난 것이다.

아버지는 보수적인 한편 바람기가 심한 남자였다. 어머니와의 사이에 1남 3녀를 둔 것 외에도 다른 여자들한테서 10여 명의 자식들을 두었다. 어머니 이경령 씨가 남편이 반대하는 딸의 결혼을 끝까지 밀어 주었던 것은, 평생 축첩을 하고 살았던 남편에 대한 일종의 반란이었던 셈이다.

육 여사는 배화여고를 다닐 동안 옥천을 떠나 서울 체부동의 집에 머물렀는데, 이 집은 아버지가 작은댁을 위해 마련해 준 집이었다. 체부동에서 4년을 지내는 동안 육 여사는 하루도 마음 편히 지낼 수가 없었다. 체부동의 작은댁은 어머니 눈에 눈물이 고이게 만든 사람이었다. 미움과 분노의 대상이 아닐 수 없었다. 육 여사는 매일 어머니의 연적에 대한 원망과 증오의 마음을 추슬러야 했다.

❀ ❀ ❀

"모 여배우가 애인이라면서요? 사실이 아니더라도 그런 소문이 제 귀에까지 들린다는 건 이미 알 만한 사람은 다 알고 있다는 소리예요. 한 가정 안에서도 충실하지 못한 사람이 나라의 일이라고 제대로 한다는 보장은 없지요?"

육 여사가 후일 퍼스트레이디가 된 후에도 남성의 외도에 관한 부분만큼은 유난히 엄격했던 것도, 아버지의 다른 여자들 때문에 평생 눈물 흘리고 살던 어머니를 보고 자랐던 어린 시절 환경과 무관하지 않아 보인다. 육 여사는 바람 피우는 공직자들은 공직에서 물러나도록 남편에게 압력을 가하기도 했으며, 박 대통령의 여성 편력에 대해서도 불같이 화를 내면서 상당히 모진 소리를 한 것으로 알려져 있다. 시중에는 청와대에서 대통령이 던진 재떨이가 날아다녔다는 등 부부 싸움에 관한 소문이 나돌곤 했다. 육 여사의 인사 원칙에서 가장 중요한 기준이 '무거운 입'이었던 것도, 이러한 불필요한 유언비어를 방지하기 위한 대책이었을 것으로 보인다. 이와 관련하여 김두영 전 청와대 행정관은 다음과 같이 밝혔다.

육 여사는 가끔 예고 없이 대통령과 함께하는 공식 행사에 불참하는 경우가 있었습니다. 아침에 얼굴이 자주 붓는 편이어서 얼굴이 푸석하게 보이는 날에는 대통령 혼자 행사장에 나가시게 되죠. 그러면 당장 비서실로 무슨 일이 있어서 퍼스트레이디가 안 나오느냐는 문의 전화가 청와대에 쏟아져 들어오고 맞아서 안 나왔다는 둥 소문도 들려왔습니다. 그러면 육 여사는 당장 행사를 해야겠다면서 급히 청와대에서 행사를 만들어 일부러 그날 뉴스에 자신의 모습이 나오도록 하셨습니다.

청와대 야당이 제일 무서워

혁명한 사람의 아내가 국민과의 대화를 막아 버리면 혁명 정신이 무색하지 않습니까. 박 장군이 주도하여 이룩한 혁명은 어느 개인적인 의사가 아니라 국민의 총의를 대신하여 이룬 것이니, 혁명가의 아내는 국민과의 대화 통로를 폭넓게 마련하여 의사를 충분히 반영해야 한다고 생각합니다. 그러려면 절차에 구애되지 않고 되도록 많은 사람을 만나야 하겠지요.

1961년 7월 3일, 박정희 장군이 국가재건최고회의 의장이 되면서 육 여사의 공적인 생활도 시작되었다. 5 · 16은 박 장군뿐만 아니라 육 여사에게도 목숨을 건 거사였다. 이는 육 여사에게 큰 변화를 가져왔고 책임감을 부여했다. 국가재건최고회의 의장 부인 시절부터 육 여사가 주력한 부분은 국민들의 민원 처리였다. 육 여사는 되도록 많은 사람들과 대화를 나누기 위해 애썼고, 하루 수십 통의 민원을 일일이 챙김으로써 시중의 생생한 민심과 여론을 알기 위해 노력했다.

박 장군은 1963년 10월 15일에 실시한 5대 대통령 선거에서 공화당 후보로 출마하여 윤보선 후보를 15만 6000여 표 차이로 물리치고 대통령에 당선됐다. 이로써 1963년 12월 17일, 육 여사의 제3공화국 퍼스트레이디로서의 생활도 시작됐다. 육 여사를 부르는 칭호도 '최고회의 의장 사모님'에 이어 '퍼스트레이디 육영수 여사'로 바뀌게 되었다. 선생님이 되고 싶었던 '교동 작은아씨'가 일국의 퍼스트레이디가 된 것이다.

"나와 가장 가까우면서 내가 가장 두려워하는 사람이 누군지 알아? 그게 바로 임자야. 난 청와대 야당이 제일 무서워."

박 대통령이 이렇게 말할 때마다 육 여사는 "야당은 야당이지만 정권에 대한 욕심은 일체 없어요. 그러니 앞으로 야당 탄압하실 생각이라면 꿈도 꾸지 마세요."라고 대답했다.

퍼스트레이디가 된 후 육 여사가 가장 중요하게 생각한 임무는 청와대의 귀가 되는 것이었다. 그녀는 정보와 민심을 차단하는 일은 곧 대통령의 정치적 장래를 망치는 지름길이라 생각했다. 인의 장막을 쳤다는 비판을 받았던 초대 퍼스트레이디 프란체스카 여사의 전

철을 밟지 않기 위해서였다.

라디오를 목에 걸고 동아방송을 듣는 '청와대의 귀'

어느 날 육 여사는 아침 식사를 준비하면서 휴대 라디오를 목에 걸고 나타났다. 육 여사는 시중의 여론을 여과 없이 듣기 위해 라디오를 즐겨 들었는데, 일을 하기 위해서는 늘 이 방 저 방으로 옮겨 다녀야 했기 때문에 아예 라디오를 목걸이처럼 목에 걸고 다닌 것이다.

그분은 아침에 일어나시면 제일 먼저 휴대 라디오를 목에 거셨습니다. 가장 즐겨 들으신 것이 야당 방송으로 알려진 동아방송이었죠. 식사를 차리거나 차를 준비할 때 들으신 내용 중 일부는 대통령에게 전하시곤 했습니다.

김두영 전 청와대 행정관의 말이다. 김 씨에 따르면 한번은 박 대통령의 친척이 교통사고를 내어 피해자가 사망했는데, 다들 대통령의 친척이 낸 교통사고라 쉬쉬하고 덮으려고 했다. 그런데 육 여사가 직접 그 사고 소식을 동아방송으로 듣고 박 대통령에게 전하는 바람에, 그 친척은 당장 구속됐다고 한다. 그냥 넘어갈 뻔한 일이 육 여사의 라디오 민원 청취로 정상 처리되었다는 것이다. 육 여사는 라디오뿐만 아니라 국내에서 발행되는 모든 신문들은 물론, 익명으로 배달되는 발행 금지된 신문들까지 모두 챙겨 읽었다고 한다. 박근혜 전 한나라당 대표도 당시의 어머니에 대해 다음과 같이 회고했다.

> 어머니는 국민의 소리를 듣는 한 방법으로 라디오 청취를 택했습니다. 왜냐하면 당시는 텔레비전보다 라디오가 많이 보급되어 있어서 대부분의 국민들이 라디오를 청취하던 시절이었으므로 어쩌면 당연한 선택이었을 것입니다. 아침에 머리를 손질하거나 하루 일정을 짜거나 우리의 등교 준비를 할 때도 라디오를 들었습니다.
>
> —— 박근혜, 『나의 어머니 육영수』 중

손수 민원을 챙기는 퍼스트레이디

박 대통령이 재선되면서 1968년에 퍼스트레이디 비서실이 최초로 만들어졌다. 5·16 혁명 이후 의장 부인 시절부터 조카 홍소자 씨가 육 여사의 개인 비서 활동을 했는데, 홍 씨가 결혼으로 자리를 비우게 되자 아예 공식적으로 비서실을 만든 것이다. 육 여사의 최초 공식 비서는 육 여사가 고향인 옥천에서 교편을 잡았을 때 가르쳤던 제자, 정재훈 전 개포고 교장(당시 창덕여중 교사)이다. 3년 후인 1971년 9월에는 김두영 전 국정회의 자문처장이 비서실에 합류했다. 의장 부인 시절부터 통역을 했던 나은실 씨 등 모두 네 명이 육 여사가 서거할 때까지 청와대에서 육 여사를 보좌했다.

비서실의 주요 업무는 민원 처리였다. 육 여사는 민의를 듣기 위해 많은 사람들을 만났다. 정확한 통계 자료는 없지만 당시 보좌진들의 증언에 따르면 하루에 2, 3건 이상의 접견 일정을 소화했고, 매년 3,000여 명을 접견했다. 또한 육 여사는 자신 앞으로 온 편지는 모두 직접 읽고 답장을 했으며, 자신이 할 수 있는 일은 직접 나서서 해결하는 등 민원 해결에 열정적으로 임했다.

볼펜 장사하는 남편이 교통사고를 당했는데 집에 돈 벌 사람이 없어서 굶고 있다는 여인의 편지를 받고는 비서를 시켜 돈과 쌀을 사 갖고 그 집에 가도록 했다. 그리고 임부가 아이를 낳았는데 돈이 없어 미역국도 못 먹고 있다는 사연을 읽은 후에는 비서에게 미역을 갖다 주라고 하기도 했다.

육 여사가 생애 마지막으로 처리한 민원은 안면 마비 치료를 받은 한 여성에게 옷감 한 벌을 손수 챙겨 보낸 것이었다. 청와대에 초대된 어린이와 같이 온 한 어머니가 입이 돌아간 안면 마비 증세인 것을 발견한 육 여사는 당장 그 어머니를 침술원에서 치료받게 했다. 3개월 후인 8월 14일, 그 어머니가 무사히 치료받고 고향으로 돌아가게 되었다는 소식을 듣자, 그동안 고향에서 며느리 대신 살림하느라 고생한 시어머니에게 드리라고 챙겨 준 옷감이었다. 이 심부름을 대신했던 정재훈 전 청와대 제2부속실 행정관은 "육 여사는 죽기 바로 전날인 1974년 8월 14일 마지막 민원까지 깨끗이 처리할 정도로 철저함을 보였다."고 회고했다. 정 씨에 따르면 육 여사는 "내 앞으로 온 편지는 절대 미리 손대지 마라."고 지시할 정도로 민원을 직접 챙겼다고 한다.

퍼스트레이디의 역할 모델을 정립하다

영부인으로서 11년을 청와대에서 보낸 육 여사는 재임 기간 중 퍼스트레이디의 역할 모델을 정립하기 위해 많은 노력을 했다. 김두영 전 청와대 제2부속실 행정관은 "육 여사는 비서들이 뭘 해라 해서 하시는 분이 아니라, 뭘 해야 할지를 연구했던 분"이라며 "퍼스트레이디의 롤모델을 만들어야 한다는 전제하에 항상 조심하고 철저하게 자기 관리를 했다."고 말했다. 육 여사는 기록 역시 중요하게 생각했다. 그래서 행사 현장의 상황을 녹음기로 녹음하게 하고 행사 뒤 다시 확인했다. 또 퍼스트레이디 비서실을 최초로 공식화했으며, 양지회나 육영회 등 소위 '퍼스트레이디 프로젝트(pet Project)'도 처음으로 만들었다.

육 여사는 이전 퍼스트레이디들을 챙기는 데도 신경을 써야 한다고 생각했다. 이승만 전 대통령 부인 프란체스카 여사의 생일 때는 청와대로 초청해 생일 축하 오찬을 같이 했으며, 비록 성사되지는 못했지만 윤보선 전 대통령 부인인 공덕귀 여사에게는 1973년 봄에 "청와대에 목련꽃이 곱게 피었는데 꽃구경이나 한번 오라"는 초대를 하기도 했다. 1971년 국회의원 선거 때는 김대중 당시 야당 총재가 교통사고로 크게 다치자 이희호 여사에게 위로 전화를 걸기도 했다.

그러나 이렇게 완벽해 보였던 육 여사에게도 한계는 있었다. 1969년 장기 집권을 노린 박정희 정권의 대통령 3기 연임을 위한 3선 개헌안이나 유신 입법에 대해, '제1야당'을 자처하는 퍼스트레이디로서 이렇다 할 목소리를 내지 않은 것으로 알려지고 있기 때문이다. 그녀에게 대세의 흐름을 막을 힘은 없었던 것이다.

국회에서 변칙적으로 법안을 통과시켰을 때, 육 여사가 개인적으로는 반대 입장을 가졌지만 결과에는 큰 영향을 발휘하지 못했다는 이야기가 있다. 그러나 육 여사의 지인이나 측근들은 "유신에 대해서는 육 여사로부터 한 말씀도 들은 게 없다."고 한다. 육 여사는 5 · 16 당시 목숨을 건 남편의 행동에 무한정한 신뢰를 보냈듯, 유신이나 3선 개헌에 대해서도 남편인 박 대통령에 대한 신뢰가 깊었던 것으로 보인다. 아마 자신의 역할은 시중의 여론을 전하는 차원에서 그쳐야 한다고 생각했을지도 모른다.

과외 공부하는 퍼스트레이디

퍼스트레이디로서 바람직한 역할 모델을 정립하기 위해 애썼던 육 여사는 사투리를 개선하는 등 화법과 시선 처리, 화장법과 옷차림새 등 이미지 메이킹에도 관심을 쏟았다.

한번은 넥타이를 허리에 매고 작업을 하는 게 방송에 나왔는데, 이 방송을 본 어르신들이 아니 남자 넥타이를 허리에 매냐고 항의가 많았답니다. '역시 텔레비전이 무섭더군요.' 하시면서 저에게 조언을 구하시더군요. 그래서 카메라가 다가왔을 때는 눈을 깜빡이면 안 된다는 등 여러 가지 말씀을 드렸습니다.

강영숙 전 MBC 방송국 아나운서의 말이다. 방송인으로서 청와대 방문을 한 것이 인연이 되어서 육 여사와 여러 가지 공개되지 않는 대화를 나눈 강 씨는, "육 여사는 공식 행사에 참여하는 횟수가 많아지면서 '옥천 출신이라 지방말을 쓴다.'고 하면서 말투 교정에 신경을 쓰셨는데, 사투리라고 하지 않고 지방말이라고 표현하는 것이 인상적이었다."고 한다. 육 여사는 가끔 방송국으로 직접 전화를 걸어 강 아나운서를 찾곤 했는데, 교환수들은 누군지도 모르고 강 씨에게 연결했다고 한다. 육 여사는 강 씨 외에도 조경희, 이영희, 김을란 씨 등과 같은 여성 언론인으로부터도 퍼스트레이디로서의 바람직한 역할에 대한 조언을 구한 것으로 알려지고 있다.

육 여사는 공부에 대한 욕심이 많았다. 국가재건최고회의 의장 부인 시절부터 학자들을 초빙하여 세계사, 문화사, 종교사, 역사, 지리, 철학, 고고학, 경제학, 교육학, 외교정치사, 시문학 등 다방면에 걸쳐 공부했다. 주로 주말 오후가 육 여사의 공부 시간이었다. 작가인 이서구 씨, 박목월 씨나 한때 여사의 이웃사촌이었던 박준규 당시 서울대 교수 등이 육 여사의 가정교사 역할을 했다. 박 교수의 회고에 의하면 강의는 주로 응접실 탁자를 앞에 두고 이뤄졌으며, 강의 수준은 대체로 대학원 수준이었고, 자신이 강의하는 동안 육 여사는 한 번도 빠지는 일이 없었다고 한다.

대한민국을 대표하는 한복 패션 리더

역대 퍼스트레이디들 중 우리나라를 대표하는 한복 패션 리더를 꼽으라고 하면 많은 한복 관계자들이 육 여사를 꼽는다. 한복 디자이너 이리자 씨는 언론과의 인터뷰에서 육 여사에 대해 "자기만의 멋을 가꿀 줄 아는 분"이라면서 "육 여사는 옷을 잘 입었어요. 흔히 육 여사의 키가 무척 큰 것으로 알려져 있는데 사실은 목이 길기 때문에 키가 실제보다 더 크게 강조되는 점이 없지 않아요. 목이 길고 우아해 '학'에 비유되곤 했어요."라고 당시를 회상했다.

육 여사의 한복 스타일은 소매도 치마 길이도 짧은 것이었다. 육 여사는 치마와 저고리를 같은 색으로 통일해서 입던 세간의 유행과는 달리 각각 다른 감과 색상으로 치마저고리를 입었다. 큰 키를 보완하면서도 경제적이었기 때문이다. 또한 외제 옷감은 사용하지 않았다고 한다.

양지회 모임을 이끌었던 육 여사는 모임 전날 다른 부인들에게 자신이 입을 한복 색을 미리 알려 주었다. 한번은 마산에서 여성 합창단 마흔 명이 청와대를 방문했는데, 이들은 육 여사가 한복을 좋아한다는 것을 알고 똑같이 진달래 색 저고리에 흰 치마를 맞춰 입고 왔다. 그런데 마침 육 여사도 똑같은 색깔의 한복을 입었던 해프닝이 발생했다. "여러분을 환영하는 뜻에서 육 여사도 똑같은 색의 한복을 입고 나왔다."는 사회자의 재치 있는 대응으로 어색한 분위기는 모면했지만, 이때부터 육 여사는 자신과 같은 색의 한복을 입고 올 사람들을 미연에 방지하는 차원에서 사전에 자신이 입을 한복 색을 미리 알려 주었고, 이는 관행으로 굳어졌다.

1960년 중반 이후 한국이 아시아의 중요한 외교 국가로 부상하게 되면서 육 여사는 해외 방문 시에는 무궁화나 용, 봉황 등을 수놓은 화려한 한복을 입기도 했다. 평범하면서도 품격이 우러나는 육 여사의 한복 패션은 우리나라 한복을 세계에 알리는 계기가 되었으며 또한 당시 우리나라 여성들의 한복 패션에도 영향을 미쳤다.

세상 모든 음지를 따뜻한 양지로

박 대통령 시대는 경제 성장이 시대적 과제였다. 따라서 육 여사의 활동도 파월 장병 위문 활동, 새마을운동 후원 등 경제 재건과 관련된 성격의 사업이었다. 육 여사는 점차 항구성을 가진 지속적인 사업에 대외 활동의 중점을 두기 시작했다. 그래서 1967년 3월 소년소녀 잡지 《어깨동무》를 발간해 농어촌 어린이에게까지 배포하고, 1968년 서울대학교에 기숙사 정영사를 설립했다. 1969년 4월에 어린이를 위한 복지재단인 육영재단을 설립했으며, 어린이날에 맞춰 어린이대공원과 어린이회관 건립을 주도했다. 1972년에는 부산에도 어린이회관이 기공되었다. 1973년에는 불우 청소년의 직업 교육을 위한 정수직업훈련원을 설립했다. 육 여사는 성인 교육과 한국전통문화 교육을 담당할 교육기관인 예지원도 1년여에 걸쳐 준비했지만, 개원 한 달을 앞두고 유명을 달리하는 바람에 개원식을 직접 보지는 못했다.

육 여사가 1964년부터 1974년까지 10년 동안 관리했던 양지회는 한때 200만 명이 넘는 회원을 보유했던 우리나라 최대의 여성 사회자선단체로 꼽힌다. 양지회는 육 여사가 국가재건최고회의 의장 부인이었을 때 시작했던 봉사 활동을 기반으로 하여 1964년 12월 17일에 정식 사회단체로 설립되었다. 제3공화국 당시 장관, 차관 부인들과 대통령 직속 기관 책임자들의 부인, 은행과 국영기업체장들의 부인, 그리고 국군 장성 부인들로 조직되었으며 "잊혀진 구석에 따뜻한 빛을 심어 주자", "이 땅의 모든 음지를 따뜻한 양지로 바꾸자"는 등의 슬로건을 내걸고 활동했다.

양지회는 회원들의 능력에 따라 매달 2,000원에서 1만 원까지 회비를 내고, 이를 은행에 예치해서 생긴 이자와 자선회나 바자회 등으로 생긴 수익으로 운영되었다. 퍼스트레이디가 추진하는 사업인 만큼 양지회는 풍부한 자금과 막강한 세력을 갖고 있었고, 이로 인해 다양한 활동을 벌일 수 있었다. 육 여사가 회원들을 이끌고 고아원을 방문하거나 양로원, 벽지 초등학교를 찾았던 모습은 언론에 대대적으로 보도됐고, 이런 육 여사의 모습은 국민들의 뇌리에 깊게 새겨졌다.

양지회를 두고 대통령 통치에 도움을 주기 위한, 통치 차원의 정치적 노림수가 있는 봉사 단체였다는 해석도 없지 않다. 우선 양지회의 회원에는 야당 의원 부인이 없었으며 자선 바자에 이들이 초대되는 일도 드물었다. 남편이 공직에서 물러나면 그 아내도 양지회를 탈퇴해야 했다. 퍼스트레이디가 회장직을 맡고, 그 다음이 국무총리 부인 등 남편의 서열에 따라 부인들의 서열이 매겨지고 회비도 퍼스트레이디가 1만원, 그 다음이 8000원, 5000원 등으로 등급이 정해져 있었다. 매주 퍼스트레이디나 국무총리 부인 등 고관대작의 부인들을 만날 수 있는 자리인 만큼 부인들의 로비 장소로 이용되기도 했다고 한다. 가끔 육 여사는 양지회 회원들에게 웃으면서

"여러분 모시기가 우리 대통령 모시기보다 힘듭니다."라고 말하곤
했다.

나환자에 대한 인식을 바꾸다

"이거, 하나 들어 보실래요?"

1971년 겨울, 전남 익산군에 있는 나환자(한센병) 정착촌으로 가
는 길에 육 여사는 나병환자 시인 한하운에게 귤을 권하였다. 육 여
사의 목소리에 고개를 돌린 한하운 시인은 깜짝 놀랐다. 육 여사가
귤껍질을 깨끗하게 까서 직접 주었기 때문이다.

육 여사는 1965년부터 나병 환자에 대해 관심을 갖기 시작했고,
1971년 후반기부터는 이를 양지회 사업으로 끌어안아 전개했다. 나
병환자들에게 꽃씨나 씨돼지 등을 보내거나 목욕탕 건립 기금을 보
내는 등 물질적 봉사와 함께, 양지회 회원들과 전국에 있는 일흔여
덟 곳 나환자촌을 직접 찾아다니고 나환자들과 함께 시간을 보냈다.
육 여사는 웃으면서 그들의 손을 덥석 잡았고, 그들이 고구마를 내
놓으면 같이 나눠 먹기도 했다. 악수를 피하는 아이에게는 먼저 다
가가 볼을 만졌다.

육 여사는 나병이 치료되어도 이들을 꺼려하는 사회 인식이 바뀌
어야 한다고 생각했다. 그래서 국민들에게 나병에 대한 올바른 지식

을 심어 주고 그릇된 인식을 하루 빨리 깨우쳐 주려는 목적으로 1971년 5월부터 대한나협회 기관지《새빛》을 후원했다. 육 여사는 매달《새빛》3,000부를 청와대 봉투에 담아 자신의 이름으로 전국 관공서 등에 배달했다.

덕분에 나환자에 대한 국민들의 인식은 개선되어 갔다. 나환자가 앉았던 자리, 만졌던 물건조차 가까이하기를 꺼려했던 이웃 주민들은 육 여사가 다녀가면서 인식을 바꾸기 시작했다. 이는 박 대통령을 지지하는 표로 이어지기도 했다. 박 대통령은 선거 때마다 소록도를 비롯해 나환자촌에서 압도적인 표를 얻었다. 육 여사가 서거하자 나환자들은 그녀의 공덕비를 소록도 양지회관에 마련했다. 그들은 그녀가 떠나간 지 33년이 지난 지금도 매년 국립묘지를 찾아 묘소에 참배하고 있다.

맏딸의 장래를 걱정하며

육 여사가 가장 신경을 많이 썼던 일 중 하나는 자녀들이 대통령의 자녀라는 특권 의식이나 우월감을 갖지 않도록 하는 것이었다. 그래서 막내아들 지만은 서울사대 부속초등학교에 다닐 때부터 자가용이 아닌 시내버스나 전차로 통학했으며, 장녀 근혜도 전차를 이용해서 학교에 다녔다. 당시 서울 시내에는 성심여고에 다니는 대통령의 딸이 전차를 타고 등하교한다는 소문이 돌았는데, 실제로 그랬다. 둘째 딸 근영은 성격이 매우 쾌활했다. 서울대 음대 작곡과 출신인 근영은 청와대 시절 때 박 대통령이 「새마을 노래」, 「나의 조국」을 작사 작곡할 때 옆에서 돕기도 했다.

"박사님 때문에 우리 애(근혜)를 전자공학과에 보내게 되었어요. 저는 가사과에 보내려고 했는데……."

어느 날 육 여사는 상공·체신·과기처 장관 특별보좌관인 김완희 박사에게 전화를 걸어 이같이 말하며, 전자공학과의 장래에 대해 걱정스럽게 물어보았다. 박 대통령이 1967년 9월, 김원희 박사로부터 「전자공업 진흥을 위한 브리핑」을 들은 뒤 전자산업화에 박차를 가했는데, 이에 영향을 받은 맏딸 근혜는 사학과나 가정과를 진학하길 바랐던 육 여사의 소망과 달리 전자공학과를 선택한 것이다. 박근혜 씨는 대학을 수석 졸업할 만큼 성적이 우수했으며, 1974년 육 여사 서거 후에는 청와대 공식 행사에서 퍼스트레이디 역할을 대신하기도 했다.

국립극장을 울린 일곱 발의 총성

"탕탕탕."

광복절 기념식이 거행되던 서울국립극장에서 일곱 발의 총성이 울려 퍼졌다. 박 대통령의 경축사가 시작된 지 얼마 되지 않아 갑자기 울린 총성이었다. 아래층 중앙 뒷줄에서 한 남자(문세광)가 단상을 향해 뛰어나오면서 대통령을 향해 계속 총을 쏘아 댔다. 그런데 갑자기 단상 의자에 앉아 있던 육 여사의 상반신이 스르르 왼쪽으로 기울어졌다. 총알이 박 대통령을 비켜 육 여사에게 날아간 것이다.

육 여사는 경호원들에 의해 급히 병원으로 옮겨졌고, 그녀가 사라진 단상 위에는 주인을 잃어버린 손가방과 고무신 한 짝이 나뒹굴고 있었다. 5시간 40분이 넘게 수술이 이뤄졌다. 하지만 육 여사는 영원히 눈을 감아 버렸다. 그녀의 나이 49세, 1974년 8월 15일 오후 7시경이었다.

"영수! 내가 임자를 죽였어. 나 때문에……나 때문에…"

박 대통령은 새벽마다 빈소에 내려와 육 여사의 관을 어루만지며 통곡했다.

청와대 접견실에 빈소가 차려지고 8월 16일부터 18일까지 조문객의 문상이 이뤄졌다. 약 3일 동안 30만 명 정도의 조문객이 빈소를 찾았다. 육 여사의 장례는 8월 19일 오전 10시, 국민장으로 치러졌다. 이날 청와대 주변에는 200만여 명에 가까운 인파가 몰려들어 육 여사의 명복을 빌었다. 또한 장례식에 직접 참석하지 못한 국민들은 텔레비전으로 장례식을 지켜봤다. 5, 6, 7, 8대 퍼스트레이디로 총 10년 9개월 동안 청와대 안방을 지켰던 육 여사는 이렇게 국민과 가족에게 이별을 고했다.

육 여사는 역대 퍼스트레이디들 중 가장 인기 있다고 평가된다. 1997년 한국여성정치연구소가 실시한 여론 조사에서부터 2006년 말에 학계 전문가들을 대상으로 실시한 필자의 조사 결과(2006 한국정책학회 동계학술대회 발표)까지, 역대 퍼스트레이디 평가 조사 때마다 부동의 1위를 차지하고 있다.

육 여사는 여러 면에서 많은 기록을 남겼다. 최고회의 의장 시절부터 치면 최장 기간 (13년) 동안 사실상 퍼스트레이디의 자리에 있었다. 또 퍼스트레이디의 역할 모델을 정립한 인물로 꼽힌다. 퍼스트레이디 비서실을 최초로 공식화했으며, '퍼스트레이디 프로젝트'를 처음으로 만들어 활동하기도 했다. 역대 최연소 퍼스트레이디(38세 취임)이면서, 동시에 남편의 재임 기간 중 사망한 최초의 퍼스트레이디이기도 하다. 퍼스트레이디로 활동하는 동안에는 나환자의 손을 잡고 그들이 건넨 음식을 같이 나눠 먹는 퍼스트레이디 모습을 보여 주었다. 서거 30년이 훨씬 지났지만, 아직도 그녀가 이권이나 정실 인사에 개입했다거나 사리사욕을 채웠다는 부정적인 비판은 나오지 않고 있다.

그런 의미에서 육 여사는 우리나라 퍼스트레이디 가운데 가장 비정치적이면서도 가장 정치적인 영부인이었다고 할 수 있다. 정치에 관해 공개적으로 자신의 의견을 밝힌 적이 없지만 그녀는 남편의 정치적 기반에 더 없이 큰 힘이 되는 존재였다. 육 여사의 부재는 박 대통령에게는 브레이크 없이 내리막길을 가는 것과 다름없었다. 육 여사야말로 박정희 통치의 유일한 제어 장치였던 것이다.

후임 퍼스트레이디들은 이구동성으로 자신들의 역할 모델로 '만인의 어머니' 형인 육영수 여사를 꼽곤 한다. 미국의 힐러리 클린턴 여사가 각광을 받자 '육영수에다가 힐러리'를 이상형으로 내세우기도 한다. 그러나 이제는 한국의 퍼스트레이디들도 몰개성적인 '육영수 따라잡기'나 '힐러리 흉내 내기'에서 벗어나 변화된 시대에 맞는 '제2의 육영수 신화'를 창조할 시점이 온 것이 아닐까? 이것은 어쩌면 구천의 육여사가 후배 퍼스트레이디들에게 가장 당부하고 싶은 말일지도 모른다. '페어웰(Farewell) 육영수'말이다.

■ 육영수 여사 연보

1925 11월 29일(음 10월 14일), 아버지 육종관 씨와 어머니 이경령 씨 사이에 1남 3녀 중 둘째딸로 태어남.

1938 죽향초등학교를 졸업하고 배화고등여학교에 입학.

1942 배화고등여학교를 졸업한 후 옥천여자중학교 교사로 근무.

1950 8월 하순경, 전란으로 부산에 피신 중일 때 이종 6촌 오빠이며 박정희 대구사범학교 1년 후배인 송재천의 중매로 박정희 만남. 12월 12일, 대구시 계산동 천주교 성당에서 박정희와 결혼.

1952 2월 2일, 맏딸 박근혜 출산.

1954 6월 30일, 둘째딸 박근영 출산.

1956 봄, 서울 신당동에 20평 양옥 장만.

1958 12월 15일, 아들 박지만 출산.

1961 5월 16일, 5·16 군사쿠네타 발생. 국가재건최고회의 의장 부인이 됨.

1963 12월 17일, 제3공화국의 퍼스트레이디로 세 번째 청와대 안주인이 됨.

1964 12월 17일, 정식 사회단체로 '양지회' 설립, 명예회장으로 취임.

1967 어린이 복지사업 목적으로 어린이회관 운영 및 월간지 《어깨동무》 발간 활동.

1968 5월, 서울대 기숙사 정영사(正英舍) 개관.

1969 4월 4일, 육영재단 설립.

1970 7월 25일, 남산 어린이회관 건립 개관.

1971 5월, 국민들에게 나병에 대한 올바른 인식을 심어주기 위해 대한나협회 기관지 《새빛》 후원 시작.

1972 부산 어린이회관 기공.

1973 5월 5일, 어린대공원 개원. / 9월 1일, 미국하원 세출분과 위원장 패스먼 의원이 보낸 25만 달러 기금으로 용산구 보광동에 지어진 한국 최대의 기능공 양성소인 정수직업훈련원 개관.

1974 8월 15일, 광복절 기념식이 열린 서울국립극장에서 단상에서 문세광이 쏜 총에 맞아 당일 저녁 7시에 숨을 거둠. 8월 19일 오전 10시, 중앙청(현 국립중앙박물관) 광장에서 국민장영결식 열림. 오후에 국립묘지에 안장됨.

■ 박정희 대통령 연보

1917 11월 14일, 경북 선산군 구미면 상모리에서 출생.

1937 대구 사범대학교 졸업, 문경 보통학교 교사 취임.

1940 만주군관학교 2기생 입학.

1942 만주군관학교 예과 과정 수석 졸업, 일본 육사 본과(57기) 특전 입학.

1944 일본육사 본과 졸업, 만주군 중위로 활동.

1946 9월 조선경비사관학교(육사 전신) 2기생으로 입학.

1946 12월 조선경비사관학교 졸업, 대위 임관.

1950 7월 14일, 한국전쟁 발발 후 육군소령으로 군대 복귀, 육군본부 정보국 전투정보과장.

1950 12월 12일, 육영수 여사와 결혼.

1955 7월 14일, 제5사단장.

1957 제7사단장.

1959 7월 1일, 제6관구사령관.

1960 1월 21일, 부산군수기지 사령관, 12월 15일, 제2군 부사령관.

1961 5월 16일, 5·16 쿠데타. 7월 3일, 국가재건최고회의 의장 취임.

1963 10월 15일, 제5대 대통령으로 당선.

1964 6월 3일, 비상 계엄령 선포(한일회담 반대 데모).

1965 1월 8일, 베트남 전쟁에 파병 결정. 1차, 2차.

1967 5월 3일, 제6대 대통령 당선.

1969 9월, 대통령 3선 연임 허용하는 3선 개헌안 통과.

1970 새마을운동 시작.

1971 4월 27일, 제7대 대통령 당선.

1972 7. 4 남북공동성명 발표. 10월 17일, 유신체제 선포, 비상계엄령 선포. 12월 23일, 제8대 대통령 당선. 12월 27일, 유신헌법 공포.

1974 1월, 대통령 긴급조치 발효. 4월 3일, 4·3 민청학련 사건, 긴급조치 제4호. 8월 15일, 육영수 여사 서거.

1975 2월 12일, 유신체제 국민투표.

1978 12월 27일, 제9대 대통령 취임. 8월 11일,

1979 10월 17일, 부마사태. 10월 26일, 박정희 대통령 서거.

학창 시절의 육영수 여사.

박정희 대통령과 육영수 여사의 결혼식 사진.

박정희 대통령과 육영수 여사는 대구 계산 성당에서 대구시장 허억 씨의 주례로 결혼식을 올렸다. 이날 주례가 "신랑 육영수 군과 신부 박정희 양은…"이라고 소개해 하객들 사이에 웃음이 터졌다. 신랑이 신부에게 반지를 끼워 주려고 할 때 주머니에 있던 반지가 없어져 소란이 일었으나 신랑 옷의 다른 주머니에서 겨우 찾아내 식을 진행할 수 있었다.

육영수 여사와 박정희 대통령의 기념 촬영.

박정희 대통령과 축배를 들고 있는 육영수 여사.

다정한 한때를 보내고 있는 육영수 여사와 박정희 대통령.

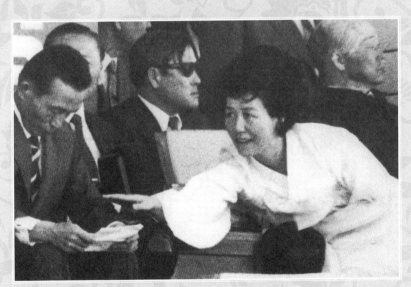

1966년 9월 30일 대전 공설운동장에서 연설을 마친 박 대통령에게 육 여사가 한 농부의 진정서를 전해주고 있다. 육 여사는 이처럼 할 수 있다면 사소한 민원이라도 챙기고자 최선을 다한 것으로 기억되고 있다.

박정희 대통령·육영수 여사 부부와 근혜, 근영, 지만 세 자녀의 단란한 한때.

청와대에서 윷놀이를 하고 있는 박 대통령 가족.

육영수 여사가 애용한 국내 최초의 본차이나 찻잔.

여성 언론인들의 모임인 '여류
방송인클럽'을 청와대에 초청
해 담소를 나누는 육영수 여사.

어린이 행사에 참석한 육영수 여사.

To: Mrs. Theodore R. McKeldin
1966 1. a

'육영수'라는 친필 서명이 적힌 육영수 여사 사진.

1974년 8월 15일, 국립극장에서 열린 '광복 29주년 기념식'에서 문세광이 쏜 총에 맞아 쓰러지는 육영수 여사.

육 여사의 서거 소식을 듣고 오열하는 시민들.

1974년 8월 19일 박정희 대통령이 청와대 정문에서 육영수 여사의 운구차를 붙잡고 오열하고 있다.

서울 동작동 국립현충원에 있는
박 대통령과 육 여사 묘비.(위)

육영수 여사 묘비 전면.(아래)

사진 제공 | 박정희 대통령 인터넷기념관, 육영수 여사 전자기념관, 국가기록원, 여성신문사

소박하고 서민적인 퍼스트레이디
홍기

洪基

1916년 3월 3일 ❀ 충북 충주 출생

1935년 11월 29일 ❀ 학생 최규하와 결혼

1979년 12월 6일~1980년 8월 16일 ❀ 10대 퍼스트레이디

2004년 7월 20일 ❀ 사망

공평하고 원칙을 중히 여기며
남편이 청렴할 수 있게 하는 데
내조의 공이 큰 어른이었습니다.
──최흥순 최규하 전 대통령 비서실장

쿠데타 세력에 대한 불신

1980년 9월 1일 잠실체육관. 전두환 11대 대통령의 취임식이 한창 진행되고 있었다. 취임식이 거의 끝나 갈 무렵, 전임 대통령 자격으로 취임식에 참석한 최 대통령이 일어서면서 들고 있던 내외 귀빈용 안내 책자를 옆에 있던 홍기 여사에게 건넸다. 그런데 홍 여사가 손으로 그 책자를 탁 내쳐 버렸다. 생각지 못한 아내의 행동에 당황한 최 대통령은 경호원에게 그것을 넘겨주었다. 당시 취임식이 텔레비전으로 전국에 생중계됐기 때문에, 홍 여사의 이런 행동은 카메라를 통해 전 국민에게 그대로 전달되었다.

역사라는 것이 연속이면서도 불연속이다. 내가 못하면 다음 사람이 바통을 이어받아 하면 되는 것 아니냐. 우리가 청와대에서 사고 없이 두 발로 걸어 나갈 수 있는 것도 평화적 정권 교체 아니냐.

최 대통령은 며칠 전부터 자신의 퇴임을 두고 이렇게 부인과 주변을 달래곤 했는데, 이날 홍 여사의 행동은 '쿠데타 세력'에 대한 홍 여사 나름의 불편한 심기를 간접적으로 드러냈다고 할 수 있다. 텔레비전을 통해 이 모습을 본 국민들은 '강직한 영부인의 참모습' 이었다고 평가했다.

홍 여사는 죽기 전 알츠하이머 병에 걸려 8년 동안 투병했다. 남편의 부자연스러운 퇴임은 물론, 특히 퇴임 이후 서서히 남편을 압박하기 시작한 여론에 말 못할 심적 고통을 앓았던 것으로 전해지고 있다. 측근들에 따르면 홍 여사가 말년에 고생한 알츠하이머 증세는, 1996년경 재야 단체들이 최 대통령의 검찰 증언을 촉구하는 시위를 서교동 집 앞에서 벌일 때부터 징후가 나타나기 시작했다고 한다. 마음속 깊숙이 자리 잡고 있던 응어리가 견디다 못해 병이 된 것이다.

살아 있는 것만으로도 의지가 되어

"두 분은 미국의 로널드 레이건 대통령과 낸시 여사 못지않은 감동적인 부부애를 보여 줬습니다."

2004년 7월, 고인이 세상을 떠나자 생전에 홍 여사를 옆에서 지켜본 지인들은 이렇게 말하며 안타까워했다. "최 전 대통령과 홍 여사는 살갑게 말은 안 해도 서로에 대한 존경과 신뢰, 사랑이 넘쳐나는 것을 느낄 수 있었다."고 측근들은 전한다.

홍 여사는 8년 동안 투병 생활을 하면서 그중 350여 일을 입원해 있었는데, 최 전 대통령은 하루도 빠짐없이 아내가 누워 있는 병원을 찾았다. 최 전 대통령은 홍 여사의 간병 일지를 적기도 했는데, 거기에는 그녀의 혈압과 혈당 수치가 깨알같이 적혀 있다. 또한 홍 여사가 다른 사람이 자신한테 음식을 먹여 주는 것을 거부해, 최 전 대통령은 몸이 불편해지기 전까지 홍 여사가 식사하는 것을 직접 거들었다.

아픈 아내를 이토록 지극 정성으로 간호했다는 것은 두 사람 사이의 애정이 그만큼 각별하다는 것을 보여 준다. 더욱이 8년 동안 아내의 간병인 노릇을 하면서도 최 전 대통령은 한 번도 아내에게 짜증을 내지 않았다고 한다. 그는 가끔 홍 여사가 누워 있는 방에 들어가 아내의 손을 조용히 잡아 주곤 했는데, 아내가 살아 있는 것만으로도 퍽 의지가 되는 것 같아 보였다고 이를 본 지인들이 말하곤 했다.

10여 년 동안 남편 없이 살림을 꾸린 종갓집 맏며느리

홍기 여사는 1916년 충북 충주에서 한학자인 아버지 홍병순 씨와 어머니 안동 권 씨 사이에서 3녀 중 맏딸로 태어났다. 한학자 집안이라 홍 여사는 정규 교육기관에 다니지 않았다. 대신 집 안에서 어른들로부터 한문을 배우고 전통적인 한국 여인이 갖춰야 할 교양을 쌓으며 젊은 시절을 보냈다.

홍 여사의 할아버지는 당시 성균관 박사인 최 전 대통령의 할아버지, 최재민 씨와 교류하던 중 손녀의 중매를 서게 됐다. 홍 여사는 열아홉 살이 되던 1935년에 당시 경성제일고등보통학교(현 경기고등학교)에 재학 중이던 학생 최규하와 결혼하게 되었다.

결혼 후 졸업하게 된 최 전 대통령은 곧바로 일본 도쿄 고등사범학교로 유학을 가 영어영문학을 전공했다. 그는 1941년, 일본 유학을 마치고 돌아온 후 대구에서 잠시 교편을 잡았다가 다시 만주로 가 대동학원에서 정치행정학을 전공했다. 1943년에 귀국해서는 1945년에 서울대학교 사범대학 교수로 임용됐다.

결혼한 후 약 10년 동안 홍기 여사는 남편의 학업 때문에 함께 지낼 수 있는 날이 많지 않았다. 그래서 결혼하고 10년이 지난 1945

년에야 장남 홍윤을 낳았다. 이후 차남 종석과 막내 종혜를 얻었다. 10년 동안 홍기 여사는 시댁인 원주에서 시부모님을 모시며 큰며느리로서의 역할을 충실히 수행하며 지냈다. 그녀는 종갓집 장남의 며느리로 1년에 다섯 번 이상 제사를 지내고 명절 때마다 성묘를 하는 등의 일들을 남편 없이 해냈을 뿐만 아니라 아무런 불평도 하지 않았다고 한다.

❀ ❀ ❀

서울대학에서 교편을 잡던 최 교수는 1년 뒤 공직자의 길을 걷기 시작했다. 대통령으로 취임하기 전까지 그는 고속 승진을 하며 정통 관료의 길을 착실하게 걸었다. 그는 1946년에 중앙식량행정처 기획 과장으로 공직 사회에 발을 들여놓았고, 32세 되던 1951년에 외무부 통상국장이 되었다. 1952년부터 1959년까지 일본 대표부 총영사, 참사관, 공사 등을 지냈으며, 1959년에 제7대 외무부 차관이 되었다. 이후 외무부 장관 직무 대행, 외무부 본부 대사, 대통령 권한 대행, 국가재건최고회의 의장 외교 담당 고문, 주 말레이시아 연방 특명 전권 대사 등을 거쳐 1967년, 48세에 외무부 장관이 되었다.

홍 여사는 결혼하고 나서는 학업 때문에, 학업을 마친 후에는 외교관이라는 직업의 특성상 평생에 걸쳐서 남편과 떨어져 있는 날이 많았지만 간혹 남편의 해외 근무지에 함께 따라가는 경우도 있었다.

최 전 대통령이 8년 동안 주일본 대표부로 근무할 때 홍 여사는 스스로 일본어를 배워 생활 일본어 정도를 할 수 있었으며, 말레이시아 근무 때는 독학으로 영어를 배워 외국인과 일상적인 대화가 가능할 정도가 되었다.

홍 여사는 말레이시아에서 허리를 다쳤다. 다친 허리 때문에 가끔 걷는 것도 불편할 때가 있었다. 본래 홍 여사의 신장은 163센티미터로 여성으로서는 작은 키가 아니었지만, 다친 허리 때문에 신장이 많이 줄어드는 바람에 신장이 180센티미터나 되는 남편과 대비되어 상대적으로 더욱 작아 보였다.

최 전 대통령이 외무부 장관이 되면서 홍 여사는 당연직으로 되어 있던 양지회 총무를 맡아 4년 동안 육영수 여사와 함께 활동했다. 이때가 홍 여사의 삶 중 공적 활동에 다소 체계적으로 참여했던 시기였다고 할 수 있다.

갑작스럽고 짧았던 퍼스트레이디 시절

홍 여사는 1979년 12월 6일 우리나라의 10대 퍼스트레이디가 되었다. 최 전 대통령은 외무부 장관 등을 거쳐 1976년에 국무총리가 되었는데, 1979년, 박 대통령의 갑작스러운 서거로 대통령 직무 대행을 맡고 있다가 같은 해 12월 6일, 통일주체국민회의에서 대통령으로 선출되었다. 남편이 제10대 대한민국의 대통령이 되면서 홍 여사도 갑자기 퍼스트레이디가 된 것이다.

퍼스트레이디가 되었지만 홍 여사의 태도나 모습은 이전과 달라지지 않았다. 특별히 꾸미지도 않았으며 가족이 먹을 김치는 항상 직접 담갔다. 퍼스트레이디일 때나 아닐 때나 홍 여사의 모습과 생활 방식은 늘 한결같았다.

"우리 때의 훌륭한 주부는 집안 살림 잘하고 자식들 잘 키우는 것이었습니다."

퍼스트레이디로 취임한 날 여기자들과 가진 기자회견에서 홍 여사는 자신의 내조관을 밝혔다. 홍 여사는 이날 기자들이 퍼스트레이디로서 앞으로의 활동 계획을 묻자 이렇게 말했다.

"평소 퍼스트레이디가 되리라곤 생각해 본 일이 없습니다. 뜻밖의 어려운 일을 맡게 되어 조금 당황했어요. 시기적으로도 중책이라 대통령의 건강에 더욱 신경을 써야겠고, 국민들이 친밀감을 느낄 수 있는 분위기를 만들도록 노력하겠습니다."

홍 여사는 퍼스트레이디로서 한 번도 자신의 정치적 견해를 이야기한 적이 없었다. 남편이 힘든 시기를 보낼 때도 그녀는 말없이 남편의 건강을 챙기는 데만 힘을 쏟았다. 청와대 시절 동안 홍 여사는 추석을 전후해 양로원과 고아원 같은 데에 열심히 다니는 것 이외에는 대외 활동을 거의 하지 않았다. 퍼스트레이디로서 꼭 해야 할 의례적인 일만 수행했을 뿐이다.

홍 여사가 퍼스트레이디가 되고 나서 1980년 8월 16일, 남편의
대통령직 사임과 함께 청와대를 떠나기까지 약 250일 동안은 신군
부 세력이 1979년에 12 · 12사태를 일으키고, 1980년에 광주민주화
운동이 일어나고 신군부가 이를 무력으로 진압하는 등 한국 정치는
혼란 그 자체였다. 이 와중에 홍 여사는 대외 활동을 최대한 자제하
면서 조용히 청와대 시절을 보내는 것이 최선의 방책이라고 믿었을
지도 모른다.

홍 여사는 우리나라 역대 퍼스트레이디 중 가장 짧은 임기를 수
행했다. 갑작스럽게 퍼스트레이디가 되었을 뿐만 아니라 너무나 짧
은 기간 동안 재임했기 때문에, 자신의 개성에 맞는 퍼스트레이디의
역할에 대해 고민할 만한 시간적인 여유조차 없었다고 할 수 있다.

절제된 성품의 한결같은 내조자

홍 여사의 일생에서 가장 두드러진 점은, 유학생에서 국가 최고
통치권자의 자리까지 남편이 승승장구 출세 가도를 달리는 엘리트
공직자였음에도 불구하고 잡음 한 번 없이 한평생 자제하는 내조자
의 모습을 지켰다는 점이다. 그녀는 남편이 청렴한 공직 생활을 할
수 있도록 늘 한 발자국 뒤에서 희생적인 자세로 강직하게 자신의
자리를 지켰다. 최흥순 최규하 전 대통령 비서실장은 "공평하고 원

칙을 중히 여기며 남편이 청렴할 수 있게 하는 데 내조의 공이 큰 어른"으로 평가했다.

홍 여사는 평소 국민들에게는 단아하고 검소한 퍼스트레이디로만 비춰졌지만, 실제로는 누구 못지않은 강직하고 절제된 성품을 가졌던 것으로 알려지고 있다. 하루는 총리공관에 살던 시절의 일이다.

> 하루는 총무비서관이 공관에 들어가니까 사모님께서 직접 손세탁을 하시는 거예요. 사모님 세탁기를 따로 사 드리겠다 했더니 사모님 말씀이 '여기 있는 사람도 못 믿겠는데 기계에다 어떻게 맡길 수 있느냐.' 면서 일하는 아주머니들에게 절대 세탁을 맡기지 않았습니다.

신두순 전 청와대 의전 비서관(전 한국가스안전공사 감사)이 《여성신문》 이정자 편집위원과의 인터뷰에서 전한 말이다. 청와대 시절을 제외하고 알츠하이머병을 앓기 전까지 홍 여사는 식사 준비와 빨래, 다림질 등 집안 살림을 모두 자신의 손으로 해결했다. 특히 속옷 빨래는 남의 손도, 세탁기의 도움도 받지 않고 손수 했다. 서교동 집에는 30년이 넘은 빨래 삶는 연탄 화덕이 지금도 그대로 남아 있다.

홍 여사의 이 같은 처신은 그녀가 받은 유교적 교육과 밀접한 관계가 있다고 할 수 있다. 집에서 유교 학문을 익히다가 정혼한 이후

부터는 남편을 위해, 가정을 위해 살아왔던 홍 여사는 역대 퍼스트
레이디 가운데 가장 전통적인 한국 여인의 부덕(婦德)을 지닌 인물
로 평가받는다. 그녀는 사대부 맏며느리에게 요구되는 전형적인 현
모양처형 퍼스트레이디였다.

퇴임 후 두 부부는 1973년부터 살아온 서교동 집으로 돌아왔다.
이 집은 대지 108평에 건평 78평의 2층 단독주택이다. 이들 부부는
"집은 살 만하면 그만"이라며 고치지 않아 지금까지도 처음 살았던
그대로이다. 거실이 너무 좁아 손님을 대접하기 힘들다는 이유로 퇴
임 후 거실을 4~5평에서 7~8평으로 넓힌 것이 집 수리의 전부라고
한다.

홍 여사는 무엇이든 낡고 닳아 없어질 때까지 사용했다고 한다. 구식의
석유난로, 50년도 넘은 일제 선풍기, 구식 에어컨, 고무신과 슬리퍼, 30
년이 넘은 라디오 등 골동품 같은 생활 용품을 그대로 사용했다. 홍 여사의 손때가
묻은 부엌에는 10년 이상 된 그릇장, 남편이 외교관 시절에 사용했던 유리잔들이 그
대로 있으며, 샘물가에는 손빨래를 하기 위해 물 펌프도 설치했다. 오이지를 누르는
데 사용하는 돌, 곡식을 찧는 절구통 등은 홍 여사와 함께 해 온 세월의 흔적을 아직
도 고스란히 간직하고 있다. 홍 여사는 남편이 국무총리일 때도 직접 가계부를 썼는
데, 표지에는 "서울시 종로구 삼청동 106, 국무총리 공관, 국무총리 부인 홍기, 일
기장"이라고 적혀 있다.

퍼스트레이디 시절, 홍 여사는 여기자들로부터 '소박하고 다소곳하며 서민적인 분위기의 보통 주부 퍼스트레이디'라는 평을 받았다.

■ 홍기 여사 연보

1916 3월 3일 충북 충주시에서 출생.

1935 11월, 중매로 3년 연하의 최규하 대통령과 결혼.

1961 말레이시아 대사로 임명된 남편을 따라 말레이시아에서 4년 동안 생활.

1979 12월 6일부터 1980년 8월 말까지 10대 퍼스트레이디를 지냄.

2004 7월 20일, 알츠하이머 투병 중 타계.

■ 최규하 대통령 연보

1919 7월 16일 강원 원주에서 출생.

1937 경기고등학교 졸업.

1941 도쿄고등사범학교 영어영문학 졸업.

1943 만주 대동학원 정치행정학 석사.

1945~1946 서울대 사대 교수.

1946~1948 중앙식량행정처 기획과장.

1948~1951 농림부 양정과장 & 귀속농지관리국 국장서리.

1951~1952 외무부 통상국장.

1952~1959 주 일본대표부 총영사, 참사관, 공사.

1958 제4차 한일회담 대표.

1959~1960 제7대 외무부 차관, 외무부장관 직무 대행.

1963~1964 외무부 본부대사.

1963 대통령 권한대행 국가재건최고회의 의장 외교 담당고문.

1964~1967 駐말레이지아연방 특명 전권 대사.

1967~1971 제14대 외무부 장관.

1971~1975 대통령 외교담당 특별 보좌관.

1976~1979 제12대 국무총리.

1979~1980 대통령 직무대행, 통일주체국민회의 의장.

1979 12월 6일 제10대 대통령으로 취임.

1980 8월 16일 대통령직 사임.

1981~1988 국정자문회의 의장.

1991~1993 민족사바로잡기국민회의 의장.

1992 안중근 의사 여순 순국 유적 성역화 사업추진위원회 고문.

2006 10월 22일 서거.

최규하 전 대통령과 홍기 여사.

© 월간조선

1979년 12월21일, 제10대 대통령 취임식을 마친 후 총리 공관으로 돌아와 환담하는 최규하 대통령 내외.

최규하 대통령 취임 후 취재진의 인터뷰에 응하고 있는 홍기 여사.

YMCA 고문 박에스더 씨와 담화하
는 홍기 여사.

홍기 여사가 사랑의 집 개원식에 참
석해 기념 테이프 커팅을 하고 있다.

1976년 국무총리 부인 시절, 새마을 이웃돕기 상품 전달식에
참석한 홍기 여사.

1976년 경기여고 자선 바자회에 참석한 홍기 여사.

아침 5시면 일어나 포마이카 상에서 신문을 보며 스크랩을 하던 최규하 대통령에게 응접실은 작업실이었다.
스크랩을 마치고 7시가 되면, 비서관들에게 하루도 거르지 않고 전화로 아침 인사를 했다. 왼쪽 선풍기는 장
녀 종혜 씨와 동갑인 1953년산 일제 나쇼날 선풍기다. 오른편에는 생산연도를 알 수 없는 석유난로가 놓여
있다.

사진 제공 | 국가기록원, 여성신문사

화려한 권좌와 지옥 같은 나락을 오가다

이순자

李淳子

1939월 3월 24일 ✿ 만주 출생

1959년 1월 24일 ✿ 육군 중위 전두환과 결혼

1980년 9월 1일~1988년 2월 24일 ✿ 11 · 12대 퍼스트레이디

나는 내 모든 것을 그분의 상황 속으로
던져 버리기로 결심했어요.

—이순자 여사

18세에 받은 첫사랑의 프러포즈

"순자 씨, 부모님께 여쭤 봐요. 순자 씨가 다 클 때까지 결혼 안 하고 기다려도 되느냐고."

18세의 여고생은 어느 날 갑작스럽게 한 영화관에서 뜻밖의 프러포즈를 받고 가슴이 뛰었다. 평소 연정을 갖고 있었던 그 남자의 프러포즈는 너무나 달콤하게 들려왔다. 이 소녀는 이 사실을 혼자만 가슴속에 품고 있을 수가 없어서 어머니에게 알렸다. 그러자 아버지의 귀에까지 그 소식이 전해졌다. 그 남자를 잘 알고 있던 아버지는 "그 정도면 훌륭한 사윗감이지……."라면서 사실상 결혼을 승낙했다. 이 소녀가 훗날 제11, 12대 퍼스트레이디가 된 이순자 여사이며,

그 남자는 바로 전두환 전 대통령이다.

이 여사는 1939년 3월 24일 만주에서 아버지 이규동 씨와 어머니 이봉년 씨의 1남 5녀 중 둘째로 태어났다. 언니가 일찍 세상을 떠났기 때문에 사실상 집안에서 맏딸 역할을 했던 이 여사는 어릴 때부터 총명한 소녀였다. 군인이었던 아버지의 임지를 따라 대구연합중, 논산여중, 진해여중, 경기여중 등 여기저기 전학을 다녔지만, 성적은 늘 상위권이었다. 이 여사는 피부색이 가무잡잡하고 얼굴이 예뻤는데, 그 때문인지 중고등학교 시절의 별명이 '필리핀 공주'였다.

이 여사가 남편을 처음 만난 것은 진해여중 2학년에 재학 중일 때였다. 당시 아버지 이규동 씨는 육군사관학교 참모장으로 근무하고 있었다. 육군사관학교 생도였던 그는 다른 육사 생도들과 마찬가지로 참모장인 아버지의 집으로 자주 찾아왔다. 중학생이었던 이 여사는 전 생도를 포함해 모든 생도들을 '아저씨'라고 부르며 따랐다.

육군사관학교가 진해에서 서울 태릉으로 옮겨 가면서 이 여사는 경기여중 3학년에 편입하게 되었다. 전 생도는 서울에서도 진해에서와 마찬가지로 주말이 되면 이 여사 집으로 놀러 오곤 했다. 그는 이 여사와 그녀의 친구들에게 수학과 영어 과외도 해 주고 자신이 읽은 영화나 책 이야기 등도 해 주면서 같이 시간을 보냈다. 이 여사의 친구들도 전 생도를 좋아했다. 그들에게 그는 쾌활하고 멋진 아저씨였다. 당시 전 생도의 별명은 '메이비(Maybe) 아저씨'였는데, 영어 문제를 풀어 주면서 끝에는 늘 '메이비'라는 말을 덧붙였기 때문이다.

이 여사가 고등학교 1학년 때 전 전 대통령이 육사를 졸업해 일선으로 떠나면서 두 사람은 잠시 소원해졌다. 그러다 2년 후, 이 여사가 고등학교 3학년이 되면서 두 사람은 다시 만나게 되었다. 그리고 이때부터 전 소위는 그동안 부쩍 성숙한 이 여사에게서 '여인의 향기'를 느끼기 시작했다. 두 사람은 자연스럽게 데이트를 시작했다. 데이트가 계속되면서 전 소위는 이 소녀와 결혼하고 싶다고 생각하게 됐다. 그래서 "순자가 졸업할 때까지 기다려도 되겠니?"라며 프러포즈를 한 것이다. 이 일을 계기로 두 연인은 급속하게 가까워졌다. 이 여사에게 이제 전 소위는 군복을 입은 '아저씨'가 아니라 사랑하는 연인이었다.

모든 것을 버리고 뛰어든 결혼

이 여사는 고등학교 졸업 후 이화여대 의과대학에 진학했다. 전소위도 이 여사의 입학식에 참석하여 입학을 축하했다. 이날 식이 끝나고 두 연인은 기념으로 서울 스카라 극장에서 가난한 연인들의 신혼 생활을 그린 「지붕」이라는 이탈리아 영화를 봤다. 아이러니하게도 이 영화를 보면서 전 소위의 심경에 변화가 생겼다. 영화의 내용이 그로 하여금 당신 자신의 상황을 다시 한 번 돌이켜 보게 한 것이다. 그는 이 여사가 자신과 결혼하면 영화 속 연인들처럼 가난하고 궁핍한 생활을 하게 될 것이라는 사실을 깨닫게 되었다. 영화를 본 그는 마음이 너무 착잡해져 이 여사를 집까지 바래다주는 것도 잊고 혼자 45리 길을 걸어갔다. 한 걸음씩 걸을 때마다 사랑하는 여인에게 그런 가난의 고통을 겪게 할 수는 없다는 결심이 점차 강해졌다. 그는 이 여사에게 다시는 만나지 말자는 엽서를 띄웠다.

연인의 갑작스러운 태도 변화에 이 여사는 어찌할 줄 몰랐다. 앞뒤 설명도 없는 이별 통보에 울고 또 울었다. 그러다 급성 맹장염으로 병원에 입원하게 되었다. 이 여사는 병상에 누워 자신을 간호하던 이모에게, 대구에 계시는 어머니와 제2훈련소 27연대에 있는 전 중위에게 전보를 쳐 달라고 부탁했다. 전보를 받자마자 전 중위는 병원으로 달려왔다. 이를 계기로 두 사람 사이가 다시 가까워지는 듯했으나 그것도 잠시, 전 중위는 가난을 경험해 보지 못한 사람은 그 고초를 알 수 없다며 헤어지겠다는 결심을 굽히지 않았다. 그러나 그런 강경한 태도는 오히려 이 여사의 사랑의 감정에 불을 붙였다. 그의 태도에서 책임감과 정직성을 본 이 여사는 이런 사람이라면 자신의 인생을 걸어도 좋다고 생각하게 된 것이다.

이 여사는 결혼을 서둘렀다. 의사가 되려고 했던 자신의 꿈도 포기했다. 당시 이화여대는 학칙으로 기혼자의 입학과 재학을 허용하지 않고 있었다. 그녀는 학교를 자진해서 중퇴했다. 이 여사의 부모님들도 적극적으로 밀어 주었다. 그녀의 어머니는 "옛말에 혼인 치레하지 말고 팔자 치레하라는 말도 있더구나. 찬물 한 그릇 떠 놓고 결혼했어도 잘사는 사람 많이 봤고, 바리바리 싣고 부러움을 독차지하면서 시집간 사람이 못 사는 것도 많이 봤다."며 그녀를 밀어 줬다.

이 여사는 친정어머니와 상의해 일방적으로 결혼 날짜를 잡았다. 그러고는 결혼식 일주일 전에 연인에게 전화를 걸어 결혼날짜와 장소, 시간을 통보했다. 결혼식 때 입을 양복도 없다는 그에게 "예식장에서 기다릴게요. 꼭 오세요."라고 말하곤 전화를 끊었다. 결혼식 당일까지도 이 여사는 그가 나타나지 않으면 어떡하나 걱정했다. 그러나 다행히도 그는 이 여사가 마련해 준 양복을 입고는 나타났다. 두 사람은 1958년 12월 16일(음력) 대구 제일예식장에 모인 하객들 앞에서 백년해로할 것을 약속했다. 이때 이 여사의 나이는 20세, 전 중위는 28세였다.

나는 내 모든 것을 그분의 상황 속으로 던져 버리기로 결심했어요. 그렇게 해서 그분의 방황을 멈추게 하고 아무리 어려운 여건이라도 둘이 함께 헤쳐 나가는 것이 옳다고 생각했습니다. 그분께서 나라를 위해서 자기 자신을 버리려고 했듯이, 나 또한 나의 모든 것, 공부까지도 희생하고 결혼하기로 결심했던 겁니다.

이 여사는 훗날 한 여성지와의 인터뷰에서 자신의 결혼에 대해 이렇게 말했다. 이날 결혼식장에는 육사를 갓 졸업한 혈기왕성한 젊은 장교들이 모두 모였다. 육사 시절부터 늘 함께 다녔던 노태우, 최성택, 김복동, 백운택, 박병하 중위 들이 참석해 축하해 줬다. 노 중위는 친구들을 대표해 축사했다. 결혼식이 끝난 후 두 사람은 경주로 신혼여행을 떠났다.

군인의 아내로서의 삶

이 여사는 "우리 집은 너무 초라해서 살 수가 없으니 친정에 가 있으라."는 남편의 권유를 뿌리치고 산골짜기의 시집으로 들어갔다. 그곳에서 그녀는 아궁이에 불을 지펴 밥을 짓고, 두레박으로 우물물을 길어 빨래도 하는 등 처음으로 고생이라는 걸 해 보았다. 생전 해 보지 않던 일을 하게 되니 곱던 손등이 터져 피가 흘러내렸다.

쌀 씻어서 밥 한 번 해 보지 못한 처지이고 보니, 무엇을 좀 할라치면 손을 다치거나 칼에 베이기 일쑤였고, 밥이 다 된 가마솥 뚜껑을 열자마자 손을 집어넣어 델 정도로 서툴렀습니다. 부엌 안으로 불어오는 바람은 차고 매서웠고, 행주로 상을 훔칠 때마다 얼음이 될 정도로 추웠습니다. 옹기그릇에 물을 길어 두면 얼어 버려서 필요할 때마다 물을 길어야 했기에 심한 두레박질 끝에 땀구멍마다 피가 나왔고, 남몰래 울기도 했지요.

시집살이를 한 지 5, 6개월이 되었을 무렵, 이 부부는 서울로 올라왔다. 결혼할 때 부모님께 세간 대신 돈을 받았기 때문에 살림살이가 거의 없었던 신혼부부는, 이불장도 없어 사과 궤짝을 장롱 대신으로 사용했다.

이 여사는 악착같이 아끼고 모았다. 1년 동안 미용학원에 다니면서 미용사 자격증을 딴 뒤 직접 미용실을 운영하기도 했다. 그러나 늦게까지 일하는 등 미용실 일로 고생하는 자신 때문에 남편이 괴로워하는 모습을 보자 미용실 문을 닫고 이번에는 편물 일을 시작했다. 남편 몰래 편물 기술을 익혀서 남편이 출근한 후 일을 시작하는 방법을 썼다.

그러다 가회동으로 친정집이 이사를 가게 되자 남편과 함께 친정으로 들어갔다. 생활비와 주거비를 아끼기 위해서였다. 이 여사의 친정살이는 이후 오랫동안 계속되었다. 11년 후 보광동에 17평짜리 집을 마련한 뒤 독립해서 이사를 가던 날 이 여사는 뛸 듯이 기뻐했다. 그녀는 "남편이 가장으로서 긍지를 가질 수 있게 된 날"이라고 말했다.

이 시기는 몸은 힘들었지만 마음만은 행복했던 시절이었다. 이 여사의 경기여고 단짝 친구였던 이기옥 한양대 행정학과 명예교수는, "여학교 때 이 여사는 이야기를 아주 맛깔나게 잘했다."면서 "이 여사 부부만큼 부부간에 자상하고, 재미있고, 금실을 유지하며 사는 사람들도 없다."고 말했다.

　　사실 나는 친정살이하는 동안 신경을 무척 써야 했어요. 더군다나 그 분처럼 자존심이 강한 분을 친정에서 모시고 산다는 것은 이만저만 어려운 일이 아니었어요. 이 모든 것이 친정에 사는 동안 한눈팔지 않고 열심히 저축한 결과이며, 미용 기술도 배우고 편물 기술도 배워서 가계에 도움이 되고자 했던 고생과 집념의 결과이기에 더욱 귀하고 소중하게 생각돼요.

　　그러나 더 이상 친정살이를 하지 않게 되었다고 해서 마냥 마음 편히 있을 수는 없었다. 대구에 계신 시아버지의 간암이 이미 전신에 퍼져 있었던 것이다. 이 여사는 시아버지를 서울에 모셔 간병을 했다. 시아버지의 대소변도 받아 냈다. 시아버지는 서울에 온 지 7개월 만인 1967년 3월 20일, 70세로 별세했다. 이 여사의 한 친구는 그녀의 결혼 생활에 대해 다음과 같이 술회했다.

　　결혼할 때의 결심부터가 그랬지만 그 친구처럼 철저하게 남편을 위해 살아온 아내는 흔하지 않을 거예요. 툭하면 이삿짐을 싸야 하는 군인의 아내로 20여 년을 살아오면서 한 번도 이삿짐으로 어지럽혀진 집안

꼴을 남편에게 보인 적이 없었다니까요. 이삿짐뿐만 아니라 자녀 교육, 가계, 시댁과의 관계 등 모든 면에서 남편을 골치 아프게 해서는 안 된다는 것이 그의 지론이었어요.

연희동의 빨간 바지 복부인

이 여사가 첫아이를 임신하고 얼마 안 돼 1959년 6월 12일, 전 전 대통령은 심리전 과정을 이수하기 위해 도미했다가 약 4개월 반 뒤인 10월 26일에 귀국했다. 그 다음 날 첫째 아들 재국이 태어났다. 첫아들을 얻은 기쁨도 잠시, 전 중위는 다음 해 초에 다시 미국으로 떠났다. 그리고 약 1년 뒤 특수전을 공부하고 돌아왔다. 미국에서 돌아온 후 그는 국가재건최고회의를 통해 박정희 전 대통령과 인연을 맺게 되었다. 군사혁명위원회로 발족한 국가재건최고회의가 1961년 5월 18일에 명칭을 바꾸고 박정희 전 대통령이 제2대 의장에 취임하면서, 전 전 대통령은 의장실 민원 비서관으로 일하게 되었다. 이 당시 이 여사는 두 번째 아이를 임신했으며, 다음 해 3월 19일 장녀 효선을 낳았다.

박정희 국가재건최고회의 의장은 전 비서관에게 군복을 벗고 나라를 위해 함께 일하자며 정계 투신을 제의한 것으로 전해진다. 전 비서관은 그 제안을 거절하고 다시 야전 생활로 돌아갔다고 한다.

광주에서 야전 생활을 하던 중 전 대위는 소령으로 진급했다. 그리고 윤필용 대령의 요청에 의해 진해로 내려가게 되었다. 이 여사는 진해에서 둘째 아들 전재용을 낳았다. 육군대학을 졸업한 그는 특전단 부단장으로 자리를 옮겼고, 1966년에 중령으로 진급했다.

이 여사는 1966년에 보광동 집을 팔고 신촌전화국 뒤에 있는 연희1동으로 이사했다. 그러면서 연희2동에도 땅을 샀다. 그리고 얼마 후 친정아버지 이규광 씨가 갖고 있던 이태원의 땅값이 올라 아주 비싼 값에 팔리게 되었다. 그러자 이 씨는 당시 자신들이 살고 있던 효창동 집을 이 여사 내외에게 넘겨주었다.

1970년, 전 전 대통령은 주월 백마무대 제9사단 29연대장으로 월남전에 참전했다. 이 무렵부터 월급이 상당히 많아졌다. 당시 이 여사는 연희동으로 이사하면서 산 땅에 새집을 지었다. 친정집의 도움도 있었겠지만 이 여사는 악착같이 집과 땅을 팔고 사면서 또 새집도 짓게 됐다. 이 과정에서 온실 속 화초처럼 자란 연약한 소녀였던 이 여사는 강인한 생활력을 지닌 '대한민국 아줌마'로 거듭났다. 이 때문에 이 여사는 훗날 부동산 투기설 등에 휘말리면서 '연희동의 빨간 바지 복부인'이라는 별명을 얻게 되었다.

화려한 의상 때문에 비난받다

1980년 9월 1일, 전 대통령은 대한민국 제11대 대통령이 되었고 이듬해 1981년 3월 3일, 제12대 대통령에 취임했다. 동시에 이 여사도 대한민국의 11대 퍼스트레이디가 되었다. 이 여사의 나이 41세 때였다.

군인의 아내로서 이 여사의 내조는 베테랑 수준이었다는 것이 주변의 평가다. 그녀는 남편 부하의 부인들에게 항상 "인생은 짧다. 군인 부인의 인생은 더 짧다. 그 짧은 시간 동안 남편을 집안일로 골치 아프게 하면 안 된다."고 말하면서 "군인의 아내는 요구가 많으면 안 된다. 어머니 몫, 주부 몫뿐만 아니라 아버지 몫, 가장 몫까지 해야 하는 게 군인의 아내"라고 충고하곤 했다.

자신의 말 그대로 이 여사는 자신의 모든 것을 남편에게 맞추어 생활했다. 단적인 예로 이 여사는 늘 한복은 한복대로 버선과 속적삼까지 갖춰서, 양장은 양장대로 블라우스와 스타킹까지 갖춰 벽에 걸어 놓았다. 남편과 함께 외출하는 일이 생길 때는 지체 없이 따라나설 수 있도록 하기 위해서다. 또한 남편이 유난히 좋아하는 된장찌개를 언제든지 바로 내갈 수 있도록, 미리 된장을 볶아 놓고 냉장고에서 꺼내서 끓이기만 하면 바로 먹을 수 있게 준비해 두었다.

그러나 퍼스트레이디라는 자리는 이 여사에게 커다란 도전이었다. 장군을 내조하는 법과 한 나라의 대통령을 내조하는 법, 즉 훌륭한 퍼스트레이디로서의 내조는 차원이 다른 것이었다. 퍼스트레이디로서 이 여사의 시작은 그리 좋지 않았다. 1980년대 당시 우리나라 정치문화는 지금보다 훨씬 더 폐쇄적이고 남성 중심적이었다. 정치 영역에서 여성이 전면에 나서는 것을 달가워하지 않았다. 그런데 이 여사는 남편인 전두환 대통령 취임식 때 처음으로 부부가 나란히 취임식장에 입장했다. 군인 시절부터 공식 행사장에는 항상 부부 동반으로 참석했기 때문에, 이들 부부에게는 자연스러운 일이었다. 하지만 그런 문화에 아직 익숙하지 않은 많은 국민들은, 몸을 약간 뒤로 젖힌 채 앉거나 대통령과 나란히 손을 흔들고 나타나는 이 여사의 모습에서 거부감을 느꼈다. 대통령뿐만 아니라 퍼스트레이디에게도 고도의 이미지 메이킹 작업이 필요한 이유는 이런 데에 있다.

　대통령 취임식 때 이 여사가 입은 옷도 국민들의 심기를 불편하게 했다. 그전까지는 흑백텔레비전 시대라서 직접 현장에 가서 눈으로 보지 않는 한 퍼스트레이디가 입은 옷이 어떤 색인지 알지 못했다. 그런데 전 대통령이 취임한 1980년대는 컬러텔레비전이 보급되기 시작했다. 이 여사는 퍼스트레이디로서 품위를 지켜야 한다는 생각에 의상 전공 교수에게 자문을 구하기까지 하면서 대통령 취임식 때 입을 옷을 마련했다. 그리하여 그날 일부러 화려한 색상의 옷을 입었는데, 이 화려함이 오히려 역효과를 주었다. 이 여사를 사치스러운 여자로 보이게 한 것이다. 공식 행사에 입고 나온 이 여사의 화려한 의상은 컬러 텔레비전을 통해 시청자에게 그대로 전달되었다.

이 여사는 1979년 보안사령관 부인이 되면서 언론에 노출되기 시작했는데, 모 여성지와의 인터뷰에서 예쁜 옷에 카르티에 명품 시계를 차고 나오면서 '명품족'으로 낙인찍히고 말았다.

특별히 좋아하는 색깔이나 디자인은 없어요. 단지 너무 현란하지 않고 수수하게 어울리면 그것으로 괜찮다고 생각해요. 옷도 때와 장소에 맞추어 예의에 어긋나지 않도록 입어야 하니까 신경이 많이 쓰이고, 옷 입는 것이 즐겁기보다 숙제 같은 기분이에요.

한 인터뷰에서 이 여사는 어떤 디자인이나 색상의 옷을 좋아하느냐는 기자의 질문에 이렇게 말했다. 이 여사는 특히 의상과 관련해 재임 기간 내내 많은 소문과 비난에 시달렸고, 이는 이 여사의 이미지에 좋지 않은 영향을 주었다. 해외 순방 때 옷을 너무 많이 갖고 다닌다는 소문이 났고, 이와 관련한 투서가 청와대로 들어오기도 했다. 때문에 이 여사는 공식 행사에 어떤 옷을 입고 나가야 할 것인가를 결정하는 것이 하나의 풀기 어려운 숙제가 되곤 했다. 그래서 공식 행사가 끝나면 그 행사를 찍은 비디오를 여러 번 돌려보며 자신의 행동이나 모습, 자세에서 어떤 점이 잘못되었는지 일일이 분석하는 등 노력했다. 그러나 안타깝게도 이러한 노력은 시간이 지나면서 시들해졌고, 이 여사 자신도 세간의 비판에 무뎌져 갔다.

어린이를 위한 적극적인 투자

퍼스트레이디가 된 이 여사는 자신의 역할에 대해 많은 고민을 했다. 퍼스트레이디라는 새로운 역할을 부여받은 만큼, 국민들로부터 사랑받으며 후임들에게 모범이 되는 훌륭한 퍼스트레이디가 되고 싶었다. 그녀는 "국민의 편에서 국민이 억울해하는 것, 가려워하는 것을 듣고 대통령에게 전하는 역할을 하고 싶다."며 '국민의 귀와 입'을 될 것을 다짐했다. 이 여사는 남편이 대통령에 취임한 후 8개월 후에 이뤄진 한 언론사와의 인터뷰에서 다음과 같이 밝혔다.

> 청와대 안주인으로서 갑자기 공적인 일을 맡게 되니까 여러 가지로 어려운 점이 너무 많았어요. 더욱이 저에게 도움말을 줄 수 있는 분이 안 계셔서 모든 것을 제 자신 혼자서 시행착오를 겪으면서 터득해야 했기 때문에 어려움이 더 컸던 것 같아요. 그래서 저의 소망이라면 다음 퍼스트레이디에게 제가 겪었던 어려운 점들을 하나하나 도와줄 수 있는 기회, 즉 청와대 살림을 인수인계해 줄 수 있는 기회가 반드시 왔으면 하는 것입니다. 제 자신의 개인 생활에는 다소 희생이 따르더라도 제가 맡은 바 임무를 열심히 해낼 각오입니다.

이 여사는 취임 초기 당시 이인호 서울대 교수(현 명지대 석좌교수)를 청와대로 초빙해 조언을 구하는 등, 다각도의 채널을 통해 자신에게 맞는 역할을 찾기 위해 노력했다. 이 여사에게 러시아 혁명사를 강의했던 이 교수는, "이 여사는 청와대의 힘을 이용해서라도 교육개혁을 올바른 방향으로 하려고 노력했다."면서 "인간적으로 상당히 솔직한 편이었고, 개인적으로 받은 인상은 '노력하는 현모양처형'이었다."고 전했다.

이 여사는 자신의 역할 모델로 육영수 여사를 본받으려 했다. 그래서 육영수 여사가 재임 시절에 했던 '퍼스트레이디 프로젝트'의 일환인 양지회를 본떠 여러 가지 활동을 펼쳤다. 대표적인 게 새세대육영회와 새세대심장재단이다. 교육 문제에 관심이 많았던 이 여사는 퍼스트레이디가 되면서 이와 관련한 많은 활동을 펼쳤다. 그는 가정과 국가가 잘되기 위해서는 교육이 잘되어야 한다고 생각했다. 나무가 잘 크기 위해서는 어렸을 때부터 돌봐 줘야 하듯, 사람도 잘 성장하기 위해서는 어렸을 때부터 잘 지도해야 한다는 게 그의 지론이었다.

이 여사는 이러한 자신과 뜻을 같이하는 사람들이 있으면 그들과 함께 모임을 꾸려 실천적 일을 하기를 원했다. 그래서 막내아들 재만 씨의 유아교육을 계기로 알게 된 이은화 전 이화여대 교수(유아교육과)를 청와대로 불러 유아교육 발전을 위해 힘써 줄 것을 부탁했다. 이 전 교수가 이를 수용하면서 마스터플랜이 세워지고, 구체적인 활동을 실천할 수 있는 조직체인 새세대육영회가 1981년 5월 21일 창립됐다. 새세대육영회 초대 사무총장을 지낸 이 전 교수는

"이 여사는 유아교육의 혜택을 받지 못하는 아이들을 위한 교육프로그램을 만들어야 한다고 역설했다."면서 "나는 정치와 상관없이 평생 해야 할 중요한 일로 생각하고 참여했다."고 말했다.

새세대육영회 초대회장으로 추대된 이 여사는 취임사를 통해 "새세대육영회가 펼치는 사업은 일시적 운동이 되어서는 안 되며 지속적으로 추진되어야 할 영구적인 것이기 때문에 당장 결실을 얻기보다는 우리의 후손들이 좋은 열매를 거둘 수 있도록 땅을 일구고 씨를 뿌리는 일을 할 것"이라고 강조했다. 새세대육영회는 저소득층 자녀들을 위한 유아 시설 운영과 설치 및 지원, 유아용 교육 프로그램 개발, 유아교사용 지침서 발간, 유아용 교구 개발 및 보급, 유아교사 및 원장 교육, 직장 여성과 예비 부모 교육과 홍보, 보육교사 재교육 및 불우 아동 보호, 아동 보호 캠페인 등 다양한 활동을 활발히 전개했다.

전 대통령은 아내의 유아교육에 대한 관심과 활동을 국가정책으로 뒷받침해 주었다. 교육 혁신을 국정 지표의 하나로 삼고 청와대에 교육문화비서실을 신설했다. 그리고 당시 교육문화 특별보좌관이던 이상주 씨와 구학봉 문교부 유아교육 담당관으로 하여금 새세대육영회의 정관 등 조직 골격을 만드는 일을 전담하게 했다. 관계자들에 따르면, 새세대육영회는 1981년 당시 5~6퍼센트였던 유아교육률을 1987년에 60퍼센트까지 끌어올리는 등 유아교육의 양적 질적 발전에 공헌했다고 한다. 새세대육영회는 2006년 1월 1일, '아이코리아'로 이름을 바꾸고 여전히 활발한 활동을 하고 있다.

1983년 새세대육영회 2기 감사를 맡았던 장명수 한국일보 이사는 "이 여사는 지금까지 본 퍼스트레이디들 중에서 굉장히 총명한 분으로 군인의 아내로서 최선을 다했고, 퍼스트레이디로서도 최선을 다했다."고 평가한 뒤, "적어도 새세대육영회, 심장재단에 한해서는 비자금의 세계는 없다고 본다."고 밝혔다.

1983년 11월, 미국 레이건 대통령 내외가 방한 일정을 마치고 귀국할 때, 우리나라 선천성 심장병 아이들 두 명을 미국으로 데려가 치료해 주었다. 이 일이 국내에 알려지면서 청와대 비서실로 "우리 아이들을 왜 미국 퍼스트레이디가 고쳐 줘야 하느냐."는 전화와 편지들이 쇄도했고, 당연히 선천성 심장병 어린이에 대한 관심이 높아졌다. 이에 청와대와 보사부에서는 이와 관련한 대책을 수립하기 위해 당시 한국어린이보호회장으로 오랫동안 심장병 어린이 무료 수술 사업을 펼쳐 온 '뽀빠이' 이상룡 씨에게 자문을 구했고, 그는 12억 정도 규모의 심장재단 사업을 제안했다. 이 제안을 들은 이 여사는 아예 이 사업을 자신이 추진하기로 하고, 1984년 2월, '새세대심장재단'을 발족했다.

새세대심장재단은 이른 결혼으로 의사의 길을 포기해야 했던 이 여사의 입장에서는 상당히 의미 있는 일이었다. 박춘거 심장재단 이사장은 "역대 퍼스트레이디와 비교해 이 여사의 가장 큰 가시적 업적은 심장재단 창설이다. 그녀는 심장재단을 창설함으로써 꺼져 가는 생명을 다시 깨워 주었다. 심장재단이 세워진 지 22년이 지났는데 지금까지 2만4천 명이 넘는 심장병 환자들에게 수술비를 지원했다. 또한 이 여사는 재단 활동을 통해 기부 문화 정착에도 큰 기여를 했다.”고 밝히며 이 여사의 공과가 비리 의혹 때문에 과소평가되는 것에 대한 안타까움을 드러냈다. 이 여사가 재임 시 청와대 제2부속실장 활동했던 김동연 씨도 “당시 우리나라 흉부외과 의료 기술이 많이 떨어져 있었다. 그런데 심장재단이 이와 관련해 재정적 지원을 하고, 우리나라 의사들이 직접 수술을 하게 되면서 우리나라 흉부외과 기술이 많은 발전을 하게 됐다.”고 밝혔다. 현재 새세대심장재단은 5,000여 명이 넘는 사람이 회원으로 가입해 있으며, 이 회원들이 저마다 2,000~3,000원씩 매달 기부금을 내고 있다.

친인척 비리의 속사정

이 여사의 친인척은 재임 시절 역대 퍼스트레이디의 친인척 중 가장 득세했던 것으로 평가된다. 장영자 사건을 위시한 5공화국 내의 수많은 친인척 비리는 이 여사의 평판에 악재가 되었다. 장 씨는 이 여사의 작은아버지인 이규광 씨의 처제였다. 이 씨는 1981년 3월부터 광업진흥공사 사장으로 있다가 1982년 5월, 장영자 사건이 터지면서 책임을 지고 자리에서 물러났다.

이 여사가 아끼는 막내동생인 창석 씨는 광운대 전자과를 졸업하고 2년 동안 아버지 농장에서 일했다. 1975년, 자형인 전 대통령의 도움으로 박정희 대통령의 조카 박재홍 씨가 경영하는 동양철관에 동력기사로 취직했다. 창석 씨는 자형이 일국의 통치권자가 되면서 초고속 승진을 거듭하여 철강업계에 군림했다. 4, 5년 만에 과장에서 부사장(동양철강)으로, 사장((주)동일)으로 신분이 바뀌었다. 창석 씨는 부정 축재와 비리가 밝혀져 1988년에 구속되었다.

이 여사의 제부들도 출세 가도를 달렸다. 전 대통령의 첫째 처제 이신자 씨의 남편인 홍순두 씨는 전 대통령의 부탁으로 동아그룹 계열사인 동아콘크리트에 부장으로 입사했다. 영업이사를 거쳐 1981년에 같은 계열사인 대한통운 항공화물 부사장이 되고 이듬해에 사장이 되었다. '항공 화물업계의 대부', '동아그룹의 해결사' 등의 별명을 얻으며 1984년에는 항공화물협회 회장으로 선출되어 세 차례나 연임했다.

둘째 처제 이정순 씨의 남편인 김상구 씨는 5공화국이 출범했을 때 미국에서 귀국해 호주대사와 국회의원을 지냈으며, 14대 총선에서 경북 상주에 무소속으로 출마해 당선됐다.

전 대통령 내외는 "가까운 사람한테 최선을 다해서 잘해 주자." 는 것을 좌우명으로 살아왔다고 한다. 이는 생활인으로서는 덕이지만 공인으로서는 결격 사유가 되고 말았다.

그러나 이 여사의 인사 방식은 사적 인연보다는 능력을 중시하는 편이었다. 1980년 11월부터 퇴임할 때까지 7년 6개월 동안 잠음 없이 이 여사를 보좌했던 김동연 전 청와대 제2부속실장은 이 여사와는 일면식도 없었던 인물로, 이 여사가 찾던 "생각은 자유분방하고 행동은 보수적이며 정직하고, 이권에 개입할 소지가 없는 사람"의 기준에 맞아 발탁된 경우다. 박춘거 심장재단 이사장은 1984년 초 유한양행 사장으로 있던 중 '좋은 경영인'으로 신문에 보도된 것이 계기가 되어 새세대심장재단 감사를 거쳐 이사장이 되었다. 심장재단에 관여했던 신동식 전《서울신문》논설위원은 "혈연이나 학연, 지연에 구애받지 않고 제대로 된 참모를 선택할 수 있었던 것 자체가 똑똑한 퍼스트레이디라는 사례"라고 말하기도 했다.

천당과 지옥을 오간 퍼스트레이디

그날 너무 두려웠어요. 청와대로 들어가는데 현관의 흰 타일이 생각보다 초라하다는 느낌을 주었어요. 현관문이 서향이어서 굉장히 어둡더군요. 안으로 들어가니 한 마디로 내가 흉가에 들어왔군 하는 섬뜩함을 느꼈습니다. 등골이 오싹한 느낌이 들었어요. 방정맞은 생각인지……흉가라는 게 그곳은 일제시대 때 총독부 관사였잖아요. 일본 총독이 이 관사에서 쫓겨났고 이승만 박사도 거기서 쫓겨나 하와이로 갔지요. 청와대 경내에서 이기붕 일가는 모두 죽었지요. 그리고 육영수 여사가 비

명에 갔지요. 박 대통령이 돌아가셨지요. 그게 주마등처럼 눈에 삭 지나
가는 겁니다.

그러면서 '하필이면 왜 우리가 여기에 들어와야 하는가.' 라는 생각
이 들었습니다. 과연 우리는 살아 나갈 수 있을까 하는 걱정이 앞서는
거예요. '우리가 할 일은 살아서 나가는 것이다. 우리가 그 일을 하려고
여기에 선택되어 들어왔는지도 모른다. 그러니까 사람이 살고 죽는 것
은 인명재천인데 우리가 살아 나가려면 하늘이 보기에도 합당하게 행동
해야 한다. 그걸 위해서 최선을 다하자.' 라고 속으로 다짐했어요.

1996년 한 여성지와의 인터뷰에서 이 여사는 1980년 청와대에
들어간 첫날 밤 받았던 느낌에 대해 이렇게 회고했다. 정권 획득의
정당성을 갖지 못했던 전 대통령은 임기를 무사히 마치고 평화적으
로 정권을 교체함으로써 이를 만회하려고 했다. 이 여사 역시 이러
한 남편의 뜻이 꼭 이루어지길 바랐고. 그럼으로써 자신이 청와대에
서 겪었던 여러 가지 시행착오와 경험들을 후임자에게 인수인계해
줄 수 있는 기회를 갖기를 소망했다. 이들 부부는 1988년 2월 25일,
노태우 대통령이 취임함으로써 청와대를 떠나 연희동으로 돌아왔
다. 퇴임 후 이 여사는 동네 반상회에 참석하는 등 청와대 이전의 평
범한 시민으로 생활로 돌아가기 위해 노력했다.

하지만 이런 일상의 기쁨도 잠시, 이 여사는 곧 순탄치 않은 과정
을 겪어야 했다. '5공 청산'이라는 사회 분위기를 타고 남편은 국회

청문회에 출석했고, 이와 함께 이 여사가 의욕을 갖고 추진했던 새세대육영회 및 새세대심장재단과 관련한 비리 의혹도 불거지기 시작했다. 이 여사는 천당에서 지옥으로 떨어진 기분이었다. 하루아침에 전직 퍼스트레이디에서 비리 온상의 한 축으로 전락하는 자신의 상황을 받아들이기가 어려웠다. 결국 1988년 11월 23일, 이 여사는 남편과 함께 쫓기듯 내설악의 백담사로 유배 길에 올랐다. 전기도 전화도 들어오지 않고, 텔레비전은커녕 라디오도 신문도 없는 백담사 생활이었다. 이 여사가 적응하기란 쉽지 않았다. 몸도 괴로웠지만 무엇보다도 배신감과 서운함 등으로 인한 마음의 고통이 더욱 견디기 어려웠다. 하지만 점차 시간이 지나면서 이 여사는 불교 공부를 시작하고, 남편과 함께 재임 시 죽은 영혼들을 천도시키는 백일 기도를 올리기 시작했다. 이렇게 2년 동안 백담사에 머물렀다. 공식으로 발표되지 않았으나 이 여사는 백담사에 머무는 동안 자신의 회고록을 쓰기도 했다.

그러나 백담사 유배 생활은 끝이 아니라 또 다른 시작이었다. 노태우 정부에 뒤이은 김영삼 정부가 출범하면서 '역사 바로 세우기' 강풍이 불기 시작했다. 전 전 대통령은 12·12 반란 수괴 혐의와 5·18 광주 시민 학살 혐의로 구속되어 1심에서 사형선고를 받고, 1997년 대법원에서 무기징역과 추징금 2205억 원을 선고받았다. 이때 이 여사는 집에서 하루 스무 시간씩 5공 시절에 죽은 원혼들을 위로하기 위한 기도를 올렸다.

한편, 5공화국 권력형 비리와 관련해 새세대육영회와 심장재단
도 다시 논란에 휩싸이게 됐다. 이 여사가 직접 받은 명예회원들의
기부금이 문제가 되었다. 김동연 전 청와대 제2부속실장은 비자금
의혹에 대해 "면담 신청을 하면 기업인 혹은 기업인 부인은 나를 통
해 만났고, 내가 직접 영수증을 만들어 주었다."면서 "그동안 수차
례 검찰 조사를 받았지만 기금 모금에는 문제가 없는 것으로 밝혀
졌다."고 주장했다.

이 여사는 남편의 퇴임 이후 백담사에서의 유배 2년, 동생 등 친인척의
구속, 남편의 구속과 단식, 사형선고와 사면 등 가파른 내리막길을 걸어
야 했다. 일생을 통해 이 여사만큼 천당과 지옥을 오간 퍼스트레이디는 드물 것이다.
개인적으로 이 여사는 군인 남편을 헌신적으로 내조하면서, 재테크나 자식 교육에도
뛰어났던 여성이다. 전, 노 두 전직 대통령의 친구로 이미 고인이 된 김윤환 전 의원
도 "이 여사는 사랑스러운 여자였다."면서 "집에 가면 늘 직접 차를 내줬다."고 말했
다. 이 여사가 열정을 쏟았던 새세대육영회와 심장재단은 20여 년이 훨씬 지난 지금
도 사회에 일정 부분 공헌하는 공익단체로 남아 있다.

그러나 이런 인간적인 매력에도 불구하고 퍼스트레이디라는 공인으로서 이 여사에
대한 평가 점수는 낮다. 훌륭한 퍼스트레이디가 되기 위해서는 시대정신과 시대 변
화를 읽을 줄 알아야 하고, 또 그 변화와 정신에 맞춰 국민들과 소통하는 기술이 있
어야 했다. 이 여사의 경우 본인의 표현대로 "아무리 잘하려고 노력해도 잘되지 않

왔던" 가장 큰 이유는 국민과의 소통 능력이 부족했기 때문이었다. 이 여사는 국민들이 원하는 퍼스트레이디상에 자기를 맞추기보다는 자신이 이상적으로 생각하는 퍼스트레이디상에 국민이 적응해 주기를 기대했다. 나라의 장래를 책임진 대통령의 배우자라기보다는 그저 한 남자의 예쁘고 똑똑한 부인으로만 머무르려고 했던 데에서 불행이 싹텄다고 할 수 있다. 공인 의식이 부족했던 것이다.

광주에서부터 출발한 5공 정부의 폭력성과 부정적인 이미지도 불리한 요소였다. 이런저런 이유가 겹쳐 이 여사는 실제 본인이 갖춘 자질이나 활동보다 훨씬 평가절하되어 있다. 이점이 이 여사의 입장에서는 참으로 안타까운 일이 아닐 수 없다. 이 여사는 백담사에서 자신의 회고록을 매일 다섯 시간에서 열 시간씩 썼다고 한다. 모두 세 권으로 첫째 권은 전두환 생도를 만나 대통령직에 오를 때까지의 이야기이고, 둘째 권은 청와대 생활, 셋째 권은 청와대를 나온 뒤의 이야기가 될 것이라고 한다. 이 여사의 70세 생일에 맞춰 출간된다고 하는 자서전에서, 이제는 소통의 의미를 깨우친, '깊은 장맛이 우러나오는' 성숙된 전직 퍼스트레이디의 모습을 기대한다.

이순자 여사의 자녀교육

퍼스트레이디가 아닌, 한 집안의 어머니로서 이순자 여사와 김옥숙 여사는 이후 퍼스트레이디가 된 손명순 여사나 이희호 여사에 비해 안정적으로 자녀 교육을 시킬 수 있었다. 야당 정치인인의 아내였던 손 여사나 이 여사는 정치적 역경과 이로 인한 남편 뒷바라지로 인해 자녀 교육에 충분히 신경 쓸 여력이 없었다. 반면, 육사 출신으로 자녀들의 성장기에 안정적인 생활 기반을 갖고 있었던 이 여사와 김 여사는 자녀들에게 헌신할 수 있었고, 그 결과 자녀들은 엘리트 코스를 밟으며 훌륭하게 성장할 수 있었다. 물론 자녀들 중 일부는 아버지의 권력이나 후광 때문에 또는 그것을 이용해 좋은 못한 일에 연루되기도 했지만, 전체적으로 성공적인 자식 농사의 주인공들이었다.

이 여사와 전 전 대통령은 3남 1녀를 두었으며, 막내 전재만 씨를 제외하고는 모두 청와대에서 결혼식을 올렸다. 이 여사의 네 자녀 중 세간의 입에 가장 많이 오르내리는 인물은 차남 재용 씨다. 재용 씨는 2007년 7월, 양가 부모님의 허락을 받아 사실혼 관계에 있던 탤런트 박상아 씨와 극비리에 결혼식을 올렸다. 박상아 씨는 초혼, 전재용 씨는 세 번째 결혼이다. 두 사람 사이에는 이미 15개월 된 딸 혜원이 있다.

재용 씨는 한성고를 나와 연세대 정치외교학과를 졸업했다. 1987년 12월, 포철 박태준 회장의 넷째 딸 박경아 씨와 중매로 첫 결혼을 했다. 모 일류 디자이너가 중매를 서서 성사된 결혼으로, 청와대가 적극적으로 나섰다. 당시 재용 씨는 미국 워싱턴 조지타운대 국제정치학과에 유학중이었고, 경아 씨는 이화여대 생활미술과 4학년에 재학 중이었다. 두 사람의 결혼은 정경 유착이라는 꼬리표에서 자유로울 수 없었고, 결국 두 사람은 1990년 합의 이혼에 이르게 됐다. 이후 재용 씨는 최정애 씨와 1992년에 결혼해 두 아들을 낳았다. 하지만 두 사람은 1999년부터 별거에 들어갔고, 지난 2007년 3월에 합의 이혼했다.

2000년, 재용 씨는 아는 선배가 주도하는 모임에서 박상아 씨를 처음 만났다. 두 사람은 자신들의 열애설을 해결하는 과정에서 더욱 가까워졌다. 2003년, 재용 씨의 100억 원대 비자금 사건에 박상아 씨가 연루됐다는 소문이 나면서 두 사람은 함께 미국으로 떠났고, 그곳에서 사실혼 관계를 맺고 지냈다.

장남 재국 씨는 1959년 10월 27일생으로 연세대 경영학과를 졸업하고 미국 펜실베이니아 주립대에서 경영학 박사를 수료했다. 한때 아버지의 명예회복을 위해 총선에 뛰어들려고 했으나 불발로 그쳤다. 대신 출판업으로 방향을 바꾸어 '시공사'를 설립한 뒤 만만치 않은 사업 수완을 보이고 있다. 재국 씨는 여동생 효선 씨의 고등학교 친구인 정도경 씨와 결혼하여 1남 1녀를 두었다. 젊은 시절 정치에 깊은 관심을 보였던 재국 씨는 대학교 2학년 때인 1980년 9월, C일보 문화면 「젊은이의 발언」이라는 코너에 다음과 같은 내용을 투고하기도 했다.

건물마다 붉은 글씨로 전두한(剪頭漢)이라는 이름 석 자가 나붙고, 많은 학우들이 모인 장소에서 내 아버님의 이름이 예사로 불리고, 모두들 불타는 내

아버님의 허수아비를 통쾌한 표정으로 바라볼 때 그 모멸감과 고통을 견디기 어려웠지만, 나는 그것을 담담히 지켜보며 서 있었다. 이제는 정말 다른 차원에서, 내 아버님에 대한 진정한 비판의 소리를, 또 진정한 충고의 소리를 내 학우들을 통해 들었으면 한다.

장녀 효선 씨는 아버지를 많이 닮아 외모가 서글서글하지만 성격은 똑 소리 난다고 할 만큼 매사에 빈틈이 없는 것으로 알려져 있다. 그녀는 대학교 때 다니던 불어 학원에서 대학 동창 윤상현 씨를 알게 됐고 이들의 만남은 결혼으로 이어졌다. 효선 씨의 남편 윤상현 씨는 중소 전자업체 부장으로 있던 윤광순 씨의 장남이다. 공군사관학교와 공군대학 출신인 윤광순 씨는 장남의 결혼이 성사될 즈음 1984년에 한국투자신탁 부사장으로 발탁됐다. 그리고 1986년 사내 승진으로 사장이 되었다. 대통령 사돈으로 특혜를 입었다는 소문이 나돌았으나 2년 임기를 채운 뒤 연임 1년 만에 사의를 표명하고 물러났다.

막내인 재만 씨는 부모님이 백담사에 있을 때 고3 수험생이었다. 재수를 해서 연세대 경영학과에 합격했으며, 대한제분 이희상 회장의 장녀 이윤혜 씨와 결혼했다.

■ 이순자 여사 연보

1939   3월 24일, 만주에서 아버지 이규동 씨와 어머니 이봉년 씨의 6남매 중 둘째딸로 출생.

1953   진해여중 2학년 때 처음으로 전두환을 만남.

1953   서울로 올라와 경기여중 3학년에 편입.

1954   경기여고 입학.

1958   경기여고 졸업 및 이화여대 의과대학 입학.

1959   학업 중단. 1월 24일(음력 : 12월 16일) 대구 제일예식장에서 전두환 중대장과 결혼.

1959   10월 27일, 장남 전재국 출산.

1962   3월 19일, 장녀 전효선 출산.

1964   차남 전재용 출산.

1966   보광동 집 팔고 연희1동으로 이사.

1972   막내아들 전재만 출산.

1980   9월 1일, 제11대 대통령 영부인이 됨.

1981   3월 3일, 제12대 대통령 영부인이 됨.

       5월 21일, 새세대육영회 창립, 초대회장에 취임.

1982   9월 15,일 강동구 신천동에 새세대육영회 건물(5층) 준공.

1984   2월 20일, 새세대심장재단 발족 및 이사장으로 취임. 11월 6일, 강동구에 새세대생활관 개관. 차남 재국 씨, 여동생 효선 씨의 친구인 정도경 씨와 결혼.

1987   12월 29일, 차남 재용 씨가 포철 박태준 회장의 넷째 딸 박경아 씨와 결혼.

1988   광주민주화운동과 5공 비리 문제로 추궁당하면서 새세대육영회와 심장재단 관련 비리의혹 불거짐. 11월 23일, 전두환 전 대통령과 함께 백담사 칩거.

1990   1월 6일~5월 16일, '국태민안과 영가 천도를 위한' 100일 기도 올림.

1990   12월 31일, 백담사 나옴.

1995   12월 7일, 전두환 전 대통령 구속 후 홀로 백담사 방문, 5일 후 다시 서울로 돌아옴.

2004   5월 11일, 전두환 전 대통령 비자금과 관련해 참고인 자격으로 검찰에 소환, 조사 과정에서 전 씨의 130억 비자금 중 일부 대납 의사 밝힘.

■ 전두환 대통령 연보

1931   1월 18일, 경상남도 합천에서 출생.

1955   육군사관학교 졸업·육군 소위 임관.

1959   이순자 여사와 결혼.

1961   육군본부 특전감실 기획과장대리, 최고회의 의장실 민원비서관.

1963   중앙정보부 인사과 과장·육군본부 인사참모부.

1967   수도경비사령부 제30대대장.

1970   제9사단 29연대장(주월 백마부대).

1971   제1공수특전단 단장.

1973   육군 준장.

1976   청와대경호실 차장보.

1977   육군 소장.

1978   제1사단장.

1979~1980   국군 보안사령관.

1979   12월 12일, 12·12 쿠데타 발발.

1980   육군 중장·제10대 중앙정보부 부장서리·국가보위입법회의 상임위원장·육군대장·육군 대장 예편. 8월 27일, 통일주체국민회의에서 간선으로 제11대 대통령으로 선출. 9월 1일, 제11대 대통령으로 취임.

1981   3월 3일, 제12대 대통령으로 취임. 1988년 2월 24일, 퇴임.

1981~1987   초대 민정당 총재.

1988   국가원로자문회의 의장.

1988~1990   백담사 은둔 생활.

1995   12월 13일, '골목성명' 발표(12월 2일) 후 구속.

1996   4월 17일, 대법원 상고심에서 사형선고 받음. / 8월 26일, 12·12 사건, 5·18사건 1심 선고공판에서 사형선고. / 12월 16일, 항소심 공판에서 무기징역과 추징금 2206억 선고.

1997   12월 22일, 특별사면으로 출옥.

이순자 여사와 전두환 전
대통령 가족의 기념 사진.

1984년 가족들이 이순자 여
사의 생일을 축하 하고있다.

장군 시절의 전두환 전 대통령과 이순자 여사.
전 대통령은 통치 스타일에 있어서 군인의 한계
를 벗어나지 못했다. 재임 시절 안정적인 경제 성
장의 기반이 구축되었다는 평가도 나오고 있다.

1981년 UN 본부를 방문한 이순자 여사.

UN 사무총장 부인과 환담하는 이순자 여사.

레이건 대통령, 낸시 여사와 함께 한 전두환 대통령과 이순자 여사.

이순자 여사가 1984년 전국 척수장애 전상용사 체육대회에 참석하고 있다.

1984년 대구 지역 새세대육영회 제33기 회원들을 교육하는 이순자 여사.

심장병 어린이 돕기 거북이 대회에서. 미국 레이건 대통령, 낸시 여사가 방한 후 귀국하면서
한국의 심장병 어린이 2명을 미국으로 데려가 치료해 준 후 이순자 여사는 '퍼스트레이디 프
로젝트'로 심장병 어린이 돕기를 설정, 이에 주력했다.

© 연합뉴스

1995년 12월 예불을 올리기 위해 백담사 극락보전으
로 향하는 이순자 여사. 남편 전두환 전 대통령의 퇴
임 후 불어 닥친 5공 청산 돌풍으로 백담사와의 인연
은 길고도 질겼다.

그림자처럼 조용한 내조형 파트너

김옥숙

金玉淑

1935년 8월 11일 ✿ 대구 출생

1959년 5월 31일 ✿ 육군 중위 노태우와 결혼

1988년 2월 25일~1993년 2월 24일 ✿ 13대 퍼스트레이디

오빠 친구와 사랑에 빠지다

"옥숙아, 인사해. 노래 잘 부르는 시인, 노태우야."

1952년 어느 여름날, 김옥숙은 오빠 김복동 씨로부터 노태우 생도를 소개받았다. 김 씨가 육군사관학교에 입학하고 첫 여름휴가를 맞이한 날이었다. 당시는 6·25 전쟁의 폐허 위에서 모두들 하루하루 생계를 이어 가기 바빴던 시절이었다. 젊은이들의 소원 중 하나가 배가 부를 때까지 마음껏 밥을 먹어 보는 것이었다. 김복동 씨와 그의 친구들도 마찬가지였다. 그들은 여름휴가나 겨울휴가가 가까워 오면 누구네 집에 언제 밥을 먹으러 갈 것인지 일정을 짜기에 여념이 없었다. 마침 그날이 김 씨네 집 차례였던 것이다.

김 여사는 1935년 8월 11일, 3남 2녀 중 넷째이자 맏딸로 태어났다. 아버지 김영한 씨는 해방 후 경찰이 되어 평생 공무원으로 지냈다. 어머니 홍무경 씨는 깊은 불심 때문에 '보살 할머니'로 유명했다. 이날 김 여사를 노 생도에게 소개한 김복동 씨는 김 여사의 셋째 오빠였다. 김 여사는 위로 오빠 셋, 아래로 여동생 하나가 있다. 김 여사의 큰오빠 김진동 씨는 훗날 대구 종로학원을 운영했고 둘째 오빠 김익동 씨는 의학 박사로 경북대 총장을 지냈다. 셋째 오빠 김복동 씨는 노 전 대통령의 육사 동기로 14대 총선에 출마하여 국회의원 배지를 달았다. 김 여사의 유일한 여동생인 김정숙 씨는 금진호 전 의원의 아내이다.

　노 생도는 김 여사를 처음 만난 이후부터 마치 자신의 친동생인 것처럼 살갑게 대해 주었다. 어렸을 때부터 늘씬한 키에 달걀형 얼굴의 미모를 타고난 김 여사는 외모도 외모지만 다소곳하고 예의 바른 태도 때문에 주위의 사랑을 받고 있었다. 그녀는 대구의 한 미장원으로부터 미스코리아 선발전에 출전하라는 권유를 받기도 했는데, 친구들의 부러움과 권유에도 불구하고 대한민국을 대표하는 미인이 될 수 있는 그 제안을 거절했다. 그리고 몇 십 년 후, 또 다른 측면에서 대한민국을 대표하는 여성이 되었는데, 바로 노 전 대통령을 소개받은 날로부터 25년 후 우리나라의 13대 퍼스트레이디가 된 것이다.

　노 생도는 김 여사에게 영어 과외를 해 주기도 했다. 이때 김 여사와 단둘이서만 공부하기가 멋쩍었던지 김 여사의 여동생인 정숙 씨와 외사촌동생인 박철언 전 체육청소년부 장관까지 포함해 그룹으로 영어를 가르쳤다. 노 생도는 김 여사의 경북여고 졸업식 때는 마리아 릴케의 시집을 졸업 선물로 주었다. 김 여사는 졸업 후 경북대학교 사범대학 가정과에 입학했다.

노 생도는 대학생이 되면서부터 부쩍 성숙하고 아름다워진 김 여사에게 서서히 연정을 느끼기 시작했다. 두 사람 사이에 미묘한 분위기가 흘렀다. 가끔 대화 중간에 이야기가 끊기면 괜히 얼굴이 붉어졌다. 김 여사는 노 생도가 자신을 이제는 한 여성으로 보고 있다는 걸 알게 됐고, 김 여사 자신 역시도 노 생도를 오빠 이상으로 생각하고 있다는 걸 깨닫게 됐다.

"친구 여동생쯤으로 알고 있었는데, 전방 근무를 마치고 대구 정보학교로 발령을 받아 와 보니 어느새 아름다운 처녀로 자라 있었습니다."

후일 한 사석에서 밝힌 노 전 대통령의 술회이다.

전주와 광주 사이, 이리에서의 주말 데이트

1955년 10월, 노 생도는 육군사관학교를 졸업했다. 졸업식 날 김여사는 셋째 오빠와 노 생도를 축하하기 위해 가족과 함께 식장에 참석했다. 노 생도 졸업 후에 육군 소위로 임관해 초등 군사반을 수료했다. 이후 전방 사단으로 가서 보병 소대장으로 근무했다. 이 기간 동안 두 사람은 편지 왕래를 통해 서로의 마음을 주고받곤 했다.

그러던 차에 두 사람이 가까워질 수 있는 절호의 기회가 찾아왔다. 공무원이었던 김 여사의 아버지가 전라북도 전주로 전근을 가게 된 것이다. 가족 모두가 이사를 해 함께 사는 방법도 생각해 봤지만, 아버지가 또 다른 지방으로 발령을 받을 가능성도 없지 않아 가족은 그냥 대구에 머물고 아버지만 집과 전주를 왔다 갔다 하기로 했다. 그런데 아버지가 일이 바빠 매 주말마다 집에 내려올 수가 없게 되었다. 그런 때는 김 여사가 아버지에게 필요한 옷가지와 음식, 필요한 물건들을 싸 갖고 전주로 올라가게 되었다.

이때부터 김 여사와 노 소위의 본격적인 만남이 시작되었다. 이리는 광주와 전주의 중간 지점이었기 때문에 두 사람이 같이 이리에서 만나 밥도 먹고 영화도 본 다음, 다시 기차를 타고 전주로 가기에 아주 편리했던 것이다. 전주의 아버지에게 갈 때마다 김 여사는 설렘과 부푼 마음을 안고 이리에 내려, 기차역 앞에서 기다리고 있던 노 소위와 달콤한 시간을 보낼 수 있었다.

결혼과 함께 찾아온 이별

그날도 김 여사는 여느 때와 다름없이 노 소위와 함께 전주로 가는 기차에 몸을 실었다. 창문으로 고개를 돌리니 바로 옆에 앉은 노 소위가 뭔가 이야기를 하려는 듯했다.

그는 아주 조심스럽게 "우리 결혼하면 안 될까?"라고 물었다. 김 여사는 선뜻 대답을 하지 못했다. 그러자 그가 다시 한 번 "결혼하자!"라고 재차 말했다. 그제야 김 여사는 고개를 끄덕였다. 프러포즈를 받아들이자 노 소위의 기분은 날아갈 듯했다. 그녀를 생각하면 힘이 솟아오르고 일에 더 매진할 수 있었다.

광주 보병학교 생활을 끝낸 후 노 소위는 엘리트 코스 중 하나인 대구 전략정보학교 어학반에 입교했다. 이곳에서 그는 1년 동안 영어 회화와 군사 영어를 배웠다. 그리고 미국 유학 여부를 결정하는 시험에 응시했다. 김 여사에게 영어 과외를 해 줄 정도로 어학에 남다른 소질을 갖고 있었던 그는 시험에 합격했다.

이러는 사이 양가의 결혼 승낙이 떨어졌다. 김 여사는 당시 24세로 경북사범대학 가정과 3년을 중퇴하고 신부 수업 중이었다.

두 사람의 결혼을 가장 반긴 사람은 노 전 대통령의 동기이자 김 여사의 오빠인 김복동 씨였다. 두 사람을 처음 만나게 해 준 사랑의 메신저 역할을 한 김 씨는 부모님께 "태우는 제가 보장합니다."라며 적극 추천했다. 노 소위와 김 여사는 양가 친척들과 친구들의 축복

속에서 1959년 5월 31일, 결혼식을 올렸다. 많은 사람들이 이들의 앞날을 축하해 주었다. 특히 사관학교 동기들이 모두 참석해 결혼식의 분위기는 한껏 고조되었다. 결혼식을 계기로 노 전 대통령과 김복동 씨 등 육사 동기들은 '북극성회'라는 동창 모임을 만들고는 친분을 다졌다. 노 전 대통령은 결혼 후 몇 년 뒤에 이 모임의 회장을 맡았다.

신혼부부는 결혼이 끝나자마자 2박 3일 일정으로 부산 해운대로 신혼여행을 떠났다. 지금은 없어진 철도관광호텔에 여장을 풀고 둘만의 오붓한 시간을 보냈다. 그런데 신혼여행에서 돌아오자마자 두 사람 앞에 놀라운 소식이 도착해 있었다. 노 전 대통령의 미국 유학이 결정됐으니 6월 4일 아침 9시까지 미 8군 영내로 집결하라는 것이었다.

신혼의 단꿈에 젖을 시간도 없이 미국으로 떠나야 했다. 신혼여행에서 도착한 바로 다음 날, 김 여사는 남편을 배웅하기 위해 비행장으로 향했다. 먼 길 떠나는 남편이 마음 편히 떠날 수 있도록 김 여사는 눈물을 보이지 않으려고 애썼다. 하지만 남편의 모습이 점점 멀어지고 보이지 않게 되니 흐르는 눈물을 막을 수가 없었다.

산동네 셋방 신접살림을 시작하다

노 중위가 6개월 동안의 미국 유학을 마치고 돌아온 후 본격적인 신혼 생활은 시작되었다. 신혼살림은 청파동 산동네 꼭대기 문간 셋방에 차렸다. 중위의 월급은 아끼고 아껴도 한 달 사는 데 빠듯했다. 가난한 산동네라 수도 시설이 제대로 되어 있지 않아서 물을 사 먹어야 했다. 김 여사는 남편이 가끔 군에서 한 봉지씩 들고 오는 건빵을 모았다가 동네 구멍가게에서 반찬거리와 바꾸는 등, 최대한 아낄 수 있는 부분은 아끼며 생활을 꾸려 나갔다.

또한 남편이 집안일에 신경 쓰지 않도록 하기 위해 살림과 친척들 문제까지도 세심하게 신경을 썼다. 집안일과 관련해서는 웬만큼 큰일 아니면 남편에게 알리지 않고 자기 힘으로 직접 처리했다. 김 여사는 시어머니 김태향 여사를 10년 이상 모시고 살았다. 노 전 대통령의 육군 대장 전역식 때 군의 관례를 깨고 노모를 모셨는데, 당시 김 여사가 적극적으로 권유했기 때문이라고 한다. 노 전 대통령은 90세로 타계한 모친에 대해 "어머니는 젊어서 아버님을 잃고 평생을 홀로 사셨다."며 늘 애달파하곤 했는데, 겉으로 표현은 안 했지만 이런 노모를 잘 모셔 주는 아내에 대해 늘 고마운 마음을 갖고 있었다고 한다.

노 전 대통령의 아내 사랑은 주변 사람들 중에 모르는 사람이 없을 정도로 유명하다. 역대 대통령 중에서 제일가는 애처가로 손꼽힐 것이다. 그는 웬만한 연회나 이임, 취임식장에는 항상 김 여사와 함께 부부 동반으로 참석했다. 전역 후 대통령 특사로 유럽과 아프리카를 순방할 때도 부인과 함께 갔다. 또한 가정적인 남편이었다. 아무리 늦게 들어와도 반드시 아이들 방에 들러 아이들 얼굴을 살폈다. 그리고 새벽에는 남매를 불러 자신의 양쪽 팔에 끌어안고는 학교, 친구, 역사, 조상 등 다양한 소재에 대해 이야기를 나눴다. 집안일을 전적으로 김 여사에게 맡기긴 했지만, 나름대로 자신이 할 수 있는 범위 안에서 가장의 역할에 최선을 다한 것이다.

6 · 29 선언의 진실과 인고의 내조

노 전 대통령은 군인으로서 승승장구했다. 베트남 전쟁에 참전한 후인 1974년, 준장으로 진급해 공수특전 여단장이 되고, 4년 후인 1978년에는 청와대 경호실 작전차장보를 역임했다. 1979년에는 전두환 전 대통령과 함께 12 · 12사태에 가담해 신군부 세력이 주역이 되면서 권력 최상부에 진입했다. 그 후 수도경비사령관, 국군보안사령관을 거쳐 1981년에 육군 대장으로 예편했으며, 외교안보 담당 정무 제2장관, 체육부 장관, 내무부 장관을 거쳐 1983년에 서울올림픽 대회 및 아시안게임 조직위원장을 역임하는 등 유력한 차기 대통령 후보로 서서히 부상했다.

1985년 2월 12일에 열린 제12대 국회의원 선거에서는 민주정의 당 전국구 의원으로 선출되었다. 야당과 재야세력은 전 전 대통령 정권의 정통성 결여와 비민주성을 비판하면서 직선제 개헌을 줄기차게 요구했다. 전 대통령은 1987년 4월 13일, 개헌 논의를 금지하는 호헌 조치를 발표했다.

이런 상황에서 5월 18일, 서울대 학생 박종철 사망 사건이 축소, 조작되었다는 성명을 천주교 정의구현 전국사제단이 발표하면서 정국은 대치 국면으로 치닫게 되었다. 박종철 고문 치사 사건과 관련된 추모 집회와 규탄 대회가 개헌 논의와 연결되면서 6월 항쟁으로 이어졌다. 민주헌법쟁취 국민운동본부가 주최하는 대규모 가두 집회가 계속되고, 시위에 참가하는 학생과 시민의 수가 점점 늘었다. 6월 26일에는 전국 서른일곱 개 도시에서 사상 최대 인원인 100만여 명이 밤새도록 격렬한 시위를 벌였다.

노 장관이 친구인 전 대통령의 뒤를 잇는 후계자로 확정된 것은 이즈음인 1987년 6월경이었다. 전두환 정권 7년 내내 차기 후계자가 누가 될 것인가에 대한 이야기가 분분했다. 유력 주자 중 한 명으로 '노태우'라는 이름이 거론되었지만 몇몇 인사들과 늘 함께였고, 상황은 언제든 바뀔 수 있는 것이었기 때문에 2인자로서의 7년이란 세월은 그에게는 늘 살얼음을 걷는 것과 같은 기간이었다.

"내가 지금 감기가 들었는데 대통령에게 감기를 옮기면 결례 아니냐, 급한 일이 아니면 다음으로 미루자."

내무부 장관 시절 노 장관은 감기가 들었는데 갑자기 전 대통령이 부른다는 전갈을 받자 이렇게 말했다. 전 대통령은 비서관으로부터 이 같은 전갈을 받자 "노 장관이 최고다. 저렇게까지 나를 위한다."며 크게 기뻐했다고 언론인 조갑제 씨가 기록했다.

남편의 처신이 이 정도였을 정도이니, 부인 김옥숙 여사가 이순자 여사의 심기를 살피는 안방 정치가 어떠했는지는 가히 짐작할 만하다. 김 여사가 이 여사 앞에서 후계자가 되고 싶어 하는 모습을 보이거나 그 비슷한 눈치라도 보였다면 당장 괘씸죄에 걸리지 말라는 보장이 없기 때문이다. 이순자 여사의 경우 전 전 대통령이 가끔 "팔자에도 없는 대통령을 하게 되었다."고 사석에서 언급한 대로 '어느 날 갑자기 퍼스트레이디가 된' 경우였지만 반대로 김 여사는 7년에 걸친 안방 내조라는 인고의 세월을 보내야 했다. 후계자 선정 과정에서 전 대통령은 고민이 많았는데, 이 과정에서 노 대표를 가장 민 쪽이 이순자 여사와 장남인 재국 씨 등 전 대통령의 가족이었다. 노 대통령은 조갑제 씨와 한 인터뷰에서 "재국이가 미국에 공부하러 갔을 때 자기 아버지에게 '노 대표가 최선의 길'이라는 편지를 보냈다고 하더군요."라고 밝혀 이 같은 설을 뒷받침해 주었다.

1987년 봄이 되면서 집권당인 민정당을 2년 동안 대표로 이끈 노 대표가 차기 후보로 점차 굳어졌고, 6월 들면서부터는 공식적인 전 대통령의 후계자로 인정받기 시작했다. 노 대통령 하면 가장 먼저 떠오르는 것이 6·29 선언이다. 대통령 직선제를 골자로 한 6·29

선언은 그가 대통령 자리에 오르는 결정적인 계기가 된 사건인 동시에, 한국 정치 사상 처음으로 평화적 정권 교체의 틀을 마련한 사건이기 때문에 더욱 그렇다.

역사적 의미가 큰 만큼 6·29 선언의 주역에 대한 논란도 적지 않았다. 1987년 6월 24일, 청와대에서는 의미 있는 가족 모임이 있었다. 이 자리에는 전 대통령과 이순자 여사는 물론 전 대통령의 장남 재국 씨도 함께했다. 전 대통령이 갑자기 말을 꺼냈다.

"당의 신뢰도나 노 대표가 쌓아 올린 이미지로 보아 직선제를 해도 이기지 않겠소?"(전 대통령)

"직선제로 이긴다고요? 그게 되겠습니까? 갑자기 직선제로 바꾸면 국민들이 혼란스러워하지 않겠습니까."(노 대표)

"내가 최선을 다해 밀어 줄 테니까 직선제로 하는 것이 어떻겠습니까."(전 대통령)

"알았습니다. 선거에서 이기든 지든 앞으로의 문제는 다 제가 책임을 지도록 하겠습니다."(노 대표)

직선제 개헌을 골자로 한 6·29 선언에 대한 두 사람의 합의가 이루어지자, 전 대통령은 그 자리에서 장남 재국 씨에게 노 대표에게 큰절을 하도록 시켰다. 노 전 대통령은 2007년 6월 29일, 6·29 선언 20주년을 기념하는 《조선일보》와의 인터뷰에서 이날 저녁 상황과 관련하여 말했다.

 "'앞으로 절대 변하지 않을 결심'으로 굳혀야겠다는 생각에서 '그게 되겠느냐'고 반어법을 쓴 것인데, 후에 이 대목에서 내가 반대한 것으로 알려진 것 같다. 그날 저녁 상황으로만 보면 전 대통령이 직선제를 제안했다고 말할 수 있지만 6 · 29 선언은 나만의 아이디어도 아니며 어느 한사람의 아이디어도 아니다."

이순자 여사와의 우정의 한계

 김 여사가 이순자 여사를 처음으로 만난 것은 노 전 대통령이 결혼 직후인 1959년 6월 12일, 친구인 전두환 전 대통령과 교육을 받기 위해 미국으로 떠나는 날 비행장에서였다. 당시 이 여사는 첫아이를 임신하고 얼마 안 된 상태로 남편을 배웅하기 위해 나왔다가 며칠 전 결혼한 새댁 김 여사와 마주쳤다. 두 사람은 김 여사가 경북여고를 다닐 때 몇 번 마주친 적이 있었을 뿐만 아니라 남편끼리 친구이면서 서로 같은 입장에 있는 터라 그 반가움이 더욱 컸다. 이때의 만남으로 두 사람은 상대의 형제나 자녀들까지 서로 알고 지낼 만큼 가까웠다. 그리고 6공화국 출범 당시에도 두 사람은 다정하게 퍼스트레이디 업무를 인수인계했다.

 이웃사촌처럼 친했던 양 집안의 사이에 금이 가기 시작한 것은

5공 청산 열풍이 거세게 휘몰아치면서부터이다. 노 대통령이 취임하자 청와대와 민정당 내에서는 '5공과의 차별화'가 핵심 문제로 떠올랐다. 헌법이 바뀌면서 새로운 공화국이 시작됐고, 그 공화국의 첫 번째 대통령이기 때문에 이전 정권과의 차별화가 불가피했다. 5공 청산 작업이 시작됐고, 이 과정에서 전 전 대통령과 이 여사와 관련된 비리와 부정 부패에 대한 여론의 압박이 몰아쳤다.

"따르릉!"

5공 청산의 바람이 심하게 부는 와중에 김 여사는 이 여사로부터 한 통의 전화를 받았다. "처음이자 마지막이니 도와 달라."는 부탁의 전화였다. 이에 김 여사는 "우리도 최선을 다하고 있으나 한계가 있다. 우리가 오물통에 빠진 격인데 건져 주려면 오물을 조금도 안 묻힐 수 있겠는가."라며 고충을 호소했다.

1시간 30분 정도 진행된 이날 통화에서 이 여사는 "우리를 더 이상 다치게 하면 가만있지 않겠다. 이 체제가 무너질지도 모른다. 5공과 6공과의 단절론은 말도 되지 않는다."고 말했다. 그리고 다음 날인 1988년 10월 14일, 이 여사는 기자회견을 열어 세새대육영회 회장직을 사퇴했다.

이 여사가 남편과 함께 백담사로 가게 되면서 김 여사와의 사이는 건널 수 없는 강이 되었다. 1991년 10월 1일, 전두환 대통령의 장모 이봉년 씨의 별세로 김 여사가 퍼스트레이디 자격으로 빈소를 직접 방문하면서 두 사람은 3년 8개월 만에 다시 마주하게 됐다. 두 사람의 소원한 관계를 알고 있기에 언론에서는 김 여사의 문상 여부에 초미의 관심을 쏟았다. 김 여사는 전 전 대통령과 이 여사의 안내를 받아 빈소에 들어가 묵념을 한 뒤 이 여사의 손을 붙잡고는 잠시 위로의 말을 전했다. 그리고 김 여사와 이 여사는 빈소 옆 조문실에 들어가 약 20분 동안 별도의 대화를 나누었다. 이때 어떤 대화가 오고 갔는지에 대해서는 알려진 게 없다. 하지만 현재도 두 집안은 여전히 소원한 관계를 유지하고 있다. 두 집 사이의 거리는 걸어서 5~10분 정도밖에 되지 않는데, 이웃사촌보다 더 못한 관계가 되고 만 것이다.

앞에 나서지 않는 퍼스트레이디

1987년 6월 10일, 잠실체육관에서 거대한 행사가 열렸다. 김 여사의 남편 노 대표가 민정당 대통령 후보로 추대되는 걸 축하하기 위한 자리였다. 이날 김 여사는 단상에 앉지 않고 단상 아래 의원 부인석에 앉았다. 김 여사는 남편이 정계에 발을 디디고 민정당 대표위원이 된 후부터는 공개 석상에서 남편과 나란히 서는 것을 자제하기 시작했다.

선거 유세 때도 김 여사는 언론이나 대중 앞에 거의 모습을 드러내지 않은 채 남편의 득표 활동을 도왔다. 대선 기간 중 전국을 수차례 순회하고 줄잡아 10만 명 이상의 유권자를 만났지만, 선거 기간 중 그녀는 단 한 번도 공식 인터뷰를 하지 않았다. 남편 유세 활동에 함께 가기는 했지만 항상 군중 속에 섞여서 깃발을 흔들거나 미소를 지을 뿐이었다. 이 때문에 선거 막바지 가장 큰 유세가 있었던 대구에서는 청중에 밀려 수성천 둑 밑으로 떨어질 뻔했다. 이날 인파에 밀리다 발을 밟혀 발등이 심하게 붓기도 했다. 선거 기간 중에 여동생과 함께 모교인 경북여고 동창회를 중심으로 득표 활동을 했는데, 주변 사람들이 연단에 오르기를 적극 권유했음에도 극구 사양하면서 그냥 "잘 부탁드립니다."라는 인사만 했다.

이런 김 여사의 행보는 사람들에게 남편의 선거 유세에 직접적으로 나서지 않는다는 인상을 주었다. 그녀는 대선 기간 내내 시종일관 '보통 주부의 그림자 내조'를 실천해 왔으며, 절대 앞에 나서지 않고 조용히 궂은일만 뒷바라지하는 고전적 현모양처 이미지를 심기 위해 주력했다. 언론에서는 유력한 대선 주자의 부인인 김 여사가 자신이 대한민국의 퍼스트레이디가 될지도 모른다고 생각한 것은 언제쯤인지, 그렇게 된다면 어떤 역할을 어떤 자세로 해낼 각오인지 등 국민들의 관심사에 대해서 한 번도 의사를 밝히지 않는다며 김 여사의 답답한 행보에 대해 불만을 표시하기도 했다.

김 여사의 이러한 행보는 '차기 대통령 부인은 다소곳한 현모양처형 이미지여야 한다'는 선거 참모들의 건의를 받아들였기 때문이다. 전임 퍼스트레이디인 이순자 여사에 대한 국민적 거부감을 반면

교사로 삼아 '대통령 부인 감추기 작전'을 편 것이다. 1988년 10월 23일자 《주간조선》에서는 한국 갤럽조사연구소와 공동으로 대통령 후보 부인이 남편의 표를 얻거나 깎는 데 영향을 미친다고 생각하는지 여론조사를 실시했는데 여성 75퍼센트, 남성 64퍼센트가 영향을 미친다고 대답했다. 그리고 또 다른 여론조사에서 당시 대선 후보 부인들에 대한 인기 조사를 실시했는데, 이 조사에서 김 여사는 24퍼센트의 지지율을 얻어 1위를 했고, 당시 2위와의 차이가 거의 2배에 가까웠다. 이러한 조사 결과는 김 여사의 그림자 내조가 당시에는 남편의 대통령 당선에 긍정적 영향을 미친 것으로 볼 수 있다.

한편 김옥숙 여사가 퍼스트레이디로 어울린다고 생각하는지 묻는 질문에서는 어울린다는 응답이 53.4퍼센트, 어울리지 않는다는 응답이 4.5퍼센트로 나타났다. 김옥숙 여사에게 호감이 가는지를 묻는 항목에서는 호감이 간다는 의견이 52.0퍼센트, 호감이 가지 않는다는 의견이 10.8퍼센트, 그저 그렇다는 37.2퍼센트였다. 호감이 간다고 대답한 응답자에게 '어떤 점에서 그렇게 느끼는가'라고 다시 질문한 결과, 인상이 좋기 때문이라는 답이 31.7퍼센트로 가장 많았고, 그다음으로 '공식석상에 잘 안 나와서'가 16.2퍼센트, '내조를 잘해서'가 15.7퍼센트, '서민적이어서'가 11.3퍼센트 순으로 나왔다.

보통 사람으로 보이려는 노력

김옥숙 여사가 청와대에 입성했을 때 청와대 비서실에서는 디자이너 등 전문가들에게 영부인 옷차림을 앞으로 어떻게 하는 게 좋겠냐는 등의 의견 수렴을 했다. 미색이나 옥색, 분홍색 등 단색의 깔끔한 옷차림이 좋겠다는 게 중론이었다.

이러한 의견이 우세했던 데에는 전임자인 이순자 여사의 옷차림에 대한 부정적 시선을 감안한 차별화 전략인 동시에, 군사 정권의 연장선이라는 새로운 정부에 대한 부정적 이미지를 완화시키기 위한 전략인 것이다. 따라서 온화하고 차분한 이미지를 주기 위해 육영수 여사 스타일을 벤치마킹해서 김 여사는 재임 기간 내내 자연스러운 색들을 조화시켜 한복의 멋을 냈다.

김 여사는 옷감의 소재와 염색, 바느질 기법까지 한복 디자이너와 상의할 정도로 한복에 세심한 신경을 썼다. 또한 의도적으로 비슷한 색상의 옷을 여러 벌 준비해 사치스럽다는 인상을 주지 않으려고 노렸했다.

김 여사는 대단한 멋쟁이였음에도 주변 환경과 시선 때문에 자신만의 스타일을 발휘하여 솔직한 옷 입기를 하지 못했다. 역대 퍼스트레이디들의 한복을 만들어 온 이리자 씨에 따르면, 김 여사는 "전임 이 여사에 대한 국민들의 곱지 않은 시선 때문에 상대적으로 검소하게 보이려고 무던히 애를 썼다."고 한다. '보통 사람'의 아내로 보이기 위해 자신을 드러내지 않는 방식으로 옷을 입는 데에 무척이나 애를 쓴 것이다.

식기를 고르는 데에도 신경 썼다. 육영수 여사 때부터 청와대에 식기가 납품되기 시작했는데, 육 여사는 소박한 식기를 선호했으며 박 대통령의 취향을 반영한 사각형 찬기와 막걸리 병도 선택했다. 이순자 여사는 분홍빛 철쭉이 그려진 화려한 식기를 선택했다. 한편, 김 여사는 처음에는 사회적 분위기를 반영해 푸른색 봉황 무늬가 그려진 식기를 선택했다. 하지만 1년 뒤 진초록의 십장생과 황금 휘장 무늬 등 귀족풍 식기로 교체했다. 이후 손명순 여사와 이희호 여사는 김 여사가 고른 식기를 그대로 사용했다.

영부인 활동 감추기 작전

노 후보는 1987년 12월에 열린 제13대 대통령 선거에서 3김(김대중, 김영삼, 김종필)을 누르고 36.6퍼센트의 득표율을 얻어 대통령에 당선되었다. 1988년 2월 25일, 제6공화국의 대통령으로 취임했다. 1988년 2월 25일, 6공화국 대통령 부인 자리에 오른 김 여사는 대선 때의 '잠행 방식'을 남편의 재임 기간인 5년 동안 계속 유지했다. 청와대에 있는 동안 자신과 관련한 모든 행사를 언론에 알리지 않았고 일체 대중매체에 나서지 않았다. 심지어 여성 관련 모임에도 적극적으로 참석하지 않았고, 어쩌다 참석해도 발언을 극구 삼갔다. 청와대 핵심 관계자들에 따르면 "당시 부속실의 주요 임무 중 하나는 '영부인 활동이 언론에 보도되지 않도록 하는 것'이었다."고 말할 정도다. 김 여사는 시중의 여론을 수렴하는 방법으로 주로 비공식적 면담을 이용했다고 한다. 한 관계자는 "영부인은 대부분 일대일 면담을 했는데, ○○○ 언론인, ○○○ 총장이나 ○○○ 교수 댁에 직접 자동차를 보내 청와대로 모셔 왔으며, 그분들 일정에 맞춰 면담 시간과 일정을 조정했다."고 말했다. 또 다른 관계자는 "김 여사가 일대일 면담을 선호한 것은 정확한 얘기를 들을 수 있고 비밀이 보장되기 때문이었다."면서 "당시 여성 언론인 등 대부분의 여성계 인사들을 정기적으로 만났다고 보면 된다."고 전했다. 이 과정에서 모 신부는 "청와대 터가 좋지않다."는 말도 건넨 것으로 알려졌다.

그래서인지 김 여사가 퍼스트레이디로서 한 활동은 외부에 거의 알려진 게 없다. 김 여사는 여성의 사회 참여와 탁아 문제를 해결하기 위해 민자당 여성 의원들을 설득해 영유아보호법이 발의되도록 힘썼다고 알려져 있으며 '물태우'라는 별명을 노 대통령에게 제일 먼저 전달한 사람도 김 여사라고 한다. 퇴임할 즈음에서야 김 여사의 활동의 일부가 언론을 통해 알려졌다. 1993년 2월에 발행된 월간지 《여원》을 보면, 김 여사는 20여 년간 소년소녀가장 열 가구와 결연 관계를 맺고 인간적, 금전적 도움을 줬고, 해마다 한 번씩 이들을 청와대로 초청해 식사도 하고, 성인이 된 이들에게는 생일과 크리스마스 때 선물과 카드를 보내는 등의 활동을 했다고 나와 있다. 이와 함께 서울과 부산 등 대도시부터 강원도 산간벽지에 있는 고아원, 재활원, 아동 보호 센터, 양로원 등도 방문했고, 연말이나 명절 때는 현직 국무위원 부인들로 구성된 수요봉사회 회원들과 함께 움직이기도 했다고 씌어 있다. 이외에도 김 여사는 불우 아동, 지체 부자유자, 불우 노인들에게 많은 관심을 가졌다.

당시 청와대는 그 이유를 "퍼스트레이디의 개인적 관심사였기 때문"이라고 밝혔다. 또 김 여사가 워낙 수줍음을 많이 타는 성격이라 사람들 앞에 나서기를 꺼려한다고 알려져 있었다. 즉 말 잘하는 기자들의 질문 공세를 요령 있게 받아넘길 만큼 사교적이지 못하고, 살림살이 외에 정치를 포함한 세상 돌아가는 이야기에 대해서는 특별히 내세울 의견이 없기 때문에 그림자 내조를 할 수밖에 없었다는 것이다.

비자금 사건으로 무너진 이미지

1993년 2월 25일, 김 여사는 손명순 여사에게 영부인 바통을 넘겨주었다. 모든 일이 순조롭게 진행됐다. 하지만 남편의 퇴임 2년 후, 노태우 비자금 사건이 터지면서 김 여사는 이순자 여사와 비슷한 고난의 길을 걷게 됐다. 4000억 비자금 사건이 드러나면서부터 그녀에 대한 국민의 평가가 취임 당시와 거의 180도로 바뀌기 시작한 것이다. 재임 중 그녀의 숨겨진 선행과 조용한 처신에도 불구하고 퇴임 이후, 특히 비자금 사건 이후부터는 그녀가 남편의 재임 기간 동안 청와대 안방에서 보이지 않게 영향력을 행사했다는 얘기들이 흘러나오기 시작했다. 노 전 대통령은 대국민 사과를 하고 검찰청을 드나들었는데, 수사가 진행될수록 노 전 대통령 못지않게 김 여사에 대한 비판 여론이 들끓었다.

김 여사가 비공식적으로 5공 청산, 국회의원 공천, 인사, 후계 구도 등과 관련해 상당한 정치적 역할을 수행한 것으로 비춰진 것이다. 김 여사의 보이지 않는 영향력은 6공 황태자인 박철언 전 정무장관의 부상과 함께 시작된 것으로 알려진다. 박 전 정무장관은 김 여사의 외사촌 동생이다. 김 여사는 남편이 대통령으로 취임한 후 박 전 장관을 청와대 안방으로 불러 수시로 국정 운영 방향을 논의했다.

박 전 장관은 자신의 회고록『바른 역사를 위한 증언』에서 김 여사가 자신에게 여러 사람들의 총선 출마와 국회의원으로 들어갈 수 있는 방법을 의뢰했다고 밝히고 있다. 대한여자치과의사협회장 서정희 씨, 안양병원장 신영순 씨, 여의사 주혜란 씨를 국회에 들어갈 수 있도록 부탁했다는 것이다. 박 전 장관은 이중 신영순 씨를 전국구 국회의원으로 만들었고, 오빠인 김복동 씨와 여동생의 남편인 금진호 전 상공부 장관도 13대 국회에서는 '친인척 공천 배제'라는 장애에 막혀 출마가 좌절됐으나 노 대통령의 임기말에 치뤄진 14대 총선에서는 각각 금배지를 달았다고 밝혔다. 또한 남편의 재임 시절에 치러진 두 차례의 총선 때, 민정당과 민자당 공천에 직접 개입했을 뿐만 아니라 6공 후계 구도에도 적극적으로 참여했다고 적었다. 이와 관련해 박 전 장관은 김 여사가 6공 후계 구도를 짤 때 처음에는 반(反) 김영삼 편에 섰다가 나중에는 "선거 후에 안전을 보장받으려면 적극적으로 지원하는 자세가 필요하다."며 주변 사람들에게 김영삼 대표를 돕도록 하라며 박 전 장관을 수차례 설득했다고 말했다.

❊ ❊ ❊

비자금 사건이 터지면서 원래 자신을 드러내지 않았던 김 여사는 아예 두문불출했다. 그녀의 근황은 베일에 싸여 버렸다. 당시 그녀는 남편과 동생의 남편, 아들의 사돈 등이 검찰에 불려가는 것을 보면서 정신적 충격을 크게 받아 말이 거의 없어졌고, 자녀들 외에는 거의 대화를 하지 않고 측근들이 와도 모습을 드러내지 않는 것으로 알려졌다.

김 여사는 노 전 대통령이 2002년 6월 전립선암 판정을 받고 수술한 이후로 남편의 병구완에 여념이 없다고 한다. 노 전 대통령은 수술 과정에서 자율신경 기능이 저하되는 등 말하는 것이 불편하고,

또 평형감각을 상실해 지팡이나 보행 보조대에 의지해 생활하고 있다고 한다. 김 여사는 2007년 남편의 물속 걷기 운동을 돕기 위해 집 2층에 목욕탕 욕조를 넓히는 공사를 하기도 했다.

통상적으로 역대 대통령들은 수명이 길고, 또 건강한 노년을 보낸다. 그러나 70대라는, 상대적으로 많지 않은 나이에 발병하게 된 노 전 대통령을 두고 일각에서는 스트레스 때문이 아닌가 추측한다. 5공 치하에서는 권력을 계승하기 위해 살얼음 행보를 해야 했고, 권력을 잡은 후에는 '물태우'라는 소리를 들어 가면서 권위주의가 사라지고 민주주의로 이행되는 과정에서의 진통을 인내해야 했고, 정권 초반에는 절친한 친구였던 전 대통령과, 후반에는 후계자인 김영삼 대표와의 갈등 아닌 갈등으로 마음고생을 했다. 퇴임 후에는 비자금 사건으로 고통을 받았다. 이런 모든 것들이 속병이 되어 병치레를 하게 됐을지도 모른다는 것이다. 김 여사는 여전히 침묵으로 일관한 채 대외 활동을 하지 않고 있다.

아들의 좌절된 정치적 포부

김 여사와 노 전 대통령은 아들 딸 각각 하나씩을 두었는데, 둘 다 대통령 재임 시절 청와대 영빈관에서 결혼식을 올렸다. 사위와 며느리 모두 재벌가 출신이다.

맏딸인 소영 씨는 1961년 3월 31일에 태어났다. 예일여중을 거쳐 수도여고를 졸업한 후 서울대 공대에 입학한 재원인 소영 씨는 대학교 2학년 때 미국의 사립 명문 윌리엄앤드메리대학으로 유학을 가 학부 과정을 마치고 시카고대학에서 경제학 박사 과정을 밟았다. 소영 씨는 테니스 친구로 같은 유학생인 SK그룹의 장남 최태원 씨와 만나 교제를 시작했다. 두 사람은 1988년 9월 13일, 청와대 영빈관에서 이현재 전 국무총리의 주례로 결혼식을 올렸다.

장남 재헌 씨는 1965년 11월 3일에 태어났으며 청운중학교를 거쳐 경복고를 졸업했다. 미국 스탠퍼드대학에 입학해 국제정치학 석사 과정을 마친 후 1990년 9월, 미국국제전략문제연구소(CSIS)에서 연구원으로 활동하다 1991년 11월 귀국했다. 재헌 씨는 자신보다 세 살 어린, 동방유량 신명수 회장의 외동딸 정화 양(서울대 음대 기악과 하프 전공)과 1990년 6월 20일 청와대 영빈관에서 강영훈 전 국무총리의 주례로 결혼식을 올렸다.

1987년 대통령 선거 당시, 재헌 씨는 아버지를 도우면서 정치에 대해 관심을 갖기 시작했다. 김 여사는 재헌 씨의 가장 열렬한 정치적 후원자로 알려졌다. 그녀는 아들을 정치인으로 키우기 위해 수시로 대구로 내려가 지역 유지들에게 지지를 부탁했고, 팔공산 근처에 아파트까지 마련하는 등 남편 못지않게 아들 뒷바라지를 했다. 당사자인 재헌 씨 역시 국회의장 비서관, 민정당 대구동 을 지구당위원장 등을 맡으면서 착실하게 정치 수업을 쌓고 있었다.

하지만 비자금 사건이 터지면서 재헌 씨의 정치적 포부와 가족의 기대는 물거품이 되었다. 재헌 씨는 "아버지가 죄인이라면 자식도 죄인"이라며 깨끗하게 정계 진출을 포기해, 주변을 안타깝게 했다. 비자금 사건으로 김 여사가 받은 가장 큰 상처는 재헌 씨의 정치 출마 좌절이었다고 한다.

임기를 제대로 마친 역대 퍼스트레이디들 중 김 여사만큼 철저히 베일에 가려진 경우도 많지 않다. 김 여사는 재임 중 단 한 건의 인터뷰도 하지 않음으로써 '그림자 내조'라는 신조어를 만들어 냈다. 그녀는 역대 퍼스트레이디들 중 어록이 없는 유일한 이로 꼽힌다. 이런 점 때문에 김 여사는 퍼스트레이디가 신경 써야 할 사회문제를 도외시한다는 여성운동가들의 불만을 사기도 했다.

퍼스트레이디를 연구하는 학자들은 김 여사를 '베갯속 영향력(Pillow Influence)'의 영부인으로 분류하곤 한다. '베갯속 영향력'은 대통령에게 별로 영향을 미치지 않는 것처럼 보이지만, 내적으로 볼 때는 어느 다른 수단보다 막강한 영향력을 발휘한다. 공정하고 바른 방향으로 행사될 경우 대통령과 국가에 긍정적인 영향을 주게 되는데, 실제로 일부 학자들 사이에서는 김 여사가 '베갯속 영향력'을 통해 남편을 '귀가 큰 대통령'으로 만들었다는 평가도 있다. 김 여사는 비자금 사건만 아니었으면 비교적 좋은 이미지의 영부인으로 남았을 것이다.

■ 김옥숙 여사 연보

1935   8월 11일, 경북 청송에서 김영한 씨와 홍무경 여사 사이에서 3남 2녀 중 넷째로 태어남.

1952   경북여고 1학년 때 친오빠 김복동 씨의 동기인 노태우 육군사관학교 후보생 만남.

1959   5월 31일, 대구 문화예식장에서 노태우 대통령과 결혼.

1961   3월 31일, 노소영 출산.

1965   11월 3일, 노재헌 출산.

1988   2월 25일, 노태우 제6공화국 대통령으로 취임으로 13대 퍼스트레이디가 됨. / 9월 13일, 딸 소영 씨가 당시 선경그룹(현 SK) 고 최종현 회장의 아들 최태원(현 SK 회장) 씨와 청와대 영빈관에서 결혼식 올림.

1990   6월 20일, 아들 재헌 씨가 동방유량 신명수 회장의 외동딸 신정화 씨와 청와대 영빈관에서 결혼식 올림.

1993   2월 24일 퇴임.

■ 노태우 대통령 연보

1932   12월 4일, 대구 달성에서 출생.

1951   경북고등학교 졸업.

1955   육군사관학교 11기 졸업.

1956   보병 소대장.

1959   미국 특수전·심리전 학교 수료.

1961   방첩부대 정보장교.

1968   월남전 참전, 맹호사단 대대장.

1974   공수특전 여단장.

1978   대통령 경호실 작전차장보.

1979   제9사단장. / 수도경비사령관.

1980   국군보안사령관.

1981   육군 대장 전역. / 정무 제2장관.

1982   체육부 장관. / 내무부 장관.

1983   서울올림픽 및 아세안게임 조직위원장.

1984   대한체육회 회장.

1985   민주정의당 대표위원&제12대 국회의원(민정, 전국).

1987   민정당 대통령 후보로 선출. 12월 16일, 제13대 대통령으로 당선.

1988   2월 25일, 제13대 대통령으로 취임.

1989   미국 조지워싱턴대학교 명예법학박사.

1991   소련 모스크바대학교 명예정치학박사.

1992   민자당 명예총재 & 민자당 탈당.

1993   2월 24일, 노태우 대통령 퇴임.

1995   11월 16일, 재임기간 중 비자금 모금 문제로 '특정범죄가중처벌등에관한법률' 위반혐의로 검찰에 구속.

1996   4월 17일, 항소심에서 징역 15년에 추징금 2628억 원 선고.

1997   12월 22일, 김영삼 전 대통령 사면조치로 사면, 복권.

미소 짓는 김옥숙 여사.

1988년 2월 26일에 열린 대통령 취임
축하 연회에서 노태우 대통령과 김옥
숙 여사가 참석자들과 함께 노래를
부르고 있다.

노태우 전 대통령과 김옥숙 여사.

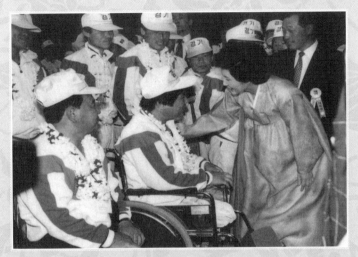

1991년 5월 22일, 전국 장애인 체육대회 개막식에 참석한 김옥숙 여사.

1992년 1월 노태우 대통령과 부시
대통령이 한·미 정상회담을 진행
하는 동안 로라 부시 여사를 따로
만나 환담을 나누는 김옥숙 여사.

1991년 5월 9일, 사랑의 집 개원식에 참석한 김옥숙 여사.

민주자유당 시·도 지부 여성 위원
장들을 초청해 가진 오찬에서.

전국 장한 어머니 상 수상자와 악
수하는 모습.

사진 제공 | 국가기록원, 김옥숙 여사

손명순

孫命順

1927년 12월 6일(음) ✽ 경남 김해 출생

1951년 3월 21일 ✽ 대학생 김영삼과 결혼

1993년 2월 25일~1998년 2월 24일 ✽ 14대 퍼스트레이디

그녀는 우리 가족의 드러나지 않는 중심이며,
나는 그녀에게서 또 다른 어머니를 느낀다.
—김영삼 전 대통령

제발 시앗은 보여 주지 마세요.

진위는 알 수 없으나 김영삼 전 대통령의 화려한 여성 편력에 대해서는 이런저런 이야깃거리가 많다. 손명순 여사는 이런 남편의 '바람기'를 어떻게 견뎠을까? 손 여사의 지인들은 등잔 밑이 어둡다고 남편의 여성 편력에 대해 손 여사가 의외로 모르는 경우가 많았다고 한다. 혹시 어쩌다 알게 되면 남편에게 물바가지를 뒤집어씌웠다는 일화가 전해진다.

대표적으로 전해지는 해프닝이 하나 있다. 김 전 대통령은 40대 시절에는 승마에 취미를 갖고 있었다. 자신의 애마로 안암동에서 뚝섬 경마장까지 달리곤 했는데, 누군가 강둑에 파 놓은 함정에 말이 발을 헛디디면서 갈비뼈가 부러져 입원하게 되었다. 당시 손 여사는 거제도에서 남편의 지역구를 관리하면서 시부모님을 모시고 살고 있었다. 사고 소식을 들은 손 여사는 부랴부랴 상경을 서둘렀다. 하지만 교통편이 좋지 않아 사흘이나 걸려 서울에 도착하게 되었다.

"아니, 누구세요? 도대체 어디서 오셨어요?"

손 여사가 사흘 만에 남편 병실에 들어서자 김 전 대통령의 병실을 지키던 미모의 여인이 손 여사를 보고 물었다. 손 여사는 깜짝 놀랐다. 당시 김 전 대통령은 장안에서 여성들에게 최고로 인기 있는 정치인이었다. 그런 그가 입원을 하자 그를 사모하는 요정 마담들이 돌아가면서 병문안을 왔는데 한 시골 아낙네 같은 수수한 여인이 문을 열고 들어서니, 그녀들은 손 여사가 김 전 대통령의 아내인 줄 꿈에도 몰랐던 것이다.

이런 남편에게 손 여사는 딱 한 가지만을 주문했다. "밖에서 절대로 자식은 낳아 오지 말라."는 것이었다. 남편의 바람기에 대한 일종의 체념이었지만, 배다른 자식만은 용납할 수 없었던 것이다. 독실한 기독교 신자였던 손 여사는 구약성경에서 아브라함이 배다른 자식들을 둠으로써 빚은 비극이 오늘의 중동 사태를 낳았다고 믿고 있었다.

지인들에 따르면 여성 편력이 화려했던 김 전 대통령도, 대통령이 되어서 청와대에 입성한 후부터는 손 여사에게 훨씬 다정했다고 한다. 하루 일과를 마치고 관저로 돌아가서는 손 여사를 "명순 씨"

라고 부르곤 했다는 것이다. 손 여사를 보좌했던 전 청와대 제2부속실장 정병국 의원(한나라)은 "요즘 가치관으로 보면 손 여사님이 곤혹스러운 삶을 살았다는 느낌이 들지만, 그 시대는 부인 두세 명을 거느리고 산 사람이 적지 않았기에 인내하시지 않았나 싶다."고 해석했다.

두 달 만에 진행된 결혼

싱긋 웃는 모습이 인상적이었습니다. 음성도 믿음직스러워서 좋더군요. 첫눈에 똑똑하고 강직한 사람이라는 생각이 들더군요. 미래에 대한 뚜렷한 신념을 갖고 있었어요. 그때 그 사람이 대통령에 대한 꿈을 갖고 있다는 말은 하지 않았지만 예사롭지 않은 꿈을 간직한 사람일 거라는 생각을 했습니다.

손 여사가 청년 김영삼을 처음 만났을 때 받은 인상이다. 손 여사와 김 전 대통령이 처음 만난 것은 1951년, 음력설을 며칠 앞둔 겨울이었다. 이화여대 약학과 3학년에 재학 중이었던 손 여사는 부모님으로부터 한 남자가 집에 오기로 되어 있다는 이야기를 듣고 마음의 준비를 하고 있었는데, 마침 점심때 그 남자가 집에 들어섰다. 어머니는 그 남자를 위해 푸짐하게 한 상을 차려 내왔다. 손 여사는 부모님과 함께 그 남자와 한 상에 둘러앉아 식사를 하며 이야기를 나누었다. 이미 그에 대해 어느 정도 이야기를 들었는지 부모님은 상당한 호감을 보였다.

그 남자는 손 여사에게 최근에 어떤 책을 읽었는지, 문학을 좋아하는지 물으면서 도스토예프스키의 『죄와 벌』 이야기를 꺼냈다. 그러다 영국의 디즈레일리 총리 부인과 관련한 일화를 이야기해 줬다. 디즈레일리 총리 부인이 마차 문을 닫다가 손을 찧었는데, 의회 연설을 하고 있던 남편이 놀랄까 봐 남편의 연설이 끝날 때까지 그 아픔을 참았다는 얘기다. 당시에 손 여사는 이 이야기가 자신에게 어떤 의미인지 전혀 알지 못했다. 이날의 대화가 일종의 복선이었는지 몰라도, 손 여사는 평생 이 남자의 정치적 성공을 위해 디즈레일리 총리 부인처럼 인내하고 내조하는 삶을 살아야 했다. 그러나 당시만 해도 손 여사는 이런 이야기를 하는 남자의 꿈이 예사롭지는 않다는 것을 느낄 뿐이었다.

짧지 않은 시간 동안 이야기를 나눈 뒤 그 남자는 돌아갔다. 손 여사는 혼자 당당하게 자신의 집 문을 두드린 그의 담대함이 마음에 들었다. 그러던 어느 날, 그로부터 얼마 지나지 않아 그가 다시 손 여사의 집 문을 두드렸다. 예기치 않은 방문에 손 여사도 부모님도 모두 놀랐다. 이렇듯 갑작스럽게 찾아올 줄은 몰랐기 때문이다. 어찌 되었건 부모님은 그를 마치 사위라도 된 듯 극진히 맞았다. 이를 계기로 두 집안 사이에 혼담이 오가게 됐고, 만난 지 두 달 만에 결혼하기로 결정됐다.

　손 여사와 이 남자, 양가에서는 결혼을 서둘렀다. 특히 김 전 대통령 집에서 더 서둘렀다. 그가 손 여사와 맞선을 보게 된 것도 집에서 재촉을 했기 때문이다. 서울대 철학과에 재학 중이던 김 전 대통령은 당시 국회 부의장실에도 일하고 있었다. 그는 일도 바쁘지만 젊은 나이라 결혼에 대해 거의 생각해 본 적이 없고, 하더라도 최소한 대학을 졸업한 뒤에 하려고 했다. 그런데 집에서는 그를 빨리 결혼시키기 위해 할아버지께서 몸이 불편하시다는 긴급 전보를 쳐 마산 고향집으로 불러들였다.

　집으로 내려오자 어머니는 "할아버지께서 돌아가시기 전에 손자 며느리를 보고 싶어 하시니 소원을 풀어 드려라."며 간곡히 요청했다. 그래서 손자로서 최소한의 성의라도 보여 드리기 위해 맞선 자리에 나가게 됐다. 손 여사와 맞선을 본 그 날, 그는 맞선 예정이 네 차례나 잡혀 있었다. 그가 하도 바쁘다고 하니 집안 어른들이 하루로 몰아 버린 것이다. 손 여사의 집에 가기 전에 김 전 대통령은 이미 두 명의 여성과 맞선을 본 상태였다. 그런데 그는 세 번째 집, 그러니까 손 여사 집을 끝으로 마지막 맞선은 취소하고 집으로 돌아왔다.

불러 오는 배를 천으로 감싸며 학업을 마치다

워낙 일사천리로 일이 진행되는 바람에 두 사람은 결혼 날짜가 잡히고서야 교제를 시작했다. 당시 피난 정부가 부산에 있었기 때문에 부산과 마산을 오가며 주말 데이트를 즐겼다. 남편이 주말마다 마산으로 내려와, 부부는 같이 영화도 보고 바닷가 산책을 하면서 서로에 대한 애정을 싹틔웠다. 김 전 대통령은 자신의 회고록에서 짧은 연애 시절에 대해 다음과 같이 회고하고 있다.

당시만 해도 남녀가 바닷가에 나란히 앉아 있는 것은 보기 드문 일이었다. 그래서인지 "좋겠다"면서 희롱하고 지나가는 젊은이가 많았다. 나는 우리를 놀리며 지나가는 사람들을 그냥 내버려 두지 않았다. "너 뭐라 했어?" 하며 큰 소리로 싸워 아내가 몇 번씩 놀라곤 했다. 데이트 시절, 나는 아내에게 주로 나의 정치관이나 국회의원 출마 문제, 대통령이 되고 싶은 포부 등에 관해 이야기를 많이 한 것 같다.

손 여사와 김 전 대통령은 1951년 3월 6일, 마산 문창교회에서 결혼식을 올렸다. 두 사람 모두 동갑내기 대학생으로 23세였다. 결혼 후 손 여사는 혼자 거제 시댁으로 들어갔다. 시집에서 물동이 이는 법에서부터 멸치 말리는 방법까지, 어촌 아낙네의 생활을 몸에 익혔다. 시집에서 몇 개월 동안 살림을 배운 후 손 여사는 남편이 있는 부산 토성동에 신혼살림을 차렸다. 전시 중이라 대신동에 임시 교사가 설치되었고, 그래서 손 여사는 대학 공부를 계속할 수 있게 되었다.

우리나라 역대 퍼스트레이디들 중 이화여대 재학 중에 결혼한 영부인은 이순자 여사와 손명순 여사 둘이다. 당시 이화여대는 기혼자는 퇴교해야 한다는 학칙에 따라 재학 중 결혼을 금하고 있었다. 그래서 이순자 여사는 학칙에 따라 결혼과 동시에 자퇴를 한 반면, 손여사는 결혼하고 임신까지 한 상태였음에도 불구하고 끝까지 학업을 마치고 졸업할 수 있었다.

손 여사는 공부를 끝마치겠다는 집념으로 불러 오는 배를 천으로 감싸고 학교에 나가 수업을 들었다. 그녀는 학교에 결혼 사실을 알리지 않았고, 또 시부모님에게는 학업을 계속하겠다는 이야기를 하지 않았다. 그런 연유로 시아버지가 갑자기 부산 신혼집에 오실 때마다 학교 수업에 빠질 수밖에 없었다. 때마침 졸업 시험 날 시아버지가 집으로 찾아오시는 바람에 손 여사는 꼼짝없이 집에 있어야만 했다. 시아버지가 댁으로 돌아가신 후, 손 여사는 교수님을 찾아가 통사정을 해서 혼자 졸업 시험을 볼 수 있는 기회를 얻게 되었다.

손 여사가 무사히 졸업하게 된 데에는 주변의 많은 도움이 있었다. 전쟁 중이라 학사운영 자체가 제대로 되지 않은 덕도 있지만, 당시 손 여사의 은사와 친구 등 주변에서 많이 배려해 주었기 때문에 가능했던 일이다. 특히 친구들은 손 여사가 첫째 딸 혜영을 낳았을 때 돌아가며 집에 와서 아이를 돌봐 주기도 했다.

기도하는 것만으로도 행복한 소녀

손 여사는 1927년 12월 25일, 경남 김해시 진영읍 신용리에서 아버지 손상호 씨와 어머니 감덕순 씨의 2남 7녀 중 장녀로 태어났다. 부친은 종업원 800여 명을 거느린 경향고무 사장으로 자수성가한 마산의 재벌이었다.

손 여사는 진영공립보통학교(1996년 진영대창초등학교로 교명 변경)와 마산여중, 마산여고를 거쳐 이화여대 약대에 수석으로 입학한 수재이다. 나이 차이가 있어 학교는 같이 다니지 않았지만 손 여사와 노무현 대통령과 권양숙 여사는 초등학교 동창이다.

어렸을 때의 손 여사는 총명하고 얌전한 아이였다. 손 여사와 열두 살 때 처음 만나 50년 동안 우정을 키워 온 장욱희 씨는 "당시 우리 친구들이 이구동성으로 했던 말이 '인성이 좋은 아이'였다."고 밝혔다. 장 씨의 회고에 따르면, 손 여사는 여러 과목 중 수학에 뛰어난 소질을 보였다. 모두가 쩔쩔매는 문제도 척척 풀어 친구들의 탄성을 자아낼 정도였다고 한다. 손 여사의 또 다른 고등학교 친구 김명수 씨는 그녀에 대해 언제나 단정한 세일러복을 입은 소녀로 기억한다고 기록에 나와 있다.

손 여사는 어렸을 때부터 독실한 기독교인이었다. 할머니에 의해서 처음 기독교를 접하게 된 손 여사는 평생 기독교 신앙에 의지해 생활해 왔다고 해도 과언이 아니다. 1987년 대선 때 남편의 일요일 유세를 중단시킨 건 손 여사의 신앙심을 보여 주는 단적인 일화다. 신앙생활에 남다른 애착을 가졌던 손 여사는 대학 시절 새벽에 일어나 학교 뒷산에 있는 기도장에 올라가서 물을 떠 놓고 기도하는 것으로 하루를 시작했다. 기도할 수 있다는 사실만으로도 그녀는 충만한 기쁨을 느꼈고 신앙 속에서 안락을 찾았다. 어려운 일이 있을 때면 항상 교회로 달려갔고, 가끔은 교회 지하방에 들어가 밤새워 기도하기도 했다.

손 여사는 일생 동안 신앙생활로 많은 시간을 보냈다. 충현교회 청년부 부감으로 10년 이상 일하며 아이들을 챙겼으며, 노인들도 극진히 보살폈다. 시아버지가 명절 때마다 보내 주는 멸치, 가끔 손님들이 집에 방문하면서 들고 오는 케이크나 음료수 등은 항상 교회로 보냈고, 자신이 손수 음식을 차려 교인들에게 식사를 대접하기도 했다. 특히 명절 때는 교회 노인들을 직접 찾아 음식을 대접하고 큰절을 올렸는데, 부부는 대통령 당선 후에도 이들 노인들에게 큰절을 올렸다.

퍼스트레이디가 되기 전까지 손 여사는 매주 충현교회에 가서 주일예배를 드렸다. 하지만 남편이 대통령이 되자 경호 문제가 걸려 성탄절과 부활절 등 특별한 날 말고는 주말에 교회에 가서 예배를 드릴 수가 없었다. 이렇게 신앙생활이 여의치 않았을 때, 청와대 초청 형식으로 목사와 장로 각각 한 명이 매 주일 오전 8시에 대통령 관저로 예배를 드리러 가게 됐다. 이러한 조치 덕분에 손 여사는 청와대에 있으면서 신앙생활을 유지할 수 있게 되었다.

시래깃국과 갈치 한 토막

학창 시절부터 대통령의 꿈을 갖고 있던 남편이었기에 손 여사는 자신만의 내조법으로 남편을 보필했다. 첫째는 가난을 참는 것이고, 둘째는 남편에게 용기를 주는 것, 마지막으로 집에 찾아온 사람에게 기꺼이 밥 한 그릇 대접하는 것이었다.

1960~70년대는 모두가 어려울 때라 가난하게 사는 것이 당연했지만, 손 여사는 절대로 남편에게 불평하거나 힘든 내색을 하지 않았다. 그녀는 남편의 정치적 활동이나 결정에 대해 간섭하지 않았으며, 남편이 결정을 하면 그 결정한 바대로 잘할 수 있도록 도왔다. 불쑥불쑥 찾아오는 남편의 동창들과 동지들을 포함해 고향 사람들까지 손 여사의 집은 조용할 날이 없었다. 기본적인 집안 살림에서부터 아이 키우기, 거기다가 매일 찾아오는 손님 접대에 손 여사는 쉴 틈이 없었다.

손 여사는 집에 오는 손님을 절대 그냥 돌려보내는 일이 없었다. 꼭 밥 한 끼는 먹여 보냈다. 당시 측근들이나 기자들에 따르면 상도동 집에 가면 언제든 시래깃국에 갈치 한 토막은 먹을 수 있었다고 한다.

1979년 5월, 김 전 대통령은 두 번째로 신민당 총재가 되었을 때《동아일보》와의 인터뷰에서 아내 손 여사에 대해 다음과 같이 밝혔다.

> 야당하는 사람의 아내는 고생이 심합니다. 돈 걱정, 사람 만나는 일 등 짜증 나는 일투성입니다. 아내 자랑 같아 우습지만 우리 집사람은 일체 불평하는 일이 없습니다. 나 하는 일에도 간섭하는 법이 없습니다. 이번에도 총재를 해라 말아라 관여하는 일이 없습니다. 그런 점에서 보좌치고는 제일 큰 보좌를 하고 있는 셈이지요. 늘 고맙게 생각하고 있습니다.

대선을 성공으로 이끈 '90도 인사법'

손 여사는 남편의 정치적 행보에 대해 대체로 참견하지 않았지만, 남편이 위기에 처했을 때나 자신의 역할이 필요하다고 생각될 때는 적극적으로 나섰다. 1983년 남편이 단식투쟁에 들어가자 정부가 그를 강제로 서울대학병원으로 이송했다. 이때 김상현 의원이 이 사실을 알리기 위한 전단을 만들었는데 손 여사는 이 전단에 자신의 심경을 직접 글로 썼다. 남편이 자택 연금을 당하고 단식투쟁을 하는 것을 옆에서 지켜보면서 손 여사는 정치가 아내의 길에 대해 다시 한 번 생각하게 된 것이다.

저는 한 평범한 아낙으로 지금까지 오로지 이 나라의 민주주의를 위해 싸우시는 남편 김영삼 씨의 뒷바라지만 해 왔습니다. 그런데 이제는 분통이 터져 살 수가 없습니다. 사람은 누구나 죽음 앞에 직면하면 바른 소리를 한다지만 그분은 이 나라가 또다시 불법 무뢰한들에 의해 강점 당한 뒤 오늘까지 할 수 있는 모든 힘을 다하여 투쟁하시다가 마침내 '살아서 죽느니 죽어서 영원히 사는 길'을 택하신 듯싶습니다.

그분께서는 연전 신민당 총재 당시 강제로 물러서게 될 때 '잠시 살기 위해 영원히 죽는 일은 할 수 없다.'고 하셨습니다. '새벽을 알리는 닭의 목을 비틀어도 새벽은 오고야 만다.'라고. 닭은 죽어도 새벽이 올 것을 믿고 있습니다.

이 나라와 겨레의 민주적 발전을 염원하는 국민 여러분과 그분과 뜻을 같이하시는 선배 동료 후배 동지 여러분께 오로지 민주 조국을 위해 목숨 바치려는 저의 남편 김영삼 씨를 기억해 주시기를 간절히 바랍니다.

당시 손 여사가 쓴 글의 일부 내용이다. 손 여사는 남편과 관계를 맺고 있는 주변 사람들 중 특히 소외감을 느낄 것 같은 사람들을 다독거리는 데 힘을 썼다. 정옥순 전 국회의원은 "대통령이 된 후 김 대통령에게 서운함을 느꼈던 많은 민주화 동지들이 그나마 참을 수 있었던 것은 손 여사 덕분"이라고 밝혔다. 김 전 대통령은 성격상 정적이 많은 편인데, 이들이 독기를 품지 않게 된 데에는 손 여사의 숨은 공이 많다는 것이다. 정병국 의원도 "3당 합당 시 최형우 의원이 죽어도 안 따라간다며 버텼는데, 이런 최 의원의 고집을 꺾은 사람이 바로 손 여사였다."고 전했다. 손 여사가 직접 최 의원의 집을 찾아가 설득한 끝에 합류하게 된 것이다.

'끊임없는 어루만짐'으로 특징지을 수 있는 손 여사의 사람 관리 능력은 1992년 민자당 대선 후보 경선 때도 힘을 발휘했다. 그녀는 민정계 인사들의 집을 직접 찾아다니며 남편을 지지해 달라고 부탁했다. 이러한 노력 덕분에 많은 사람들이 김 후보 쪽으로 지지를 바꾸었다.

남편이 민자당 대선 후보로 확정된 후, 손 여사는 사당동에 별도 사무실을 차리고 선거운동에 나섰다. 1987년 대선 때는 신앙을 이유로 남편의 일요일 유세를 포기시켰던 손 여사였지만, 이번에는 신앙을 잠시 접고 직접 불교계 공략에 나섰다. 손 여사는 전국 유명 사찰과 유력 종단을 빠짐없이 방문했다. 하루에 평균 서너 곳, 전국 498곳의 사찰을 다녔다. 당시 만나는 사람들과 일대일로 찍은 사진만 해도 1만 장이 넘는다고 한다. 이때 손 여사는 "없는 거지도 한 표고, 부자도 한 표다. 정치를 한다면서 어떻게 제 마음에 드는 사람 하고만 만날 수 있느냐."며 가리지 않고 사람을 만나고 전국을 누볐다. 첫 번째 대선 때와 180도 바뀐 태도로 남편 대선 유세에 임한 것이다.

이 당시 손 여사의 트레이드마크는 90도 인사법이었다. 그녀는 만나는 사람마다 90도로 고개를 숙이며 "잘 부탁합니다."라고 말하며 다녔다. 대선 기간 동안 그녀는 전국을 세 차례에 걸쳐 순회했다. 손 여사는 자신의 활동을 일부러 외부로 알리지 않았을 뿐, 남편 못지않게 적극적인 선거운동을 펼쳤다. 그래서 당시 대선 운동을 함께 뛰었던 사람들은 손 여사를 김 대통령 대권 행보의 일등 공신으로 뽑는 것을 주저하지 않는다.

청와대의 낡은 관행을 바꾸어 가다

1992년 12월 대선에서 민자당 후보로 출마한 김영삼은 민주당 후보로 나온 김대중 후보와 국민당의 고 정주영 후보를 물리치고 한국의 14대 대통령에 당선되었다. 어린 시절부터 가꿔 온 대통령의 꿈을 드디어 이루어 낸 것이다. 손 여사 역시 40여 년에 걸친 야당 정치인 아내 생활을 끝내고 65세 되던 1993년에 퍼스트레이디가 되었다.

> 대통령 내조자 역할이 우선되어야겠지요. 하지만 정부의 손이 미처 닿지 못하는 분야에 대한 민간 차원의 활동을 하고 싶습니다. 사회 경제적으로 소외되고 불행한 사람들을 돕는 일을 할 것입니다……. 특히 인의 장막에 싸여 나랏일을 거스르게 하는 일이 절대 없도록, 특별히 여론을 전달하는 역할을 할 생각입니다.

퍼스트레이디가 된 직후 한 인터뷰에서 손 여사는 향후 자신의 역할을 이렇게 규정했다. 또 다른 인터뷰에서는 "환경보호와 건전한 소비문화를 만드는 데 앞장서고 싶다."는 포부를 밝혔다. 그 일환으로 우선 청와대 식당 메뉴를 칼국수, 설렁탕, 갈비탕, 비빔밥 등으로 간소화했다. 그리고 식당 운영을 셀프서비스 방식으로 바꾸고, 식당에 "음식은 남기지 맙시다."라는 표어를 붙였다. 이외에도 일회용품 안 쓰기, 폐품 줄이기, 재생지 쓰기 등등 물자를 낭비하지 않기 위한 다양한 활동을 펼쳤다. 또한 청와대 지출을 줄이기 위해 청와대 방문 기념품을 없애고, 생화를 조화로 바꾸었으며, 선물 안 주고 안 받기 운동을 펼치기도 했다.

퍼스트레이디가 되었지만 손 여사의 청와대 살림은 '상도동 스타일' 그대로였다. 청와대에 자신을 맞추기보다는 자신의 스타일에 맞게 청와대 살림을 바꾸어 나갔다.

손 여사는 식기와 같이 전임 퍼스트레이디들이 사용했던 물건들은 그대로 썼지만, 오랜 야당 정치인 아내로서의 경험 때문인지 청와대에 스며든 낡은 관행, 특히 권위적이거나 소비적인 부분들을 하나씩 바꾸어 나갔다.

청와대에서도 손 여사가 행하는 주변 사람 돌보기는 계속됐다. 손 여사는 청와대 수행원들과 운전기사들이 제때 식사를 하지 못할 뿐만 아니라 이들을 위한 식사 공간도 없어 끼니를 거르는 경우가 많다는 것을 알았다. 그래서 구 본관 건물을 개조해 구내 식당을 만들고 식단도 다양화했다. 또한 여직원들이 많은데도 그들을 위한 휴게실조차 없다는 것을 알고는 여직원 전용 휴게실을 만들었다. 더나아가 청와대 직원들의 식구들을 초대해 식사를 대접하고 청와대 경내 구경도 하게 했다.

이렇듯 손 여사는 직원들이 소외감을 느끼지 않으며 자신의 일터에 대해 자부심을 가질 수 있도록 청와대 직원들에 대한 배려를 아끼지 않았다. 이 시절에 근무했던 청와대 직원들은 손 여사의 인간적 배려와 베풂 덕분에 이전보다 훨씬 편안하게 일할 수 있었다고 한다.

야생화를 사랑한 퍼스트레이디

남편의 재임 기간 동안 손 여사의 가장 중요한 일과 중 하나는 신문 읽는 일이었다. 그녀는 10여 종의 일간신문을 정독했다. 특히 언론에 비친 남편의 모습을 모니터링했다. 또 독자 투고란을 꼼꼼히 읽었다. 손 여사는 독자 투고란에 실린 내용을 통해 우리 사회에서 소외된 부분, 정부가 제대로 신경 못 쓰고 있는 부분들을 발견하고 이와 관련해 자신이 할 수 있는 일들을 찾아서 했다.

한 예로, 손 여사는 모 신문 독자 투고란에 강원도 평창에 위치한 묘목 시험장의 야생화가 썩어 간다는 제보를 읽고는 청와대 조경을 야생화로 바꾸기로 하고 직원들과 함께 직접 야생화를 심었다. 청와대가 야생화에 관심을 갖기 시작하자 그 관심이 전국적으로 확산됐다. 청와대 내에서 그녀만큼 한국 야생화 이름을 많이 아는 사람이 없을 정도로, 손 여사는 야생화 전문가가 되었다.

오늘날 세계적인 바이올리니스트인 장한나가 있게 된 것도 손 여사 덕분이라고 한다. 손 여사는 장 씨가 악기가 없어서 제대로 활동을 못한다는 소식을 접하고는 기업 봉사 모임인 메세나 관계자들을 청와대로 초청해 도울 수 있는 방법을 생각해 달라고 요청했다. 이것이 계기가 되어 장 씨는 악기 걱정 없이 대가로 성장할 수 있었다고 정병국 의원이 전했다.

궁정박물관이 탄생하게 된 것도 매주 국립박물관을 다닐 정도로 박물관에 관심이 많았던 손 여사의 역할이 결정적으로 작용한 것으로 전해진다. 또한 손 여사는 일본 만화나 애니메이션의 90퍼센트를 한국이 제작하고 있다는 기사를 읽고는, 우리나라 애니메이션 담당자를 직접 만나 관심을 표명하기도 했다. 이 일로 한국 애니메이션 상영률이 높아졌다고 한다.

원천 봉쇄된 안방 로비

손 여사가 퍼스트레이디로 활동했던 1993년에서 1998년은 우리나라에서 여성운동이 활발해지던 시기였다. 게다가 손 여사는 정통성을 가진 문민정부의 퍼스트레이디였고, 최고의 고등교육을 받은 퍼스트레이디였다. 여성계에서 영부인의 역할에 대해 상당한 기대를 걸었던 것은 당연하다. 손 여사가 좀 더 적극적으로 나섰더라면 전향적인 여성 리더의 역할 모델을 창출할 수 있었을지도 모르지만, 그녀는 아쉽게도 소극적 역할 규정과 활동에 자신을 묶어 두었다.

손 여사는 남편의 재임 기간 중 국회의원이나 고위 공직자 부인들을 자주 만나지도 않았다. 청와대 비서실장을 지낸 김용태 전 의원에 따르면, 손 여사는 정치인 부인들은 고사하고 청와대 내에서 같이 근무하는 참모들인 대통령 비서실장과 수석 비서관 부인들을 초청해 식사를 같이하는 의례적인 모임조차 단 한 번도 가진 적이 없다고 한다. 손 여사는 자신이 입는 옷의 라벨도 떼고 입었으며, 청와대 면회실로 들어온 선물도 대부분 돌려보냈다. 이런 손 여사의 성품으로 인해 손 여사를 통한 안방 로비는 사실상 불가능했다고 알려진다. 원래 성격이 그렇기도 하지만, 부인의 참견을 허용하지 않는 김 대통령의 방침이 원초적으로 안방 정치의 개입을 차단했다는 분석도 있다.

김 대통령은 취임 당시 가족 모임을 열어, 정치나 이권 등에 개입해서는 절대 안 된다고 강조했다. 그래서 선거운동을 위해 일시 귀국했던 딸들은 다시 미국으로 돌아갔다. 김 대통령은 사업을 하고 있던 큰사위에게 특히 "한국과 관련된 사업은 하지도 말라."고 지시하기도 했다. 또한 기자회견에서도 "임기 중 친인척이 정치에 진출하는 것을 절대 용납하지 않을 것"이라고 공언했다.

따라서 손 여사의 친정 쪽도 문민정부 시절 정치적인 활동은 아무것도 할 수 없었다. 김 대통령은 처가에 상당히 엄격했다. 손 여사의 친정 쪽에서 정치와 관련된 인사는 손 여사의 사촌 동생인 손주환 전 정무수석이 유일하다. 김 대통령의 처남으로 초등학교 교사였던 손은배 씨는 1993년 교총회장 후보에 출마하려고 했으나 포기했다. 손 여사는 김 대통령과의 사이에서 혜영, 혜경, 은철, 현철, 혜숙 등 2남 3녀를 두었는데, 이들 역시 아버지의 엄명도 있고 해서 정치와는 일정 거리를 두고 지냈다. 하지만 다섯 명의 자식들 중 1987년 대선 때부터 아버지를 적극적으로 도왔던 현철 씨만은 예외였다. 김 대통령은 현철 씨의 정치적 조언을 경청했으며, 대통령 취임 이후 거의 매주 현철 씨를 청와대로 불러 만났다. 이 소식이 퍼지면서 현철 씨 주변에 사람이 모이기 시작했고, 이로 인해 현철 씨는 인사 및 이권설에 엮이기 시작했다.

1997년 한보 사건이 터졌을 때, 김 대통령은 "아들의 허물은 곧 아비의 허물"이라는 대국민 담화를 발표하고 아들을 구속시켰다. 당시 김 대통령은 민정을 담당하는 참모진에게 수시로 전화를 걸어 "빨리 구속시키라."고 독촉을 했는데, 부인인 손 여사에게는 이 사실을 극비에 부쳤다. 물론 당자사인 현철 씨도 검찰에 출두하면서도 자신이 그날 구속될 줄을 꿈에도 몰랐다고 한다. 이 일 때문에 김 대통령과 손 여사 사이에 큰 불화가 일었다. 젊은 시절, 남편의 정치 활동 때문에 자식들을 제대로 돌보지 못한 책임감이 무겁게 남아 있던 손 여사는 대통령이 된 남편이 아들을 보호해 주지는 못할망정 오히려 구속시키는 데 앞장서자 큰 배신감을 느낀 것이다. 이 일로 손 여사는 한동안 식음을 전폐하다시피 했고, 이후에는 공식적인 자리에 모습을 드러내지 않았다.

❁ ❁ ❁

남편의 퇴임 이후, 손 여사는 틈만 나면 남편에게 현철 씨가 국회 의원에 출마할 수 있도록 도우라고 압력을 가했다. 2002년 마산 보궐선거 때도 손 여사는 "서청원 대표에게 전화해 현철이를 공천하게 해 달라고 말하라."고 김 전 대통령을 닦달했다. 김 전 대통령은 손 여사의 성화에 못 이겨 마지못해 차남의 공천을 부탁하는 전화를 걸면서도, 손 여사가 없을 때 다시 전화를 걸어 "알아서 하라."고 부탁받은 사람의 부담을 덜어 주었다. 결국 현철 씨는 낙천했다. 한 인터뷰에서 손 여사는 자식들에 대해 "잃은 만큼 얻고 얻은 만큼 잃는다는 말이 있지요. 아이들이 한참 자랄 무렵 아빠의 야당 생활이 계속되었고, 나로서는 가계를 탈 없이 꾸려 가야 한다는 책임감이 컸습니다."라면서 자식들을 제대로 돌보지 못한 모정의 안타까움을 토로했다. 이는 남편은 대통령이 되었으나 아들은 감옥에 가야 하는 한 여인의 '한'이 담긴 말인 듯싶다.

숨은 그림자로서의 고통

지금까지 50년을 함께 살아온 나의 아내 손명순은 나의 사랑하는 연인이자 정다운 벗이며 모진 고난을 함께 겪어 온 고마운 동지이기도 하다. 아내는 번잡한 나의 정치 생활에 한 번도 불평 없이 조용히 격려를 보내 주었고, 다섯 아이들의 방파제가 되어 주었다. 그녀는 우리 가족의 드러나지 않는 중심이며, 나는 그녀에게서 또 다른 어머니를 느낀다. 내 인생의 오랜 고난과 짧은 영광의 시절은 덧없이 흘러갔지만 50년의 반려와 함께 산에 오르는 기쁨을 지금도 맛볼 수 있어 나의 인생은 감사하다.

김 전 대통령은 회고록에서 이렇게 밝혔다.

손 여사는 조용하고 소극적인 퍼스트레이디로 청와대 생활 5년을 보냈다. 그녀는 얼굴의 백반증으로 고생했는데, 이 때문에 퍼스트레이디 시절 차이나 칼라의 패션 스타일을 선호하고, 얼굴 화장을 유독 짙게 해서 '가부키 화장'이라는 별명까지 얻었다. 백반증의 원인은 잘 알려지지 않았지만, 스트레스가 중요한 원인 중의 하나라는 것이 의학계의 설명이다.

손 여사는 대학 3학년 때인 20대 초반에 YS를 만나 40여 년을 정치인의 아내로 지냈다. 김영삼이라는 한 남자가 탄생하기까지 그의 성공의 절반은 손 여사의 것이라 해도 과언이 아닐 것이다. 그러나 그 성공의 절반이 성공으로 인한 빛이 아니라 성공이 있기까지의 그림자였다는 데, 한 여성으로서 손 여사의 고통과 아픔이 있다. 이화여대 약대를 수석으로 입학한 마산 재벌가의 딸이, 퍼스트레이디가 되는 대가가 너무나 컸던 것이다. 손 여사가 방광염, 백반증으로 고생했던 것도 이런 '그림자 스트레스'와 무관치 않아 보인다.

역대 아홉 명의 퍼스트레이디 중 그림자 내조를 내세운 사람은 손 여사와 전임인 김옥숙 여사 둘이다. 두 사람이 퍼스트레이디로 있던 기간은 퍼스트레이디 역할의 축소기라고 할 수 있다. 그러나 같은 '그림자 내조'라고 해도 두 퍼스트레이디의 방식은 근본부터 다르다. 김 여사는 선거 운동이나 통치 전략적 차원에서 남편 뒤로 숨었지만 6공의 안방 파워는 역대 어느 정권 못지않게 막강했다. 반면 손 여사는 안방 정치를 용납하지 않는 YS의 강한 개성과, 오랜 기간 야당 정치인의 아내로서 겪었던 정치 풍상으로 인해 스스로 뒤로 물러나는 처신을 갖게 된 것 같다. 손 여사는 또 전임 퍼스트레이디들과 달리 구설수도 거의 없이 지냈다. 청와대 직원들은 역대 퍼스트레이디들 중 손 여사가 가장 모시기 편했던 퍼스트레이디였다고 말한다.

손 여사의 해외 순방

퍼스트레이디가 단독으로 해외 순방에 나선 것은 우리나라 역대 퍼스트레이디들의 활동 중에서 하나의 '사건'이었다. 여성 관련 회의나 행사에 별 관심을 보이지 않았던 국내 언론사들은 앞 다퉈 기자단을 현지에 파견하고, 회의 기간 내내 관련 기사들이 연일 신문의 주요 지면을 장식했다.

손 여사는 1995년 9월 4일부터 15일까지 중국 북경에서 유엔 주관으로 열리는 제4차 세계여성대회에 중국 정부의 특별 초청을 받았고, 여기에 참석하기 위해 9월 3일부터 8일까지 북경을 방문했다. 손 여사는 5박 6일 동안 세계여성회의 정부 간 회의 기조연설을 비롯해 세계 문맹 퇴치의 날 개회식 축사, 강택민 국가 주석 접견, 리펑 총리 부부 주최 만찬 참석, 세종대왕상 시상 등의 일정을 소화했다.

손 여사는 힐러리 클린턴 미국 대통령 부인과 평웨이윈 중국 대표 연설에 이어 세 번째로 기조연설을 했다. 연설에서 손 여사는 "평등, 여성 발전, 그리고 화해와 평화 없이는 밝은 미래가 없다."며 "협력과 공존, 평화를 창조하기 위해 빈곤과 문맹, 폭력으로부터 벗어나야 하며 경제적, 정치적으로 힘을 키워야 한다."고 강조했다. 그리고 김영삼 정부의 여성 정책의 내용과 성과를 소개하면서 "앞으로 저개발국 여성의 교육과 인력 훈련 지원에 특별한 노력을 기울일 계획"이라고 밝혀 박수갈채를 받았다.

이날 분홍색 한복을 곱게 차려입고 연단에 올라간 손 여사는 그녀의 트레이드마크가 된 90도 인사를 해 참가자들로부터 큰 호응을 받았다. 손 여사의 북경 여성대회 참석은 우리나라에서는 보기 드물게 퍼스트레이디가 독자적인 정부 대표 자격으로 나서는 터라 더욱 관심을 모았다.

정옥순 전 의원은 "연설이 시작된 후 10분도 안 돼 동시통역 시설이 고장나 장내가 술렁였는데, 손 여사는 당황한 기색 없이 침착하게 연설을 이어나갔다."면서 수십 년 내조를 한 내공이 헛되지 않다는 걸 느꼈다고 밝혔다.

문민정부 시절 정무 2차관을 지낸 김영순 송파구청장에 따르면, 손 여사는 북경 여성대회의 참석 준비 과정을 직접 챙겼다고 한다. 김 구청장은 "손 여사는 거의 앞에 나서지 않지만 나서야 할 때는 확실하게 준비해 완벽하게 하는 분"이라고 전했다. 실제로 주최국인 중국의 리펑 총리 부부는 각국의 퍼스트레이디 가운데 시라크 프랑스 대통령 부인과 손 여사만을 초청해 단독 오찬을 베푸는 자리에서 "손 여사의 본회의 연설 내용이 좋았다."고 호평했다.

손 여사는 평소 여성계와의 교류를 비롯하여 여성 관련 문제에 특별한 관심이나 활동을 보이지 않았는데, 북경 여성대회 단독 방문은 상당히 이례적이었다. 비록 손 여사가 이후 여성계와의 교류를 지속적으로 갖지 않았던 점은 아쉬운 일로 남지만, 북경 여성대회 참석 자체만으로도 세계적 여성 이슈에 대한 국민들의 관심을 불러일으키는 역할을 톡톡히 해냈다고 볼 수 있다.

한편, 손 여사는 청와대 비서실에 여성 비서관 1급을 두었다. 최초의 여성 청와대 1급 비서관이었던 정옥순 전 의원은 "손 여사가 대통령에게 여성 문제 등을 보고할 수 있는 제도적 장치로 대통령 비서실에 여성 비서관 1급을 두게 했다."면서 "손 여사의 발언권이 없다고 하는데, 대통령이 된 이후 김 전 대통령은 손 여사의 말씀을 상당히 귀 기울여 들었다."고 전했다.

■ 손명순 여사 연보

1927 12월 6일(음), '경향고무'라는 고무신 공장을 운영하는 아버지 손상호 씨와 어머니 감덕순 씨 사이에 2남 7녀 중 장녀로 경남 김해시 진영읍 신용리에서 출생.

1949 이화여대 약대 수석으로 입학.

1951 2월 초, 중매로 김영삼 대통령(당시 서울대 철학과 4학년)이 집으로 찾아와 첫 만남. 3월 6일, 경남 마산 문창교회에서 결혼. 여름, 부산 토성동에 신접살림 차리고 대학 공부 계속함.

1952 첫째 딸, 혜영 씨 출산 및 대학교 졸업.

1959 3월 8일, 둘째 아들, 현철 씨 출산.

1982 10월 17일, 장남 은철 씨 결혼식에 손명순 여사 혼자 참석.

1993 2월 25일, 김영삼 제14대 대통령에 취임함으로써 우리나라 14대 퍼스트레이디가 됨.

1995 9월, 북경 세계여성대회 참석.

1998 2월 24일, 퇴임.

■ 김영삼 대통령 연보

1927 12월 4일(음), 경상남도 거제에서 출생.

1951 장택상 국무총리 비서.

1952 서울대학교 철학과 학사 졸업.

1954 5월 20일, 제3대 국회의원 선거(거제)에서 최연소(만 26세) 국회의원으로 당선.

1960 7월 29일, 제5대 국회의원 선거(부산 서갑구)에서 당선(2선).

1963 11월 26일, 제6대 국회의원 선거(부산 서구)에서 당선(3선).

1967 6월 8일, 제7대 국회의원 선거(부산 서구)에서 당선(4선).

1971 5월 25일, 제8대 국회의원 선거(부산 서구)에서 당선(5선).

1973 2월 27일, 제9대 국회의원 선거(부산 서동구)에서 당선(6선).

1974 8월 22일, 신민당 전당대회에서 최연소 야당 총재(만 46세)로 선출.

1978 12월 12일, 제10대 국회의원 선거(부산 동서구)에서 당선(7선).

1987 5월 1일, 통일민주당 창당, 총재에 취임. 13대 대통령 선거에 출마해 낙선.

1988 4월 26일, 제13대 국회의원 선거(부산 서구)에서 당선(8선).

1990 민주자유당 창당, 대표 최고위원.

1992 3월 24일, 제14대 국회의원 선거에서 전국구로 당선(9선).

1992 12월, 14대 대통령 선거에 출마해 당선.

1993 2월, 제14대 대통령으로 취임, 문민정부 출범.

1994 마틴루터킹센터에서 수여하는 비폭력평화상 수상.

1995 뉴욕에서 열린 국제연합 50주년 기념총회에서 연설.

1997 12월, 외환위기(통화위기)로 국제통화기금(IMF)에 구제금융 신청.

1998 2월 24일, 대통령 퇴임.

2006 원광대학교 정치학 명예박사 받음.

1996년 김영삼 대통령, 손명순 여사 부부의 가족사진. 손 여사는 퍼스트레이디 시절 차남 현철 씨의 정계 입문에 지대한 관심을 가졌으나, 한보 사건이 터지면서 아들을 감옥에 보내는 슬픔을 겪어야 했다.

집에 오는 사람을 야박하게 대해서는 안 된다는 원칙을 갖고 있던 손 여사는 가난한 살림이지만 찾아오는 모든 사람에게 따뜻한 밥과 국 한 그릇 내놓는 걸 잊지 않았다. 손 여사의 음식 솜씨는 '상도동 시래깃 국'으로 유명해졌다.(1985년)

베이징 제4회 세계여성회의장에서 한국을 대표해 기조연설을 하는 손명순 여사. 퍼스트레이디가 유엔 여성회
의에 참석한 것은 하나의 '사건'이었다. 초반 여성회의에 별 관심을 보이지 않았던 국내 언론사들은 앞 다투
어 여기자단을 현지에 파견했고, 여성회의 기간 중 관련 기사들이 연일 주요 지면을 장식했다.

1995년 베이징에서 열린 제4차 유엔 세계여성회의에 참석한 손명순 여사가
당시 리펑 중국 총리와 환담을 나누는 모습.

손명순 여사가 방한한 미 클린턴
대통령 부인 힐러리 여사와 별도
오찬모임을 갖기에 앞서 담소를 나
누며 포즈를 취하고 있다.(1996년)

1996년 칠레 방문 당시 칠레 퍼스
트레이디와 함께 공식 환영식에 참
석한 손명순 여사.

민자당 시 · 도 지부 여성부위원장 오찬 기념 사진.(1994)

사진 제공 | 국가기록원

대통령을 만든 정치적 동반자

이희호

1922년 9월 21일 ✿ 서울 수송동 출생

1962년 5월 10일 ✿ 정치인 김대중과 결혼

1998년 2월 25일~2003년 2월 24일 ✿ 15대 퍼스트레이디

> 남편의 의견을 단순히 대변하지 않는, 자신의 의견을 적극적으로
> 제시하는 한 사람의 정치인으로 이 여사를 봤다.
>
> —— 예춘호 전 국회의원

마흔한 살, 부부의 연을 맺다

1962년 5월 10일, 이희호 여사의 외삼촌인 이원순 옹의 체부동 한옥 대청. 신랑이 헐레벌떡 대문을 들어서자 곧 식이 진행되었다. 훗날 대한민국 제15대 대통령이 된 김대중과 이 여사와의 결혼식날이었다. 이 여사가 41살, 김 전 대통령이 40살 때의 일이었다.

이 여사와 정치인 김대중의 결혼은 그 자체가 사건이었다. 이 여사는 소위 앞날이 창창한 '잘나가는 여성'이었다. 미국 유학에서 돌아온 뒤 이화여대 사회사업학과 강사를 거쳐 대한 YWCA 연합회 총무로 활동하고 있었다. 반면 김 전 대통령은 정치적 낭인과 다름없었다. 첫 부인 차용애 여사와 2년 전 사별한 뒤 아들 둘과 모친, 그

리고 심장판막증을 앓고 있는 누이동생과 함께 살고 있던 빈털터리
였다.

두 사람의 상황이 너무나 극단적이다 보니 이 여사가 정치인 김
대중과 결혼한다고 했을 때 지인들은 모두 반대했다. 주변에서 결혼
을 안 하는 이유를 물을 때마다 "나는 만인의 어머니"라며 고개를
내젓던 그녀가 늦은 나이에 결혼을 결심하게 된 것이 놀랍기도 했
지만, 그 상대가 정치인 김대중이라는 것이 너무도 예상 밖이었던
것이다. 함께 일했던 YWCA 동료 중에는 울면서 결혼하지 말 것을
권유한 사람도 있었고, 걱정으로 밤새 한숨 못 잔 사람도 있었다.

서로 좋으니까 결혼했다. 그이는 책을 많이 읽어 지식이 해박한 사람
이었지만 아무것도 가진 것이 없었다. 사회적 지위도, 집도, 재산도 하나
도 없을 때 그이와 결혼한 셈이다. 그런 상태에서 어떻게 그런 사람이랑
결혼했을까? 지금 생각해 봐도 기적이라고 말할 수밖에 없다. 하느님이
정해 주신 운명 같다.

이희호 여사는 훗날 이렇게 회고했다.

파고다공원에서 청혼을 받다

이 여사와 김 전 대통령이 처음 만난 것은 1951년, 한국전쟁이 한
창이던 때였다. 이 여사는 서울대 사범대학을 졸업한 후 김정례, 박
기순, 장옥분 등과 함께 대한여성청년단 총본부를 결성하고 피난처
였던 부산에 자리를 잡았다. 이때 본부 조직국장이었던 김정례(전
민정당 전국구 의원) 씨가 둘을 소개했다. 당시 김 전 대통령은 흥국
해운 주식회사 사장으로 사업을 하고 있었고, 목포 친구의 소개로
면우회에 가입했는데 거기서 이 여사와 우연히 조우했다. 면우회는
이 여사 또래의 젊은이들이 결성한 모임으로, 이들은 한 달에 한 번
씩 만나 조국의 장래에 대해 토론을 벌였다. 이 모임을 계기로 두 사
람은 쉽게 가까워졌다. 그들은 부산 교외 감천 시골길을 걸으며 자
신의 꿈과 포부에 대해 이야기하곤 했다.

휴전 후 1954년, 이 여사는 미국 램버스 대학으로 유학을 갔다.
이곳에서 사회학을 공부하던 이 여사는 2년 뒤 스캐릿 대학으로 옮
겨 그곳에서 사회학 석사를 마쳤다. 두 사람이 다시 만나게 된 것은
1961년이었다. 1959년 우연히 길에서 만난 적은 있으나 그때는 이
여사가 다시 미국으로 건너가는 바람에 짧은 만남이었을 뿐이다.

그 사이 김 전 대통령은 정치인이 되어 있었다. 그는 이 여사가
유학을 떠났던 1954년에 민의원 선거에 처음으로 도전한 이후 세
번 연속 낙선했다. 마침내 1961년 강원도 인제에서 국회의원에 당

선되었으나 5 · 16으로 인해 국회의원 선서는커녕 오히려 감옥 생활을 겪어야 했다. 김 전 대통령이 이 여사를 만났을 때는 감옥에서 나온 지 얼마 안 된 때였다.

정치적 낭인으로 바쁠 일이 없던 김 전 대통령은 이 여사가 퇴근할 무렵이면 사무실 근처로 찾아왔다. 명동이나 종로 등을 거닐면서 두 사람은 각자의 꿈과 계획에 대해 진지하게 이야기하고 때로는 열띤 토론도 벌였다. 알게 모르게 서로 짧은 만남을 아쉬워하면서 연정의 싹을 키우던 시기였다.

그러던 어느 날 김 전 대통령이 앓아눕게 되었다. 그래서 며칠 동안 이 여사를 볼 수 없었다. 이때 그는 자신이 이 여사를 사랑하고 있다는 것을 뼈저리게 깨닫게 되었다.

집에 누워 있는 사이 나의 마음은 그녀에 대한 그리움으로 가득 차올랐습니다. 병든 내 몸을 돌보며 그녀가 따뜻한 위로의 말을 건네는 장면을 수없이 상상하곤 했습니다. 그런 그리움과 갈구 속에서 나는 그녀에 대한 감정이 바로 사랑이라는 것을 깨닫게 되었습니다. 그런 내가 자리에서 일어나자마자 다른 모든 일을 제쳐 놓고 그녀에게 달려간 것은 하나도 이상할 것이 없습니다. 수줍게 두근거리는 마음을 다잡으며 나는 조심스레 말했습니다. 당신이 너무나도 보고 싶었노라고.

— 김대중, 『내가 사랑한 여성』 중

김 전 대통령은 병상에서 일어나자마자 이 여사에게 달려가 청혼했다. 아직은 쌀쌀한 초봄인 3월, 서울 종로 파고다공원 벤치에서였다. 이 여사는 이날 김 전 대통령의 청혼을 받아들이게 된 이유를 다음과 같이 밝혔다.

다시 만나면서부터 그 사람과 결혼할 것 같은 느낌이 들었기 때문에 '네'라는 대답이 자연스럽게 나오더군요. 하느님의 사랑으로 저 사람을 붙잡아 줘야겠다는 생각이 컸어요. 두 번째는 저렇게 야심 찬 사람이니 내가 도우면 큰 지도자가 되겠다고 판단한 거지요. 그의 얘기를 들어 보면 그가 얼마나 나라와 국민을 사랑하는지 느낄 수 있었어요.

나는 '히히호호'입니다

이 여사는 1922년 9월 21일, 서울에서 부친 이용기 씨와 모친 이순이 씨의 6남 2녀 가운데 셋째(딸로서는 맏딸)로 태어났다. 아버지 이용기 씨는 세브란스 의대 출신의 의사였고, 어머니 이순이 씨는 독실한 기독교 신자였다.

어머니에 의해 모태신앙을 갖게 된 이 여사는 1936년에 미션스쿨인 이화여고에 들어갔다. 신앙이 남달랐던 이 여사는 졸업할 때 학교로부터 '종교상'을 받았는데 이때의 일이 가장 기억에 남는다고 자서전『나의 사랑 나의 조국』에서 밝히고 있다. 기숙사 생활을 함께한 수필가 이규임 씨는 어느 글에서 이 여사에 대해 "친구 중에는 이상한 냄새가 난다든지 이를 몹시 갈아 한방 쓰기를 꺼려하는 친구도 있었다. 그런 상황에서도 그녀는 묵묵히 감싸 주고 말없이 한방을 써 주었다."고 술회했다.

이화여고를 졸업하고 이화여전 문과에 입학한 이 여사는 1944년, 일제의 교육 긴급조치로 재학생 전원과 함께 이화여전 연성소 지도원 양성과를 졸업하게 되었는데 이화여전은 경성여자학교로 명칭이 바뀌게 되었다. 해방 후 집안이 어느 정도 안정을 찾은 후인 1946년 9월, 서울사범대로 학교를 옮겨 영문과로 입학했다가 2학년 때 교육학과로 옮겼다.

서울사범대 시절, 이 여사는 학생들 사이에서 무척 인기가 있었다. 여학생들뿐만 아니라 남학생들도 그녀를 누님이라고 부르며 따랐다. 신낙균 전 문화관광부 장관은 "동급생보다 약간 나이가 많은 상태에서 서울대에 입학했기 때문에 이 여사는 동급생들에게 누나 역할을 했다."고 전했다. 그녀는 자신을 소개하는 데도 재치를 발휘했다.『내가 만난 이희호(피천득 외, 명림당, 1997)』에서 강원용 목사는 "어느 대학에서 강연 후 학생들과 자기소개 시간을 가졌는데 그의 차례가 되자 '히히호호'하며 크게 웃으면서 자기 이름이 '희호'라고 소개했다."고 밝혔다.

이 여사는 다재다능한 사람이었다. 기본적으로 글쓰기와 연설에

능했고, 앙코르 요청을 받을 정도로 노래 솜씨도 좋았다. 손재주가 좋아 옷도 직접 만들어 입었으며 연극 연출과 연기에도 실력을 발휘했다.

이화여전 1학년 때 「풀리시(Foolish)」라는 연극을 했는데 내가 시나리오 쓰고, 주연하고, 연출하고 다 했어요. 그때는 기숙사 생활을 했는데 한 달에 한 번씩 생일 축하 잔치를 하기 위해 모였습니다. 연극도 하고 음식도 나눠 먹었는데 나는 항상 웃기는 역할을 담당했습니다. 그때는 그렇게 했는데 지금은 그게 안 되는군요. 아마도 미국 유학 다녀오면서 성격이 조금 변한 듯합니다.

학창 시절 자신의 활동에 대해 이 여사는 이렇게 회고했다. 서영훈 전 대한적십자 총재도 젊은 시절에 본 이 여사의 모습에 대해 다음과 같이 기록했다.

1948년 여름, 민족청년단 중앙훈련소 제2기 여성반 훈련이 우이동에서 한 달 동안 진행될 때 이 여사를 처음으로 만났습니다. 이때 훈련생들이 밤나무 밑에 가설 무대를 만들어 놓고 「이수일과 심순애」 연극 공연을 했는데 이 여사가 이수일 역을 맡았습니다. 이 여사는 뛰어난 연기력을 갖고 있었을 뿐만 아니라 그 연극의 대본까지 직접 썼어요. 활발명쾌했던 연기는 프로를 능가하는 것이어서 모두를 감탄케 했습니다.

이 여사는 리더십도 있었다. 대학 시절 호국단 부대장이 되어 800여 명의 사범대 학생들을 호령하기도 했고, 총학생회에서 사범대 대표로 활동하기도 했다. 이런 이 여사를 친구들은 '다스'라고 불렀다. 중성명사 앞에 붙는 독일어 관사를 의미하는 '다스'는 결혼보다는 사회운동에 관심이 많았던 이 여사에게 친구들이 붙여 준 기대감이 섞인 별명이었다.

이상한 것이 내가 대학교 다닐 적에 학생들 중에 나보고 정치할 사람이라고 말하는 경우가 많았습니다. 일부에서 내가 독신주의를 주장했다고 하는데, 그렇지는 않습니다. 김활란 박사를 존경한 것은 그분이 독신이어서가 아니라 우리나라 초대 여성 박사이기도 했고, 또 제가 이화여전에 다닐 때 교장선생님이셨습니다. 당시 많은 사람들이 그분을 흠모했고, 나 역시도 그분과 같은 사람이 되고 싶다는 희망을 갖고 있었지요.

부부이자 정치적 동반자로서의 삶

정치인 김대중과 결혼하면서 이 여사의 삶은 완전히 바뀌었다. 사회운동가에서 정치인의 아내로 변모한 이 여사의 일상은 이후 40여 년 이상 고난의 행군이었다. 명랑 쾌활했던 이 여사의 성격도 차분하고 조용한 성격으로 바뀌기 시작했다. 이 같은 변화에 대해 서 전 총재는 다음과 같이 기록했다.

이 여사는 중년 후에도 계속 활동을 했으면 사회적으로 크게 두각을 나타냈을 터인데 풍상을 겪는 동안 성격이 변했나 싶어 참으로 아깝고 가슴 아프게 생각합니다. 그를 좀 쌀쌀하다고 하는 이들도 있으나 그것은 이 여사가 정서적으로나 처세상 너절한 사람이 아니기 때문일 것이며, 인생의 감고풍상(甘苦風霜)과 사회의 염량세태(炎凉世態)를 겪으면서 다소 냉소적인 면이 생겼기 때문일 것이라고 생각합니다.

그래도 결혼한 후 10년 정도는 행복한 편에 속했다. 결혼한 지 9일 만에 남편이 정부 전복 혐의로 붙잡혀갔으나 1개월여 만에 돌아왔다. 결혼 이듬해에 이 여사는 막내아들 홍걸을 낳았고, 김대중 씨는 목포에 출마해 국회의원으로 당선되었다. 1967년에는 재선에 성공했으며, 1970년에는 극적으로 김영삼 씨를 물리치고 신민당 대통령 후보에 지명, 박 전 대통령과 경쟁하게 되었다. 김대중 씨가 정치인으로서 승승장구하자 결혼을 반대했던 사람들도 "이희호가 과연 사람 보는 눈은 있었다."고 이 여사의 선견지명에 놀라워하며 뒤늦게 결혼을 축하했다.

1971년 4월 17일, 대통령 선거에서 김 후보는 낙선했다. 이 여사의 본격적인 어려움은 남편이 박 전 대통령과의 선거에서 패배하면서부터 시작됐다. 선거 패배로 남편이 최고 통수권자의 최대 정적이 되었기 때문에, 이 여사 역시 가시밭길을 걸어야만 했다. 박정희 대통령은 당선되자 이듬해인 72년 10월 17일, 이른바 '10월 유신'을 단행했다. 유신으로 국내에서의 활동이 여의치 않게 되었던 김 전 대통령은 불가피하게 외국으로 나갈 수밖에 없었다. 그는 미국과 일본 등을 오가며 민주화 운동을 전개했다. 그러다 1973년 8월 8일, 도쿄의 한 호텔에서 납치당해 죽을 고비를 넘기기도 했다.

겨우 살아 귀국했으나 1976년, 3·1 민주 구국 선언사건으로 또다시 투옥돼 2년 9개월간 옥고를 치렀다. 1980년 초에 정치 활동을 재개했으나 같은 해 5월, 내란 음모죄로 사형선고를 받았다. 1982년 12월에 형집행정지로 석방되었으나, 다시 미국 망명길에 올라야 했다. 그리고 3년 만인 1985년에 귀국해 민주화추진 협의회 공동의장을 역임하고 1987년 8월, 통일민주당 상임 고문에 취임하면서 다시 정치 일선으로 돌아왔다.

박정희 군사독재에 맞서 민주화 운동을 주도한 김 전 대통령은 정부의 감시 대상 1호였고, 그에 대한 구금과 납치, 연금 등이 끊이지 않았다. 그 와중인 1971년 5월 국회의원 선거 지원 유세차 전국을 순회하던 중 그는 교통사고까지 당했고, 이 사고 후유증으로 평생 지팡이 신세를 져야 했다.

이 여사에게도 24시간 감시와 미행, 도청 등이 따라다녔다. 이 여사는 홀로 자식을 키우면서 남편 뒷바라지뿐만 아니라 같이 잡혀간 남편 비서들의 뒷바라지까지 해야 했다. 한때는 남편과 아들이 동시에 구속되는 일이 벌어지기도 했다.

김 전 대통령의 '정치적 방학'이라고 불리는 약 15년 동안 이 여사는 단순히 남편의 뒷바라지 역할에만 머무르지 않고, 남편을 대신해 적극적인 정치 활동을 펼쳤다. 남편의 상황과 한국 민주주의의 현실을 해외에 알리기 위해 직접 외신기자들을 만나고 해외 유력 인사들에게 편지를 썼다. 시위와 집회에도 직접 참여했다.

박정희 정권의 탄압으로 죽음을 넘나드는 고난을 겪으면서 김 전 대통령과 이 여사 두 사람의 관계는 부부라는 사적인 관계를 넘어 독재와 싸우는 조국의 지도자와 동지 관계로 바뀌었다. 공인으로서 이 여사의 삶이 40대 이후에 더욱 빛나는 것도 이 때문이다. 결혼 이후 겪은 풍상으로 자신만의 활달한 개성은 사라졌지만, 그 대신 김대중이라는 남자를 통해 보다 더 큰 관점에서 자신의 꿈과 이상을 실현할 수 있는 기회를 얻었기 때문이다. 이 여사는 그의 저서 『나의 사랑, 나의 조국(명림당, 1992)』에서 "일생을 그에게 아낌없이 바칠 수 있었던 것은 그가 조국을 사랑한 사람이었기 때문"이라고 밝히고 있다.

두 사람의 동교동 자택에는 김대중, 이희호라고 각각 적힌 문패가 나란히 걸려 있다. 이는 이들이 평등한 부부 관계, 서로가 서로를 평생의 반려자이자 동지로 생각하는 관계임을 상징적으로 보여 준다. 1963년 처음 동교동으로 이사했을 때는 전세라 문패를 달 수 없었는데 이듬해 은행 융자를 받아 그 집을 사게 되면서 김 전 대통령이 스스로 두 사람 이름으로 문패를 달았다. 재야 정치인 예춘호 씨는 모 언론과의 인터뷰에서 "남편의 의견을 단순히 대변하지 않는, 자신의 의견을 적극적으로 제시하는 한 사람의 정치인으로 이 여사를 봤다."며 대단한 여걸이라고 평가했다. 측근들은 "이희호 없는 김대중은 없다."고 말하면서 "김 대통령 정권 지분의 40퍼센트 이상은 이 여사의 것"이라고 이 여사의 공로를 인정했다.

40여 년의 고난 끝에 청와대에 입성하다

1985년 미국 망명에서 돌아온 후 정치 활동을 재개한 김 후보는 1987년 11월, 평화민주당을 창당하고 그 다음 달 12월, 대통령에 선거에 출마했다. 그러나 노태우 후보가 당선되고 김 후보는 낙선하고 말았다. 1991년 통합 야당인 민주당을 다시 창당하고 다음 해 1992년 12월, 또다시 대통령 선거에 도전했으나 이번에는 김영삼 후보에게 패하고 말았다. 이 일을 계기로 국회의원직을 사퇴하면서 동시에 정계 은퇴를 선언하고, 영국 케임브리지대학교로 떠났다. 그 후 1993년 7월에 귀국, 1994년 아시아 태평양 평화재단(아태평화재단)을 조직하여 이사장으로 활동했다.

1995년 7월, 김 전 대통령은 정계 복귀를 선언했다. 그리고 2년 뒤인 1997년 10월에는 그가 새정치국민회의와 김종필 총재가 이끄는 자유민주연합과 연대하는, 이른바 'DJP 연합'을 극적으로 성사시켰다. 이를 기점으로 김 후보는 대선의 승기를 잡고, 그해 12월 대통령 선거에서 10,326,275표(득표율: 40.3퍼센트)을 얻어 당시 한나라당 후보로 나선 이회창 전 총재(9,935,718표, 득표율: 38.7퍼센트)를 1.6퍼센트포인트 차로 누르고 제15대 대한민국 대통령에 당선되었다. 4수 끝에 국가 최고 통치권자가 된 것이다. 이 여사의 나이 75세 때다.

40여 년 동안의 고난 끝에 찾아온 대통령 당선 소식이었기에 이 여사는 그저 꿈같았고 감개무량했다. "대선을 네 번 치르고 들어갔기 때문에 나보다는 남편이 더욱 감격스러웠을 것이다."라고 애써 기쁨을 감췄지만, 이 여사의 기쁨과 감격은 몇 마디 말로 표현할 수 있는 것이 아니었다. 이 여사는 필자와의 인터뷰에서 평생 가장 기뻤던 순간이 대통령 당선 때와 노벨 평화상 수상 때라고 밝혔다.

김 대통령이 공식 취임하기 전, 이 여사는 손명순 여사의 초대를 받아 청와대에 갔다. 퍼스트레이디로서의 역할에 대한 전임자와 후임자 간의 사실상 인수인계의 절차였다. 그러나 전임자와 후임자 간의 이러한 전통이 아직 뿌리 내리지 않은 때라 손 여사는 이때 청와대 관저 일부만을 보여 주었다. 비록 완벽한 인수인계는 아니었지만 전임자와 후임자 간의 '아름다운 전통'이 수립되었다고 할 수 있다. 실제로 이 여사는 후일 노무현 대통령이 당선되자 권양숙 여사를 초청하여 관저 내의 모든 공간을 소개해 주었다. 그리고 비서들로

하여금 권 여사 집에까지 가서 퍼스트레이디의 활동, 특히 대외 활동에 대해 브리핑까지 하게 하는 등 적극적으로 후임자에게 노하우를 전수하는 모습을 보였다.

동교동 시절부터 검소한 것으로 유명했던 이 여사는 청와대 안주인이 되어서도 이전과 다름없이 살림을 검소하게 운영했다. 특히 당시는 IMF(국제통화기금)로부터 구제금융을 받고 있는 상황이라 이여사는 청와대 살림부터 불필요한 지출을 줄여야 한다고 생각했다. 그래서 침대를 제외하고 의자, 식기 등 대부분을 전임자가 사용하던 것 그대로 썼다. 특히 식기는 김옥숙 여사가 주문했던 식기를 손 여사에 이어 이 여사까지 사용함으로써 10년 이상의 장수를 누리게되었다. 청와대 관저 살림살이 중 이 여사가 바꾼 건 커튼 하나뿐이었다.

권력을 거부한 독립적인 퍼스트레이디

국민의 정부 시절 문화관광부 장관을 지냈던 신낙균 전 장관은 이 여사에 대해 "한결같이 남편을 존중하고, 남편이 필요로 할 때엔 아낌없이 돌보면서 남편의 고유 영역을 넘지 않은 분이었다."고 평가하면서 "문광부 장관 재직 시절 KBS 여성 언론인들이 '유리 천장'에 갇혀 진급이 어려웠는데 퍼스트레이디가 관심을 가져 줘서

길이 열리게 됐다."고 말했다. 청와대 여성 정책 비서관을 지냈던 이상덕 한국폴리텍1대학 학장은 "남녀 차별 금지법을 만들 때 추미애 의원이 성명서를 내면서까지 반대하는 등 역풍이 심했는데, 윤후정 여성특위 위원장이 이 여사에게 도움을 요청하자 이 여사가 한화갑 총재를 설득해 통과시킬 수 있었다."면서 "여성 정책이 제대로 앞으로 나가지 못할 때 이 여사는 늘 도움의 손길을 주었다."고 전했다.

이 여사의 초대 부속실장을 지냈던 김영희 전 KBS PD는 역사상 첫 1급 제2부속실장이 된 주인공이다. 제2부속실장 직급을 별정직 2급으로 하자고 논의가 모아졌는데 이 여사가 "어떻게 2급이냐, 1급을 줘야 한다."고 주장해 퍼스트레이디를 보좌하는 제2부속실장의 직급이 1급으로 격상되었다고 한다.

또한 김 전 실장은 "처음에는 이 여사가 집무할 수 있는 공간도 비서실장 방 밑의 조그마한 지하 공간에 배치돼 있었다."면서 "이 여사가 '도대체 어떻게 우리가 이 좁은 방에 다 있으란 말이냐.'고 야단을 치고 나서야 아래층 전부가 퍼스트레이디의 집무실로 자리 잡게 되었다."고 말했다. 후반기 제2부속실장을 지낸 성인숙 씨는 상사로서의 이 여사에 대해 "당신이 갖춘 것이 너무 많아서인지 권위 의식이 없으셨다."고 전했다. 성 전 실장은 "이 여사는 퍼스트레이디로서 행할 수 있는 권력을 스스로 거부한 아주 '독립적'인 분"이라고 평가하면서 "늘 '나는 내조자에 불과해요.' '나는 힘이 없어요.'라고 스스로를 낮추곤 했다."고 전했다.

아들을 감옥에 보낸 어머니의 마음

이 여사는 결혼 이듬해인 1963년 11월, 42세의 나이에 막내아들 홍걸 씨를 낳았다. 늦은 출산이었지만 그녀는 임신 중에 입덧 한 번 하지 않았다. 당시 전처의 아들인 홍일과 홍업 형제가 있었는데, 둘 다 16세와 13세로 감수성이 예민한 사춘기의 소년들이었다. 그래서 이 여사는 이들 앞에서 홍걸을 안아 주거나 귀여워하는 것도 조심했다.

홍걸 씨는 원래 말수가 없는 편이었지만 커 가면서 눈에 띄게 내성적인 성격으로 바뀌었다. 초등학교 3학년이 됐을 때부터 기관원들이 학교까지 따라다녔으며, 고2 때인 1981년에 아버지가 사형선고를 받았을 때는 경찰들이 아예 집을 지키면서 아무도 못 들어오게 했다.

2002년 초, 청와대가 발칵 뒤집혔다. 국정원의 정보 라인에 홍걸 씨와 최규선 씨의 부적절한 행적이 낱낱이 보고된 것이다. 이 여사는 홍걸 씨에게 "최규선을 만나지 말라."고 타일렀다. 그러나 홍걸 씨는 "뭐가 문제냐."며 듣지 않았다. 그리고 2002년 5월 구속됐다. 홍걸 씨 구속 이후 한 달 만에 다시 차남 홍업 씨도 구속됐다.

괴로웠습니다. 신문도 보기 싫고, 누구 만나는 것도 하고 싶지 않았어요. 둘째는 생각지도 않았는데 그 아이까지 그런 일을 당할 줄은 꿈에도 몰랐습니다. 두 아이가 그러면서 들어가니까 그때는 아무것도 손에 잡히지 않고 아무것도 하고 싶지 않았어요. 병은 안 났지만 병난 것 이상으로 마음이 괴로웠습니다.

긴 터널을 거쳐 마침내 남편을 대통령으로 만들었지만 정작 아들들은 줄줄이 감옥으로 보내야 했던 어머니로서의 심경 토로다. 김 대통령 부부는 세 아들들에게 제대로 못해 줬다는 부채 의식을 갖고 있다. 국회의원을 지낸 장남 홍일 씨는 1980년 고문당한 후유증으로 언어장애와 신체장애를 얻었으며 차남 홍업 씨는 야당 정치인의 자제라는 이유로 변변한 직업을 갖지 못했다. 그는 2007년 민주당으로부터 공천을 받아 전남 신안, 무주 보궐선거에 출마해 당선됐다. 이때 이 여사는 지역 장터를 찾아가 유권자들의 손을 일일이 잡으며 "기호 3번 김홍업 후보를 부탁한다."며 적극적으로 아들의 선거를 지원했다. 막내인 홍걸 씨는 광고 관련 사업을 하고 있다. 어느 날 전셋집에서 살던 홍걸이 "동교동으로 들어와 살겠다."고 어머니를 조르자 이 여사는 "차라리 내가 나가 살마." 하며 가슴을 쳤다고 성인숙 전 청와대 제2부속실장이 전했다.

숨겨 둔 딸 스캔들

"정말 그 아이가 남편의 딸이었다면 잘 키웠을 것이다."

2006년, 김 전 대통령의 '숨겨 둔 딸' 스캔들이 터졌을 때 이 여사가 측근에게 밝힌 말이다.

사생활 문제는 당사자들만이 알기 때문에 당사자가 밝히지 않는한 사실 여부를 알 수 없다. 그러나 이 사건에서 주목할 것은 이 여사의 의연하고 넉넉한 태도이다. 이 여사는 "전처소생의 두 아들도 키웠는데, 만일 그 아이가 진짜 남편의 아이라면 안 키웠을 이유가 없다."는 태도를 보였다. 미국 최초의 여성 대통령을 꿈꾸고 있는 힐러리 클린턴 미 상원의원이 대통령 남편의 '부적절한 관계' 논란 때 보여 주었던 대범한 태도에 비견되는 대목이다.

예의 그 '숨겨 둔 딸'의 어머니는 알려진 바와 달리 김 전 대통령의 국회의원 시절 여비서가 아니라 요정 출신의 모 여인이라고 한다. 이 여성은 얼마 후 재일교포와 결혼해 일본으로 갔는데, 몇 년후 갑자기 김 전 대통령 앞에 딸을 대동하고 나타나 "이 애가 당신 딸이오." 하며 괴롭히기 시작했다고 한다. 김 전 대통령은 일찌감치 '요정정치' 시절 맺게 된 이 여성과의 인연을 이 여사에게 털어놨다고 한다. 2006년 3월, 숨겨 둔 딸로 지목된 여성은 문화일보와의 인터뷰에서 "나는 김대중 전 대통령의 딸이 아니다."라고 밝혔다. 덧붙여 그는 박정희 정권 당시 고위층 인사를 지목하면서, "(그가 자신을 DJ의 딸이라 하라고)엄마에게 시켰다고 생각한다."고 말했다.

소외된 사람들의 눈과 귀가 되다

여성과 장애인 등 우리 사회에서 소외된 사람들의 권익 신장을 위해 평생 일해 온 이 여사는 퍼스트레이디가 되자 이와 관련된 활동에 적극적으로 관심을 보이기 시작했다. 박영숙 한국여성재단이사장(현)과 김성재 교수가 나섰다. 결식아동을 돕기 위한 단체를 만들기로 한 것이다. 그러나 단체의 골격을 만드는 과정에서 두 사람 사이에 이견이 발생했다. 김 교수는 대학생들까지 모두 참여하는 단체를 구성하기를 원했고, 박 이사장은 결식아동을 돕는 일만 해야 한다고 주장했다. 이 여사는 박 이사장의 손을 들어 주었다. 그리고 일의 이름과 틀을 김 교수가 짜도록 하고, 일의 내용을 박 이사장이 만드는 것으로 역할 분담을 했다. 1998년에 결식아동을 돕는 사단법인 '사랑의 친구들'이 발족하게 되었고 이 여사는 이 법인의 명예회장을 맡았다. 사랑의 친구들은 2001년까지 수십 억 원의 후원금을 모았다.

사랑의 친구들이 어느 정도 자리를 잡아 가자 이 여사는 여성 관련 재단을 만드는 데 관심을 기울이기 시작했다. 그래서 강원용 목사를 불러 퍼스트레이디가 여성들을 위한 재단을 만드는 것이 타당한지, 정치적으로 문제가 없는지 등에 대해 의논했다. 강 목사가 재단 설립에 대해 긍정적 반응을 보이자 이 여사는 윤후정 박사, 이계경 당시 여성신문사장 등 당시 여성계 인사 10여 명을 모아 토론을 벌였고, 정파성과 이념을 뛰어넘는 단체를 만드는 데 의견 일치를 보았다. 이후 약 120개 이상의 여성 단체가 뭉쳐 모금을 하고 간담회를 진행하면서 추진위원회를 구성했다. 이런 과정을 거쳐 1999년 한국여성재단이 탄생했고, 이 여사는 이 재단의 명예 고문으로 지금까지 활동하고 있다. 이 여사는 "여성의 지위 향상과 소외된 계층을 위해 도움이 되는 일을 하고 싶다고 생각했지만 이런 활동들이 모두 예산이 따르는 일이기 때문에 쉽지는 않았다."고 회고했다.

사랑의 친구들과 한국여성재단 설립 외에도 이 여사의 두드러진 업적은 퍼스트레이디의 단독 해외 순방 영역을 개척한 점이다.

제일 처음으로 간 게 일본이었는데, 1998년 4월에 일본 아오야마가쿠인(靑山學院) 대학교 명예 교육학 박사 학위를 받으러 갔어요. 일본은 이후에 『내일을 위한 기도』 일본어판 출판회때 한 번 더 갔습니다. 중국도 출판회 때문에 갔습니다. 미국은 2000년에 두 번 갔는데 한 번은 제1회 미국 남가주대학교 국제사회복지상 수상으로 갔고, 또 한 번은 미국 의회 국가조찬기도회 인터내셔널 디플로매틱 런천 주요 연사로 참석하느라 갔네요.

전임 손명순 여사가 단독으로 북경 여성대회에 참석한 적이 있지만 단발성으로 끝났다면, 이 여사는 청와대에 있는 5년 동안 총 다섯 차례, 2001년을 제외하고 매년 1회 이상 단독 해외 방문을 했다. 특히 2002년 5월에는 역대 퍼스트레이디 중 최초로 김 대통령을 대신해 유엔 아동특별총회에 참석, 의장국으로서 임시 회의를 주재하고 기조연설을 하는 기록을 남기기도 했다. 또 여성으로서는 처음으로 미국 워싱턴DC에서 의회조찬기도회에 참석해 연설을 했다. 퍼스트레이디로서는 처음으로 대통령과 함께 북한을 방문하기도 했다.

개인적으로 이 여사가 퍼스트레이디 재임 시절 중 가장 보람 있었던 일로 꼽는 것은 소록도에 자원 봉사자를 위한 숙소를 만드는 데 도움을 준 일이다. 이 여사는 역대 퍼스트레이디로는 처음으로 소록도를 방문했다. 이 여사는 이후 불편한 몸에도 불구하고 소록도를 또 다시 찾았는데, 퍼스트레이디의 연이은 방문을 계기로 소록도에는 자원 봉사자들을 위한 숙소가 마련되었다. 이 여사는 또 경호실에서 반대했음에도 소년원 재소자들과 이들의 부모를 청와대로 초청해 격려하는 자리를 마련했는데, 이 같은 퍼스트레이디의 관심은 소년원이 영어와 컴퓨터 등의 특수 교육을 하는 정보 특화 학교로 탈바꿈하는 데 크게 기여했다.

하고 싶은 것을 제대로 못 했습니다. 우선 청와대에 있는 동안 나 자신에 대한 기록을 일지 형식으로 남겼으면 좋았을 텐데 그렇게 하지 못했고, 각계각층의 여성들을 좀 더 적극적으로 만나 그들의 이야기, 특히 애로 사항을 듣고 해결 및 개선할 수 있는 부분들을 좀 더 광범위하게 했으면 좋았을 텐데 그렇게 하지 못했습니다.

퍼스트레이디 재임 기간 동안 활발했던 활동에도 불구하고 이 여사는 "제대로 하고 싶은 것을 다 못했다."면서 겸손해 한다. 이 여사는 또 역대 퍼스트레이디들 중 가장 고령의 나이(76세)에 청와대 안주인이 되었는데, 만일 이 여사가 10년만 젊은 나이에 우리나라의 퍼스트레이디가 되었다면 한국 퍼스트레이디사의 지도가 바뀌었을 것이라는 아쉬움이 남는다.

옷 로비 사건에 좌절된 엘리너 프로젝트

국민의 정부가 IMF를 극복하고 점차 안정기에 접어드는 2000년부터 청와대 일부 참모진을 중심으로 소위 '엘리너 프로젝트'가 추진되었다. 미국의 가장 존경받는 퍼스트레이디인 엘리너 루스벨트 여사처럼 우리나라도 이 여사의 활동을 기반으로 퍼스트레이디의 바람직한 역할 모델을 적극적으로 만들어 보자는 취지였다. 당시 여성 정책 비서관이었던 이승희 민주당 의원이 실무에 나섰으며 박영숙 여성재단 이사장 등이 외곽에서 지원을 했다. 그러나 엘리너 프로젝트를 둘러싸고 청와대 안에서 찬반론이 갈리기 시작했다. 일부 수석 비서실에서는 임기 후반기에 새로 시작해야 하는 이 프로젝트에 대해 우려를 표명하기 시작했는데, 때마침 터진 옷 로비 사건의 여파로 엘리너 프로젝트는 중단될 수밖에 없었다.

이승희 의원은 "퍼스트레이디 연구를 해 보면 퍼스트레이디만이 할 수 있고, 바로잡을 수 있는 고유의 역할이 있는 것을 알 수 있다." 면서 "이 여사는 나름대로 사고와 커리어가 앞서가는 분이기 때문에 만약 이 여사가 제대로 뜻을 폈으면 여성에 대한 사회 인식이 지금보다 훨씬 빨리, 많이 바뀌었을 것"이라며 아쉬움을 토했다. 사랑의 친구들과 여성재단 설립에 깊숙이 관여했던 박 여성재단이사장도 "미국의 엘리너 루스벨트 여사처럼 한국의 모범적인 퍼스트레이디상을 정립할 수 있는 분이었는데, 안타까웠다."면서 "청와대 전체가 나서서 잘하면 보통이고, 못하면 마이너스라는 논리로 이 여사의 활동 영역 확장을 막았다."면서 아쉬워했다.

❖ ❖ ❖

1999년 5월, 평소에 백화점조차도 잘 가지 않는 이 여사를 둘러싸고 옷 로비 사건이 터졌다. 때맞춰 야당 국회의원들은 이 여사가 고가 옷을 입고 다니는 등 사치가 극에 달한다며 이 여사의 옷들이 언제 누구한테 어떻게 받은 것인지 밝히라고 정치 공세에 나섰다.

그때 이신범 의원이 내가 크리스찬 디오르 옷을 입고 다닌다고 했는데, 난 도대체 그런 옷을 입은 기억이 없었어요. 옷장 문을 열고 있는 옷을 모두 다 살펴봤는데, 제 옷 중 단추만 'CD' 이니셜로 된 것이 딱 한 벌 있더군요. 그것도 좋아하지 않는 옷이라 지하에다 걸어 놓고 있던 것인데…….

그러나 이 여사는 당시 쏟아진 의혹들에 대해 일체 대응하지 않았다. 측근들 중에는 옷을 증거물로 내보여야 한다고 주장하는 사람도 있었지만 이 여사는 그 건의를 받아들이지 않았다. 이 여사는 그 이유에 대해 이렇게 말했다.

사실이 아닌 것에 대해 대응하기 싫었어요. 한번 대응하기 시작하면 계속 말이 나오기도 하고. 그리고 진실은 언젠가는 다 알려지게 되거든요. 그 사건도 결국 실제가 아닌 것으로 밝혀졌잖아요.

성인숙 전 청와대 제2부속실장은 이 여사의 문제 해결 방식에 대해 "옷 로비 사건은 이 여사가 적극적으로 대응했더라면 그렇게 비화되지 않았을 사건인데, 아마 무대응이 체질화된 분 같다."고 해석했다.

이 여사는 대통령의 단임 임기가 시작된 1980년 이후 퍼스트레이디들 중 가장 훌륭한 퍼스트레이디로 꼽힌다. 필자의 논문(조은희, 「한국의 대통령 부인 평가에 관한 연구」, 2006년 11월 한국정책학회 동계학술대회)에 따르면, 유형별 분류에서 이 여사는 '뚜렷한 업적형' 퍼스트레이디에 속한다. 이 여사는 대한민국의 퍼스트레이디로서 젠더 이슈를 직접 제기하고, 그것을 움직여 나간 첫 퍼스트레이디라고 할 수 있다. 국민의 정부에서는 여성운동가 출신 대통령 퍼스트레이디라는 존재 그 자체만으로도 여성 관련 문제들이 쉽게 풀렸다.

이 여사는 또 재임 중 처음으로 북한을 공식 방문한 퍼스트레이디이기도 하다. 또 역대 퍼스트레이디 중 가장 고학력의 대통령 퍼스트레이디로, 퇴임 후에도 재임 중 만들었던 퍼스트레이디 사업인 '사랑의 친구들' 과 '한국여성재단' 의 명예 총재와 명예 고문 등 다양한 분야의 명예직을 맡아 활발히 활동하고 있는 최초의 퍼스트레이디이기도 하다.

이희호 여사의 옥중편지

1980년 내란 음모 혐의로 김 대통령이 사형선고를 받고 언제 형이 집행될지 모르는 절망스러운 상황에서, 이 여사는 하루도 빠지지 않고 옥중의 남편에게 편지를 보냈다. 남편이 언제 사형당할지 모르는 상황에서 여인의 몸으로 가장의 역할과 남편의 구명 운동에 나서는 등 운동가로서의 역할을 동시에 한다는 것은 결코 쉬운 일이 아니었다. 이때 이 여사의 건강은 극도로 악화됐다. 영양부족과 과로로 무릎과 발이 부었으며 손가락이 구부러지고 손목도 아파 오는 등, 평생 이 여사의 지병이 된 루머티스성 관절염을 앓았다.

이 여사가 영어의 몸이 된 남편에게 처음 쓴 편지는 1980년 11월 21일, 대법원 최종 판결을 목전에 두고 있던 때였다. 남편을 격려하기 위해 시작한 편지지만 간절한 기도들이 이어지고 있는 그 편지들을 통해서 이 여사와 김 대통령은 오히려 신의 은총에 감사하는 용기와 감동을 맛보게 된다. 그들에게 이 편지들은 서로의 미래뿐만 아니라 대한민국의 내일을 위한 기도였기 때문이다.

편지에서는 남편의 용기를 잃지 않게 하는 격려와 가족 소식, 아들들의 상태 등 사적 이야기에서부터 국내외의 정세를 비롯하여 철학적 신학적 논쟁까지 담겨 있다. 이 여사는 면회를 갈 때마다 남편이 요구한 책 외에 자신이 직접 고른 서적 한두 권을 꼭 챙겨서 갔다. 1980년 11월 21일에서 1981년 12월 31일까지 이 여사가 쓴 편지는 어려움을 겪고 있는 많은 이들이 용기와 희망을 갖게 하는 데 도움이 되었으면 하는 뜻에서, 17년 후인 1998년에 『내일을 위한 기도』(여성신문사)라는 책으로 출판되었다.

1981년 12월 24일

존경하는 당신에게

오늘 당신의 몸이 그토록 좋지 않은 것을 알고 괴로운 심정으로 돌아왔습니다. 정녕 기쁜 성탄의 종소리, 자유의 종소리가 수많은 불행한 이들에게도 들려오기를 기다렸으나 많은 사람들, 기다림에 지친 사람들이 오늘을 기쁘게 넘길 수 없는 것을 생각하니 가슴 아픕니다. 면회 시 말씀드린 대로 광주 사태 일곱 명과 박정훈, 김수홍 기자 등 여덟 명만이 자유의 몸이 된다는 보도입니다. 목마르게 기다린 가족들이 너무 큰 실망에 빠져들어간 것을 생각하면 가없기 짝이 없습니다.

오늘 차입한 책은 『해방신학』과 『노을진 들녘』(박경리 저)입니다. 박경리 씨 책은 홍걸이가 당신께 드리는 크리스마스 선물입니다.

예수께서 탄생하시던 그 시대의 사회적, 정치적 배경은 말할 수 없이 어려운 환난의 시기였으며 그야말로 암흑시대였으나 예수님은 이 같은 벽을 뚫고 삶과 희망을 가지고 오셨습니다. 예수님은 솔로몬의 아들 다윗의 자손으로 솔로몬은 그 어머니와 아버지가 떳떳한 관계로 맺어진 사이가 아니었으니 예수님의 족보 또한 치욕적인 것이었습니다. 참으로 천하고 낮은 자리, 그 모든 것은 겸손을 상징해 줍니다. 그래서 제자의 발을 씻기기까지 하셨는데 오늘의 성직자나 높은 지위에 있는 분들은 거의가 섬김만을 받으려 하는 태도를 취하므로 오늘의 세상은 벌 받을 사람으로 가득 차 있는 것 같습니다. 오늘 번화

하고 화려한 축제 무드 속에서도 하느님을, 이 세상에 오신 주님을 만날 수 있다고 생각합니다.

홍일의 가족은 성당에, 홍업이는 친구들과 밖으로, 홍걸이는 교회로 철야하며 성탄 행사에 참석하러 나가고, 나는 조용히 집에 혼자 앉아 이 글을 씁니다. 그리고 조용한 가운데서 나라와 민족을 위하여 가장 불행한 처지에서 신음하는 많은 주 안의 형제들 위해, 우리 위해 기도하고 수고하는 분들 위해, 교회를 위해, 그리고 당신을 위해, 우리 가족 전부를 위해, 진실된 마음으로 기도를 드립니다. 특히 당신의 건강이 그 어려운 생활을 이겨 낼 수 있도록 치유되시기를 빌고 빕니다.

— 이희호, 『내일을 위한 기도』 중

■ 이희호 여사 연보

1922 9월 21일, 서울 수송동에서 아버지 이용기 씨와
모친 이순이 씨 사이에서 6남 2녀의 맏딸(위로 오
빠 셋)로 태어남.

1942 이화여고 졸업. 이화여전 문과 입학.

1944 충남 삽교공립초등학교 부설 여자청년양성소 지도
원으로 1년 동안 활동.

1950 서울대학교 사범대학 교육과 졸업.

1952~53 여성문제연구원 발기 및 간사.

1954~56 미국 램버스 대학교에서 사회학 공부.

1958 미국 스카릿 대학교 대학원 사회학과 졸업(석사).

1958·63·65 이화여자대학교 사회사업과 강사.

1959 대한 YWCA연합회 총무 맡아 1962년까지 활동.

1961 한국여성단체협의회 이사직 맡아 1970년까지 활
동.

1962 5월 10일, 이원순 옹의 체부동 한옥에서 김대중
대통령과 결혼.

1963 11월 12일, 3남 중 막내아들 김홍걸 씨 출산.

1964 사단법인 여성문제연구회 회장으로 1970년까지
활동 / 대한 YWCA연합회 상임위원으로 1982년
까지 활동.

1968 범태평양 동남아시아 여성연합회 한국지회 부회장
맡아 1972년까지 활동.

1993 더불어선교회 이사장 맡아 1998년까지 활동.

1994 아태평화재단 이사로 1997년까지 활동.

1996 중국 천진대학교 명예교수.

1997 6월, 미국 콜레지 대학교에서 명예 종교교육학 박
사학위 받음.

1998 2월, '무궁화 대훈장' 수훈 / 2월 25일, 김대중이
제15대 대통령으로 취임함으로써 대한민국 8번째
퍼스트레이디 됨 / 4월, 일본 아오야마가쿠인 대
학교(靑山學院大學校) 명예 교육학 박사학위 받음
/ 5월, 이화여자대학교 명예 철학 박사학위 받음.
/ 사단법인 '사랑의 친구들' 명예총재 되어 2002
년까지 활동.

2000 한국여성재단 명예추진위원장으로 2002년까지
활동 / 1월, 미국 남가주대학교 '국제사회복지상'
수상 / 9월, 미국 드류대학 명예 인문학 박사학위
받음 / 10월, 서울대학교 '자랑스런 서울대인상'
수상.

2001 펄벅 인터내셔널 '2000 올해의 여성상' 수상.

2002 3월~11월, '최규선 게이트'로 3남 김홍걸 씨가
뇌물혐의로 소환되고 11월 11일, 징역 2년에 집
행유예 3년 및 추징금 2억원 선고 받음 / 5월, 미
국 스카릿베넷센터 '평화와 정의를 위한 탁월한
지도자상' 및 미국 밴더빌트 대학교 '도덕적 인권
지도자상' 수상.

1999~2000 국제백신연구소 한국후원회 명예회장 / 한
국 사랑의 집짓기 운동연합회 명예이사장 / 대한
암협회 명예회장 / 한국방문의 해 추진위원회 명
예위원장.

2001~2002 세종문화회관후원회 명예총재 / 재외동포교
육진행재단 명예이사장

현재 사단법인 '사랑의 친구' 고문. / 외환은행 '나눔의
재단' 이사. / '김대중 평화센터' 고문.

■ 김대중 대통령 연보

1924   1월 6일, 전남 신안군 하의면 후광리에서 아버지 김운식 씨와 어머니 장수금 씨의 둘째 아들로 출생.

1933   4월, 하의국민학교 입학.

1944   3월, 목포상업학교 졸업과 함께 목포상선회사에 취업. 청년 사업가로 활동 .

1946   4월 9일, 차용애 여사와 결혼, 두 아들을 둠.

1948   10월, 목포일보 사장으로 1950년 10월까지 활동.

1950   9월, 공산군에 체포되어 목포형무소에서 총살 직전에 탈출(첫 번째 죽을 고비).

1951   3월, 목포해운회사(흥국해운) 사장에 취임.

1961   5월 13일, 강원도 인제에서 5대 민의원 보궐선거 출마, 당선. 4번째 도전에 성공하였으나 5.16 쿠데타로 국회의원 선서조차 하지 못함.

1962   5월, 이희호 여사와 재혼. 슬하에 홍걸 / 7월, '이주당 반혁명 사건'으로 구속.

1963   7월, 민주당 재건에 참여, 대변인 / 11월, 6대 국회의원 선거, 목포에 출마 당선, 민주당 대변인.

1967   2월, 통합야당 신민당 창당. 신민당 정무위원, 대변인 / 6월, 7대 국회의원 선거(목포)에서 당선.

1970   9월 29일, 신민당 전당대회 후보 경선에서 7대 대통령 후보로 선출됨.

1971   4월 27일, 7대 대통령 선거에서 낙선 / 5월 24일, 8대 국회의원 선거 신민당 후보 지원 유세차 지방순회 중 무안에서 의문의 교통사고(두 번째 죽을 고비) / 5월 25일, 8대 국회의원 전국구 당선.

1972   10월 13일, 신병치료차 일본 체류 중, 유신 계엄선포로 망명생활 시작.

1973   8월 8일, '동경납치 살해미수 사건' 발생. 일본 그랜드 호텔에서 납치당해 수장될 위기에서 극적 생환(세 번째 죽을 고비) / 8월 13일, 납치된 후 동교동 자택에 귀환. 가택연금과 정치활동 금지 당함.

1974   11월 27일, 가택연금 속에서 재야 반유신 투쟁의 결집체인 '민주회복국민회의'에 참여.

1975   선거법 위반 혐의(63년 대통령 선거 관련)로 1년 형 선고.

1976   3월 1일, 재야민주지도자들과 함께 '명동 3.1 민주 구국선언' 주도. 긴급조치 9호 위반으로 구속되어 1심에서 징역 8년 선고.

1978   12월 27일, 옥고 2년 9개월만에 형집행정지로 가석방된 후 장기 가택연금.

1979   4월 4일, '민주주의와 민족통일을 위한 국민연합' 결성 주도 / 12월 8일, 10.26 사태로 긴급조치 9호가 해제되고 자택연금에서 해제.

1980   2월 29일, 사면 및 복권 / 5월 17일, 동교동 자택에서 체포, 구속, 고문. 조작 수사 비상계엄 전국 확대, 광주 민주화 운동 발발 / 9월 17일, 군사재판에서 사형선고(네 번째 죽을 고비).

1982   12월 23일, 형집행정지로 미국 망명.

1983   5월 16일, 미국 에모리 대학에서 명예 법학박사.

1985   2월 8일, 귀국 후 가택연금. 2.12 총선에서 신민당 돌풍의 중심 역할 / 3월 18일, 김영삼 씨와 야권통합을 합의하고 민추협 공동의장직을 수락.

1987   4월 8일, 김영삼 씨와 신당 창당 선언 / 11월 12일, 평화민주당 창당대회에서 총재 겸 13대 대통령 후보로 선출 / 12월 16일, 13대 대통령 선거에서 낙선, 노태우 당선.

1988   4월 26일, 13대 국회의원 선거 전국구 당선(사상 최초로 여소야대 국회, 평민당 제1야당).

1990   1월 23일, 노태우–김영삼–김종필 3당 야합 반대 투쟁 시작 / 7월 27일, 평민당 전당대회에서 김대중 총재 재선출 / 10월 8일, '지자제 실시, 내각제 포기, 보안사 해체' 등을 요구하며 13일간 단식투쟁. 신촌 세브란스 병원 후송.

1991   4월 9일, 평민당, 이우정 씨 등 재야 및 구 야권 출신 영입, 신민주연합당으로 재출범 / 9월 10일, 이기택 민주당 총재와 신민당–민주당 통합 선언.

1992   3월 24일, 14대 국회의원 선거 전국구 당선 / 5월 25일, 민주당 전당대회에서 14대 대통령 후보로 지명 / 12월 18일, 14대 대통령 선거에서 낙선, 김영삼 후보 당선 / 12월 19일, 정계은퇴 선언.

1993   1월 26일, 영국으로 출국, 케임브리지 객원교수로 연구활동 시작. 동년 7월에 귀국.

1995   7월, 정계복귀 선언 / 9월, 새정치국민회의 창당.

1997   5월, 국민회의 제15대 대통령 후보 / 10월, 김종필 자민련 총재와 후보 단일화에 합의 / 12월, 이회창 후보, 이인제 후보와 대결, 제15대 대한민국 대통령에 당선.

1998   2월 25일, 대한민국 15대 대통령 취임 / UN 인권협회 인권상 수상.

2000   1월, 새천년민주당 총재 / 6월, 분단 55년만에 남북정상회담. 남북공동선언 발표 / 12월, 노벨평화상 수상.

2002   2월 24일, 제15대 대통령 퇴임.

2003   11월 3일, 연세대학교 김대중도서관 개관.

2004   1월 29일, '김대중내란음모사건' 재심판결에서 무죄 선고.

중학생 시절에 학교 놀이터에서 친구들과
함께 찍은 사진(1939)

젊은 시절의 이희호 여사

이희호 여사와 김대중 대
통령의 결혼식. 결혼식은
1962년 5월 10일, 이희호
여사의 외삼촌, 이원순 옹
의 채부동 한옥 대청에서
치렀다. 결혼식 후 지인들
과 기념 촬영.

김대중 대통령과 이희호 여사의 결혼 초기 가족
사진. 오른쪽이 장남 김홍일 씨, 안고 있는 아이
가 3남 김홍걸 씨다.

출옥 직후 기자회견에서
(1978년 12월 27일)

1985년 2월, 미국 망명 후 다시 한국으로
귀국하는 김대중 대통령을 위해 '자유 민
주 정의'라는 주제의 대강연회가 열렸다.
연설하고 있는 이희호 여사.

3·1 민주구국선언으로 김대중 대통령이 옥고
를 치르자 이희호 여사가 김대중 대통령 석방
운동에 나섰다.

김대중 대통령 취임식(1998). 김대중 대통령은 4수 끝에 대한민국 최고 통치권자가 되었다. 당시 이 여사의 나이는 76세로 역대 최고령의 퍼스트레이디가 되었다.

분단 이후 처음으로 이뤄진 남북정상회담(2000년 6월 13~15일)이 평양에서 열렸다. 목란관 만찬에 참석한 이희호 여사가 김정일 국방위원장과 축배를 들고 있다.

환하게 웃고 있는 이희호 여사.

재임 시절, 청와대 수궁터를 산책하다 벤치에 앉아 담소를 나누는 이희호 여사와 김대중 대통령.

김대중 대통령과 이희호 여사를 비롯해 아들 내외와 손자, 손녀가 모두 한복을 차려입은 가족사진.

'사랑의 친구들' 바자회 행사에
참석한 이희호 여사.

대통령 퇴임 후 안착한 동교동 자택에 예나 다름없이 나란히 붙어
있는 '김대중 이희호' 부부 문패. "이희호 없는 김대중은 없다."는
말이 나올 정도로 평생 민주화를 향한 역경을 함께 해온 '동지'의
표시이자 '평등 부부'의 상징적 증거다.

사진 제공 | 김대중도서관, 여성신문사

퍼스트레이디의 활약을 기대하며

　퍼스트레이디의 역할에 대한 관심은 이전에는 그리 크지 않았다. 부작용을 우려해 그저 대통령이 하는 일에 끼어들지 않고, 내조자의 본분을 지키며, 의례적인 공식 행사에 모습을 드러내는 것으로 족하다고 여기는 생각이 지배적이었다. 그러나 시대가 변하면서 영부인에 대한 관심도 달라지기 시작했다. 1997년 대선 때부터 그 역할에 대한 관심이 높아졌고, 2002년 대선에서는 '퍼스트레이디의 역할'에 대한 사회적 논의가 활성화되어, 사상 처음으로 여성 단체 주관으로 '대선 후보자 부인 초청 토론회'가 열렸다. 2007년 12월 대선에서는 한걸음 더 나아가, 영부인 후보의 자질까지 검증하는 장이 마련될 것으로 보인다.

　여성 지위 향상과 국민 경선제 도입이라는 대선 후보 선정 방식의 변화 등은 대통령 후보 배우자의 역할 비중을 점점 더 높이고 있다. 한 조사에 의하면, 2007년 대선에서 후보를 뽑을 때 후보 배우자도 고려하겠다는 응답률이 50%를 넘은 것으로 드러났다. 후보 못지않은 빠듯한 일정과, 표심을 잡기 위한 이들이 주도적 활동은 이제 단순한 내조자의 영역을 넘어서 대통령 후보의 '정치적 동지'이자 '대권 동업자'로까지 여겨지게 한다.

바람직한 영부인의 역할은 무엇인가? 여성계를 중심으로 퍼스트레이디 후보들도 앞으로 배우자가 대통령으로 당선된다면 국가와 사회를 위해 '어떤 일을 할 것'이라는 비전을 제시할 수 있어야 하고, 국민들은 과연 이들이 직무를 잘 수행할 인품과 역량을 갖추었는지 공개적으로 검증하는 절차가 마련되어야 한다는 여론이 높다. 특히 이번 2007년 대선에는 유례없이 많은 여성 후보들이 출사표를 던졌는데, 앞으로 기혼자인 여성 후보가 당선될 경우를 대비해, 퍼스트 젠틀맨(First Gentleman, 영부군) 후보에 대해서도 바람직한 역할과 자질에 대한 사회적 합의가 마련되어야 할 것이라는 지적도 나오고 있다.

전직 퍼스트레이디가 대선에 나선 미국이나 아르헨티나에서는 '퍼스트레이디'라는 직책이 대선 출마까지 가능하게 하는 중요한 경력이 되고 있음을 보여준다. 미국의 민주당 대선 후보 경선에 나선 힐러리 클린턴 상원의원은 전직 대통령인 빌 클린턴의 부인이고, 아르헨티나의 페론 당 주자인 크리스티나 페르난데스는 현 대통령

네스토르 키르치네르의 부인이다. 우리나라에서도 어머니를 대신해 퍼스트레이디 역할을 했던 박근혜 전 한나라당 대표가 한나라당 대선 후보 경선에 나서게 된 것도 이런 세계적 조류와 무관하지 않다.

전문가들을 대상으로 한 필자의 조사에 의하면 우리나라에서 가장 바람직한 대통령 배우자감으로는 '정치에 관여하지 않고 사회봉사에 헌신하는 유형'인 것으로 나타났다. 특기할 만한 점은 '현모양처형'에 대한 선호도(7.2%)에 비해, '전문적인 자기 영역을 갖는 적극적 스타일'(21.6%)이나 '대통령의 정치 및 국정 운영의 동반자형'(15.4%)에 대한 선호도가 훨씬 높아졌다는 점이다. 이 같은 조사결과는 대다수가 '현모양처형' 퍼스트레이디를 원했던 과거와 달리 이제는 힐러리 클린턴이나, 이희호 여사 같은 스타일에 대한 호감도가 점차 높아지고 있음을 보여 준다. 그러나 아직도 '독립적으로 정치활동을 하는 형'에 대한 선호도는 전무한 것을 보면, 퍼스트레이디의 역할에 대한 국민들의 수용 범위에는 여전히 한계가 있는 것으로 보인다. 영부인이라는 직책은 선출되거나 임명된 공직이 아니기 때문이다.

17대 대선이 몇 달 앞으로 다가왔다. 이 책의 출간을 계기를 바람직한 퍼스트레이디의 역할에 대한 고민과 예산지원 등 이에 따른 제도적 정비에 대한 논의가 활발해지기를 기대한다.

감사의 말씀

2006년 5월부터 약 1년 2개월여 동안 이 책을 쓰기 위한 자료를 수집하면서 많은 분들로부터 큰 도움을 받았다.

우선 인터뷰 요청에 응해 주시고 자료 제공을 비롯하여 원고의 사실 확인까지 해 주신 이희호 여사를 비롯한 역대 영부인들과 그들의 가족, 또 영부인을 보좌했던 전직 청와대 보좌진들에게 깊은 감사를 드린다. 필자가 운영하는 '양성평등실현연합 여성정책 연구소'와 여성신문이 공동 주최한 '내가 본 영부인' 좌담회에 참석해 주시거나 개인적인 취재에 응해 주신 이인수 박사, 조혜자 여사(이상 프란체스카 여사 편), 양은선 여사, 윤상구 한국 내셔널트러스트 문화유산위원회 위원장, 이은주 전 청와대 행정관, 이정옥 여사, 이현숙 대한적십자사 부총재(이상 공덕귀 여사 편) 강영숙 예지원장,

김두영 전 청와대 제2부속실 행정관, 신정하《새빛》전 발행인, 정재훈 전 청와대 제2부속실 행정관(이상 육영수 여사 편)께도 고마움을 전한다.

아울러 신두순 전 청와대 의전 비서관(홍기 여사 편) 김동연 전 청와대 제2부속실장, 민정기 전 청와대 비서관, 박춘서 새세대심장재단 이사장, 송춘석 전두환 전 대통령 비서관, 신동식 전《서울신문》논설위원, 이기옥 한양대 행정대학 명예교수, 이은화 전 이화여대 교수, 장명수《한국일보》이사(이상 이순자 여사 편) 문동후 전 청와대 제2 부속실장, 문동휘 노태우 전 대통령 비서관(이상 김옥숙 여사 편) 김기수 김영삼 전 대통령 비서실장, 김영순 송파구청장, 김용태 전 청와대 비서실장, 정병국 한나라당 의원, 정옥순 전 의원, 황산성 변호사(이상 손명순 여사 편) 김영희 전 청와대 제2부속실장, 김중권 전 청와대 비서실장, 박영숙 여성재단 이사장, 성인숙 전 청와대 제2부속실장, 신낙균 전 문화관광부 장관, 이상덕 한국폴리텍학장, 이승희 민주당 의원, 윤철구 전 퍼스트레이디 비서관, 최경환 김대중 전 대통령 비서관, 장옥추 김대중 전 대통령 비서(이상 이희호 여사 편) 분들께도 깊은 감사를 드린다. 이분들의 증언과 자료 협조가 없었더라면 이 작업은 어려웠을 것이다.

「조은희의 영부인론」(부제: 이야기 여성사—한국의 영부인들)이라는 신문 연재를 통해 우리 사회에서 영부인의 역할에 대한 관심을 새로이 불러일으켜 주신《여성신문》김효선 사장님에게도 큰 은혜를 입었다.《여성신문》에서 한국의 영부인 전편 시리즈 집필을 맡으셨던 이정자 편집위원님, 기획단계에서부터 도움을 주었던 이은경 20주년 기념사업본부장님, 사진 협조를 아끼지 않았던 정대웅 사진기자님께도 감사를 드린다.

처음 이 책의 집필을 시작할 때 여러 가지 창의적인 아이디어와 정신적 지원을 해 주신 장성순 해피스토리 대표님과 허정윤 연구원, 국회 이건 보좌관님과 양성평등실현연합 이민정 사무국장님에게도 감사를 드린다. 탈고된 원고를 읽고 재치 있는 조언을 해 준 최광숙 《서울신문》 차장님, 천영식《문화일보》차장님, 정치평론가 황태순 님에게도 고마움을 전한다.

지금은 독일 유학 중인 이용란 연구원의 조언과, 원고 정리에서부터 사진 자료 정리까지 많은 수고를 해 준 권수현 연구원의 도움이 없었더라면 이 책은 세상 빛을 보기 어려웠을 것이다. 이 책을 출간해 준 황금가지 편집부에도 감사드린다. 이 밖에 대통령과 영부인들에 대한 기록을 남기는 데 일조를 해 온 많은 학자와 언론인, 일기를 기록한 분들, 그리고 국가기록원에도 이 자리를 빌어 감사드린다.

■ 참고 문헌

1장 푸른 눈의 퍼스트레이디, 대한민국 초대 영부인 프란체스카

단행본

김현자, 『박에스더 선생의 생애 풍요한 삶』, 대한YWCA연합회, 1979.

유양수, 『대사의 일기장』, 수문서관, 1988.

이순애, 『프란체스카 리 스토리』, 랜덤하우스중앙, 2005.

이효재 외, 『한국 YWCA 반백년』, 한국 YWCA 50년사 편찬위원회, 1976.

최규장, 『마빡에 피도 안 마른 놈이』, 글마당, 2006.

프란체스카 리, 『이승만 대통령의 건강』, 촛불, 1988.

프란체스카 리, 『이화장의 봄 음식』, 이화장.

함성득, 『영부인론』, 나남, 2001.

『우남 리승만 박사』(사진 모음집), 이화장.

논문

고승현, 「한국 역대 대통령 영부인들의 정치적 역할에 관한 연구」, 단국대학교, 1994.

배선희, 「정치인 아내의 바람직한 역할 및 위상」, 한국여성정치연구소, 1997.

이승희, 「한국영부인론: 대통령 부인의 유형과 역할 연구」, 한국여성정치연구소, 1997.

조혜자, 「시어머님(리 프란체스카 여사)의 친정 비엔나를 다녀와서」, 《한국논단》, 2005.

최고은, 「퍼스트레이디 역할에 의한 유형화 연구: 한국과 미국의 퍼스트레이디를 중심으로」, 고려대학교, 2001.

기사 및 연재물

박금옥, 「대통령 부인의 올바른 역할에 대한 좌담회」, 한국여성단체협의회 회지 《여성》, 1997.

프란체스카 리, 「6·25 비망록」, 《중앙일보》, 1983.

Robert T. Oliver, 「A Study in Devotion」, NY: Reader's Digest, 1956.

「이화장 이야기」(며느리 조혜자 인터뷰),《신동아》, 2006. 7.

좌담회
「내가 본 프란체스카 여사」, 2006.

인터넷 사이트
국가기록원 http://www.achives.go.kr

순종적 아내이자 며느리에서 자주적 사회운동가로, 공덕귀

2장

단행본
공덕귀, 『나, 그들과 함께 있었네』, 여성신문사, 1994.
김대중, 『내가 사랑한 여성: 젊은 여성에게 보내는 글』, 에디터, 1997.
정석기, 『한국 기독교 여성 인물사 2』, 쿰란출판사, 2001.
함성득, 『영부인론』, 나남, 2001.

논문
고승현, 「한국 역대 대통령 영부인들의 정치적 역할에 관한 연구」, 단국대학교, 1994.
박금옥, 「대통령 부인의 올바른 역할에 대한 좌담회」, 한국여성단체협의회 회지 《여성》 1997.
배선희, 「정치인 아내의 바람직한 역할 및 위상」, 한국여성정치연구소, 1997.
이승희, 「한국영부인론: 대통령 부인의 유형과 역할 연구」, 한국여성정치연구소, 1997.
조은희, 「한국 대통령 부인의 평가에 관한 연구」, 정책과학학회 동계학술대회 발표자료, 2006. 12.
최고은, 「퍼스트레이디 역할에 의한 유형화 연구: 한국과 미국의 퍼스트레이디를 중심으로」, 고려대학교, 2001.

기사 및 연재물

「민간 봉사 활동에 앞장서는 윤상구 총재 · 양은선 부부」,《레이디경향》, 2006. 8. 14

「제4대 윤보선 대통령 부인 공덕귀 여사 (이야기 여성사——대통령 부인들)」,《여성신문》

신영훈,《한국의 종가집》, 1991.

조남준, 「신명가(新名家)」,《조선일보》, 1995.

조용헌, 「서울 도심의 숨은 명당, 안국동 8번지」,《신동아》, 2001.

좌담회

「내가 본 공덕귀 여사」, 2007.

인터넷 사이트

청와대 http://www.president.go.kr

해평 윤씨 http://www.yunposun.com

3장 죽어서도 빛나는 영원한 '국모', 육영수

단행본

김대중,『내가 사랑한 여성』, 에디터, 1997.

김명주,『육영수, 아름다운 내조가 천하를 얻는다』, 은금나라, 2005.

남지심,『자비의 향기 육영수』, 랜덤 하우스 코리아, 2007.

묘심화,『대한민국과 결혼한 박근혜』, 찬섬, 2006.

박근혜,『나의 어머니 육영수』, 사람과 사람, 2000.

박근혜 외 28인,『어머니(명사 28인이 어머니께 드리는 감사장)』, 매일경제신문사, 2006.

박도,『샘물 같은 사람』(내가 만난 마흔아홉 사람의 아름다운 이야기), 열매, 2002.

박목월,『육영수 여사』, 자유문학사, 2005.

오경환,『대통령가의 사람들』, 도리, 2003.

주치호,『박근혜 신드롬』, 작은키나무, 2005.

함성득,『영부인론』, 나남출판, 2001.

홍은희,『훌륭한 어머니들』, 예담, 2006.
홍화상,『주식회사 대한민국 CEO 박정희』, 국일미디어, 2005.
홍화상,『대한민국 퍼스트레이디 육영수』, 작은키나무, 2005.

논문
고승현,「한국 역대 대통령 영부인들의 정치적 역할에 관한 연구」, 단국대학교, 1994.
배선희,「정치인 아내의 바람직한 역할 및 위상」, 한국여성정치연구소, 1997.
이승희,「한국영부인론: 대통령 부인의 유형과 역할 연구」, 한국여성정치연구소, 1997.
정광모,「가인의 매력: 육영수 여사의 멋」, 한국학술정보 논문, 1966.
조은희,「한국대통령 부인의 평가에 관한 연구」, 정책과학학회 동계학술대회 발표자료,
2006. 11.
최고은,「퍼스트레이디 역할에 의한 유형화 연구: 한국과 미국의 퍼스트레이디를 중심으
로」, 고려대학교, 2001.

기사 및 연재물
양봉자 · 염영희,「청와대의 가정교육: 육영수 여사와 단독 인터뷰」,《새교육》, 1971.
「대통령 영부인」,《미즈엔》, 97호, 101호, 191호.
「퍼스트레이디의 조건」,《신동아》, 2002년 1월호.

좌담회
「내가 본 육영수 여사」, 2007.

인터넷 사이트
육영수 여사 전자기념관 http://www.yukyoungsoo.or.kr
박근혜 전 한나라당 대표 홈페이지 http://www.parkgeunhye.or.kr

4장 소박하고 서민적인 퍼스트레이디, 홍기

단행본

함성득, 『영부인론』, 나남, 2001.

『현석편모』, 현석 최규하 대통령 팔순 기념 문집 발간 위원회, 1998.

논문

고승현, 『한국 역대 대통령 영부인들의 정치적 역할에 관한 연구』, 단국대학교, 1994.

기사 및 연재물

「8순의 최규하 전 대통령, 치매 앓는 연상의 부인 홍기 여사를 6년째 간병 중 "아직도 연탄 때며 간병 일지 쓴다"」,《월간조선》, 2002. 5

「최규하 전 대통령의 서교동 자택」,《월간조선》

좌담회

「내가 본 홍기 여사」, 2007.

기타

추모사(최광수 전 대통령 비서실장 , 2007. 1. 29)

추모비문(정동열 · 신두순 · 이재원, 2007. 1. 29)

추모사(신두순 최규하 전 대통령 의전비서관, 2004. 7. 20)

5장 화려한 권좌와 지옥 같은 나락을 오가다, 이순자

단행본

오경환, 『대통령가의 사람들』, 도서출판 도리, 2003.

전지영, 『청와대 사람들은 무얼 먹을까』, 현재, 2002.

한국대통령평가위원회 · 한국대통령학연구소, 『한국의 역대 대통령 평가』, 조선일보사,

2002.

함성득, 『영부인론』, 나남, 2001.

기사 및 연재물

《신동아》, 1988년 7월호

《여성동아》, 1989년 11월호

《우먼센스》, 1996년 1월호

《여성중앙》, 1996년 1월, 8월, 10월호

《경향신문》, 「역대 대통령 및 가족(1977~1989)」 신문 스크랩

좌담회

「내가 본 이순자 여사」, 2006.

인터넷 사이트

새세대 육영회(현 아이코리아) http://www.aicorea.org

이순자 회고록(《신동아》 1991년 1월호) http://www.donga.com/docs

6장 그림자처럼 조용한 내조형 파트너, 김옥숙

단행본

박철언, 『바른 역사를 위한 증언』, 랜덤하우스중앙, 2005.

오경환, 『대통령가의 사람들』, 도리, 2003.

오효진, 『3김과 노태우』, 세종출판공사, 1987.

이경남, 『용기있는 보통사람 노태우』, 을유문화사, 1987.

조갑제, 『노태우 육성 회고록』, 조갑제닷컴, 2007.

조재구, 『대통령 후보들』, 성정출판사, 1987.

함성득, 『영부인론』, 나남, 2001.

논문

이승희, 「한국영부인론: 대통령 부인의 유형과 역할 연구」, 한국여성정치연구소, 1997.
조은희, 「대통령 배우자의 바람직한 역할과 자질」, 한국행정학회 동계학술대회, 2006. 12.
최고은, 「퍼스트레이디 역할에 의한 유형화 연구」, 고려대학교, 2000.

기사 및 연재물

《우먼센스》, 1996년 12월호
《주간조선》, 1995년 11월 23일
《여성중앙》, 1993년 4월호
《여원》, 1993년 2월호
《가정조선》, 1991년 11월호
《신동아》, 1988년 4월호
《여성동아》, 1988년 1월호
「공지영의 아주 특별한 인터뷰」, CBS 라디오, 2006년 10월 26일자

7장 한 발 뒤로 물러난 현모양처, 손명순

단행본

김영삼, 『김영삼 회고록』, 백산서당, 2000.
김태수, 『당신은 나무요 나는 흙입니다』, 무한, 1994
오경환, 『대통령가의 사람들』, 도리, 2003.
전지영, 『청와대 사람들은 무얼 먹을까』, 현재, 2002.
함성득, 『영부인론』, 나남, 2001.

좌담회

「내가 본 손명순 여사」, 2006.

기사 및 연재물

「대통령 후보 부인 초청 프로그램들의 '영부인상'」, 《오마이뉴스》, 2002. 11. 8.

「역대 영부인 예복 전시회」, 《중앙일보》, 2004. 5. 17.

8장 대통령을 만든 정치적 동반자, 이희호

단행본

김대중, 『내가 사랑한 여성』, 에디터, 1997.

오경환, 『대통령가의 사람들』, 도리, 2003.

이희호, 『나의 사랑 나의 조국』, 명림당, 1992.

이희호, 『이희호의 내일을 위한 기도』, 여성신문사, 1998.

피천득 외, 『내가 만난 이희호』, 명림당, 1997.

함성득, 『영부인론』, 나남, 2001.

기사 및 연재물

「이희호 여사 방문 대담」, 《갯마을》, 1994년 5·6월호.

「대통령 영부인 : 청와대 그리고 세상 밖으로 영부인은 누구인가?」, 《미즈엔》, 2002. 11.

좌담회

「내가 본 이희호 여사」, 2006.

한국의 퍼스트레이디

1판 1쇄 찍음 2007년 7월 23일
1판 1쇄 펴냄 2007년 7월 30일

지은이   조은희
편집인   이지연
발행인   박근섭
펴낸곳   (주) 황금가지

출판등록   1996. 5. 3. (제16-1305호)
주소   135-887 서울 강남구 신사동 506 강남출판문화센터 5층
전화   영업부 515-2000 / 편집부 3446-8773 / 팩시밀리 515-2007
홈페이지   www.goldenbough.co.kr

값 12,000원

ISBN 978-89-6017-023-0 03810